Love is a Dirty Game

N. C. BASTIAN

LOVE
IS A DIRTY GAME

ROMAN

HARPERCOLLINS FRANCE
83-85, boulevard Vincent-Auriol, 75646 PARIS CEDEX 13.

www.harlequin.fr

ISBN 978-2-2804-3706-6 — ISSN 2271-0256

Prologue

12 septembre 2008

Je sais que je n'écris pas souvent dans ce cahier ; peut-être parce que je n'ai rien qui m'enthousiasme au point de le coucher sur le papier, peut-être parce que je ne veux pas rendre réelle ma vie. Mais il s'est passé quelque chose aujourd'hui. J'ai rencontré quelqu'un…

Je suis sortie en douce, tout à l'heure, pour m'aérer l'esprit, et à présent j'ai besoin d'écrire, pour évacuer.

Pour ne pas oublier.

J'ai fêté mes quatorze ans il y a à peine deux jours mais j'ai découvert tant de choses sur ma famille que j'en viens à souhaiter n'y être jamais née. Je sens déjà la dépression non loin de moi, comme une ombre attendant le moment propice pour me tomber dessus.

Dès ce matin, j'ai senti qu'aujourd'hui serait un de ces jours maussades où mon humeur est semblable au ciel sombre et menaçant. C'est pourquoi j'ai fait le mur. C'était la première fois, mais je sais que je le ferai à nouveau.

Comme appelée par la mer agitée, je suis descendue au bord de la plage et je me suis assise sur un rocher pour contempler les vagues. Alors que j'étais perdue dans mes pensées, un garçon s'est approché. Il est venu déranger ma solitude et, si au début sa présence m'a contrariée, cela a changé quand il a commencé à me parler. Je lui ai dit que je voulais rester seule et il a répondu : « On peut être seuls à deux. » Je ne sais pas pourquoi mais cela m'a touchée ; j'ai eu la sensation qu'il pouvait me comprendre. Comprendre ce que je vis.

Il ne sait pas qui je suis, ni mon prénom, ni d'où je viens, alors il m'a affublée d'un stupide surnom : « princesse ». De la même façon, je ne connais rien de lui. Pourtant, j'ai eu l'impression pour la première fois de ma vie d'avoir trouvé un ami. C'est sûrement trop tôt pour le qualifier ainsi mais la complicité qu'on a partagée m'a donné l'illusion que je n'étais plus seule. Il est la première personne auprès de laquelle je me suis sentie protégée par une bulle d'anonymat, une bulle où je peux faire semblant d'être madame Tout-le-monde et où mon nom n'a aucune importance. Ça fait du bien.

Il m'a raconté sa vie, qui est loin d'être facile. Les services sociaux l'ont retiré à sa mère parce que cette dernière se drogue. Et le pire dans cette histoire, c'est qu'elle lui a dit qu'elle n'avait pas l'intention de le récupérer.

Tous les deux, on est aux antipodes. On vient de deux mondes complètement opposés. Si je vis dans une famille aux ressources illimitées, pour lui, c'est tout le contraire. Il n'a rien, alors que moi j'ai tout et plus encore. Je m'en veux pour ça.

On doit se revoir le week-end prochain à sa demande. Il m'a dit que j'arrivais à chasser ses démons.

Je veux le revoir aussi. Je veux continuer de chasser ses démons et je veux continuer d'être grisée par le sentiment de liberté que me procure sa présence.

Je ne devrais pourtant pas.

C'est dangereux pour lui, et pour moi.

Ce qui est sûr, c'est que jamais je ne lui dirai qui je suis véritablement. Ce serait trop risqué et, égoïstement, je voudrais préserver cette amitié naissante. Car je suis certaine que, s'il savait qui j'étais, il me détesterait…

Je suis la fille de celui qui a empoisonné les veines de sa mère. Celui qui a injecté le venin de l'addiction dans son cœur, au point qu'elle préfère abandonner son propre fils. Celui qui est à la tête du plus grand réseau régional de trafics illégaux en tous genres. Un homme aux multiples facettes, tantôt fondateur de la prestigieuse société de sécurité Dimca, tantôt parrain de la pègre et dictateur redouté des bas-fonds.

Je suis la fille de Dimitri Callini.

Et pour le bien de tous, ni mon nouvel ami ni mon père ne doivent être au courant de l'existence l'un de l'autre.

15 septembre 2010

Deux ans se sont écoulés depuis notre première rencontre. La vie devient doucement, mais sûrement, plus sombre. Comme un tunnel dans lequel je m'enfonce inexorablement. Mon père a refusé que j'aille dans un lycée public et continue de m'enfermer au sein de la secte que représente ma famille. J'ai eu mon premier cours de tir, et j'ai détesté ça. Dimitri m'a annoncé qu'il était temps pour moi de commencer à entrer dans les affaires de la famille, et je sais que je n'ai pas le choix.

Bien heureusement, chaque samedi soir, je prends une grande bouffée d'air frais, qui m'aide à tenir jusqu'au week-end suivant. Jusqu'à ce jour, je n'ai jamais loupé un seul rendez-vous mensuel, qui est ensuite devenu bimensuel, puis hebdomadaire. Je trouve toujours le moyen de sortir en douce pour le rejoindre sur le banc de rochers près de l'eau.

S'il ne sait toujours pas qui je suis vraiment, lui a craqué un soir. Evanilson – Evan pour les intimes m'a avoué son prénom alors qu'on se disputait à propos d'un sujet idiot. Il continue de m'appeler « princesse » et j'ai fini par m'y habituer.

Je viens tout juste de rentrer de notre rendez-vous et ça a été encore une fois une soirée parfaite. On discute beaucoup, on se chamaille parfois, et on passe des heures à rêver à une autre vie, meilleure. On s'est même imaginé partir et vivre à Tahiti, dans un hôtel paradisiaque trouvé sur Internet. Alors qu'on décrivait toutes les excursions qu'on pourrait y faire, j'ai senti l'espoir naître en moi.

Je crois que c'est le seul avec qui je ris. Evan m'offre ce que personne d'autre ne peut m'offrir : l'évasion.

Cependant, sa vie ne s'améliore pas. Je vois bien qu'il n'est pas heureux et qu'il maigrit ; à croire qu'il ne mange pas. Je ne peux m'empêcher de m'inquiéter, surtout à présent qu'il m'a avoué qu'il va être transféré en foyer pour adolescents, ce qui implique des couvre-feux.

À l'idée que nos rendez-vous nocturnes puissent être compromis, je me suis sentie étouffer.

Evan est mon seul ami, ma seule bouée, et sans trop savoir comment, ou pourquoi, je sais qu'un lien très fort s'est créé entre nous.

Il m'a promis qu'il ne louperait aucun rendez-vous et qu'il réussirait à me rejoindre où que je sois. Je le crois. Il semble autant attaché à moi que moi à lui.

Jusqu'à aujourd'hui, l'idée qu'on puisse être séparés ne m'avait jamais effleuré l'esprit mais, depuis ce soir, j'ai peur que ça arrive.

Que ferais-je si je ne pouvais plus le voir ? Nos rendez-vous me sont devenus indispensables pour supporter la pression de mon père et le monde si noir dans lequel il m'enfonce chaque jour un peu plus. Evan est ma lumière, et sans lui, je crains de me perdre.

31 mai 2012

Je respire à nouveau.

Evan était là, ce soir. Durant deux week-ends d'affilée, il n'a pas pu venir et n'a toujours aucun moyen pour me prévenir. Je sais que son foyer d'accueil est loin d'ici, dans les quartiers nord, mais jamais auparavant il n'avait manqué le rendez-vous.

Ces deux dernières semaines, j'ai découvert combien vivre sans Evan est pesant. L'air devient irrespirable, et inévitablement, je suffoque. Je me rends compte aussi combien je dépends de lui aujourd'hui…

Je l'avoue, j'ai douté. J'ai surtout eu peur qu'il se soit lassé de notre relation ambiguë. Je sais qu'il enchaîne les filles et les coups d'un soir ; il se fatigue très vite de ses conquêtes. Ces derniers mois, j'ai senti que notre relation évoluait. Comme si nos câlins quittaient la zone de l'amitié pour un territoire plus trouble ; comme si ses regards étaient chargés d'autre chose.

Je sais que quelque chose de plus profond que l'amitié me lie à Evan, mais jamais je ne lui dirai, parce que je suis bien trop terrifiée à l'idée que ces nouveaux sentiments puissent briser notre relation.

Je me suis cependant trompée : il ne s'est pas lassé de nous.

Il était en détention, à cause d'une bagarre.

Depuis qu'il a emménagé dans les quartiers nord – l'unique

endroit où mon père n'a aucune prise – Evan va de mieux en mieux, mais ses fréquentations semblent douteuses. Je ne les connais pas mais je le connais, lui. Il me dit chaque fois de ne pas m'inquiéter, mais je ne peux faire autrement.

Ce soir, il m'a proposé de partir, de quitter cette ville et commencer une nouvelle vie. Cette idée me plaît plus que de raison. Je n'aurai dix-huit ans que dans un peu plus de trois mois : ça nous laisse le temps de tout préparer. Il m'a promis qu'on voyagerait, et qu'on retournerait à chacun de mes anniversaires à Tahiti, notre terre d'exil.

Il est fou, et je dois être folle aussi puisque j'ai envie de penser que c'est possible, quand bien même je sais au fond de moi que mon père me retrouvera où que j'aille. Pourtant, dans la bouche d'Evan, j'y crois. Je l'ai prévenu que c'était un jeu dangereux – et il ne se doute pas à quel point – mais il m'a simplement répondu qu'il adorait jouer et prenait le pari de notre réussite. Alors j'ai accepté, tout en restant sur la réserve.

J'ai peur que son plan, qui semble pourtant en béton, tombe à l'eau. Mais je désire cette fuite avec tant de ferveur que je finis par me dire qu'on peut y arriver…

Notre succès reposera sur une bonne grosse dose de chance… Sauf que la vie a prouvé que ni lui ni moi ne sommes véritablement chanceux.

Je veux partir avec Evan. J'ai besoin de ce nouveau départ, avec lui.

Le jour de mes dix-huit ans sera le premier jour de ma nouvelle vie et de notre liberté.

J'ai hâte !

10 septembre 2012

Je suis morte aujourd'hui.

J'y ai cru, j'ai vraiment cru que je pourrais être libre et heureuse, mais je n'aurais pas dû.

Alors que j'attendais Evan sur le bord de la plage pour le grand départ, le cœur battant à tout rompre et mon sac sur le dos, c'est mon père qui est arrivé.

Il m'a dit qu'Evan était un problème pour notre famille. Qu'il avait réglé ce problème.

Je connais la cruauté de Dimitri et son intransigeance.

Evan est mort.

Je n'ai plus de force.

Je n'ai plus de vie.

Je n'ai plus rien.

Tout est de ma faute.

Evan ne saura jamais qui je suis vraiment ; il ne saura jamais que je suis celle qui lui a volé sa mère avant de lui arracher la vie. Il ne saura pas que la personne qui l'aimait le plus au monde est aussi celle qui l'a détruit.

Mon égoïsme a coûté la vie de l'homme sans qui je ne suis plus vraiment moi.

Cette nuit devait être celle de notre renaissance, de notre nouvelle vie. Cette nuit, j'ai tué la seule lumière qui éclairait mes ténèbres.

Joyeux anniversaire, Lilas.

1

Sept ans plus tard – aujourd'hui

Pour la première fois, j'avais réussi à me rendre sur le lieu du rendez-vous. De notre rendez-vous. Le lieu où il m'avait promis qu'on reviendrait à chacun de mes anniversaires.

Tahiti.

J'étais arrivée la veille au soir et, bien trop éreintée pour me promener, j'étais tombée de fatigue dans ma chambre. Mais ce matin…

Ce matin je m'étais réveillée alors que le soleil n'était pas encore levé. Dans quelques jours, j'allais fêter mes vingt-cinq ans.

Pour ne pas réveiller ma cousine, Caroline, je m'étais rapidement habillée et j'avais quitté la chambre, une Ombre sur mes pas. Que je parte accompagnée d'une escorte avait été la condition pour que mon père accepte de me laisser faire ce voyage.

À présent, je foulais pour la première fois le sable blanc qui s'étendait sur une longue plage, à deux pas de l'hôtel. Le cœur lourd, j'avançais doucement tandis qu'un léger voile rosé apparaissait à l'horizon. Le ciel et la mer encore sombres ainsi que la plage déserte pouvaient sembler menaçants ; pour moi, ils avaient des airs de liberté. En venant ici, je lui rendais une sorte d'hommage. En venant ici, c'était comme si je pouvais me rapprocher de lui, dans une vaine tentative pour restaurer notre lien.

L'année suivant le drame, j'avais pensé sans cesse à lui. À ce qu'il s'était passé, à ce que j'aurais pu ou dû faire pour empêcher que mon père ne l'approche. J'avais ressassé, je m'étais torturée jusqu'à parvenir à une vérité simple et pourtant douloureuse : j'aurais dû rester loin de lui. Cette évidence m'avait tant bouleversée que j'avais mis toutes mes émotions en sourdine, j'avais cessé de réfléchir et je m'étais interdit de repenser à lui, à nous et à cette nuit.

Mais aujourd'hui…

Aujourd'hui, j'avais entrouvert la porte des souvenirs. Aujourd'hui, j'étais à l'endroit exact où nous aurions dû nous retrouver, sept ans plus tôt. Cet endroit qui aurait dû être notre havre de paix. Notre paradis.

Il m'avait promis que nous viendrions ici à chacun de mes anniversaires, mais jamais plus il n'aurait l'occasion de tenir cette promesse. Alors, j'avais décidé de l'honorer à sa place, pour me remémorer son image. Pour me rappeler que j'avais un temps approché le bonheur, que j'avais véritablement aimé.

Et que jamais plus je ne pourrais aimer à nouveau.

Les grains de sable tièdes s'infiltrèrent entre mes orteils. Le bruit des vagues s'échouant sur la plage résonna à mes oreilles comme une douce mélodie et, quand enfin mes pieds rencontrèrent l'eau, je fermai les yeux en inspirant longuement.

J'avais tant de fois rêvé ce moment. Pourtant, l'émotion qui m'emplit n'avait rien de comparable avec ce que j'avais pu imaginer ; c'était comme si je me retrouvais sur la plage avec lui, face à la mer. Je pouvais presque sentir sa présence près de moi.

La douleur que je ressentais me rappelait combien je l'avais aimé, mais aussi combien cet amour m'avait vidée de mes derniers espoirs, mes dernières flammes de vie. Combien je me sentais coupable. Même après sept années, le vide laissé par son absence était toujours aussi grand.

Lorsque je rouvris les yeux, des larmes coulèrent ; je les écrasai rapidement. Je reniflai et observai l'horizon qui était à présent orangé. Le soleil se levait. Je restai encore un moment, sans bouger, perdue dans mes pensées. Dans un monde imaginaire où il avait toute sa place à mes côtés. Où il se tiendrait derrière moi pour observer le paysage qui s'offrait à nous, comme avant.

Le soleil finit par faire son apparition et je me décidai à retourner à l'hôtel. J'avais respecté la promesse que je m'étais faite, j'avais d'une certaine manière réussi à le toucher du bout des doigts.

Ne jetant pas un seul coup d'œil à mon Ombre, je passai devant lui comme s'il n'existait pas.

Ma cousine étant une lève-tard, je me rendis directement au restaurant de l'hôtel pour petit déjeuner. J'allais faire de mon mieux pour savourer chaque minute de ce voyage, comme si Evan avait été avec moi pour en profiter.

Pour lui.

Le sixième jour, je ressentis une pointe de tristesse à l'idée de quitter Tahiti. Cette île était un vrai paradis. Entre les randonnées, les découvertes culinaires, la faune et la flore incroyables et les somptueuses plages de sable noir, j'avais des souvenirs pour les dix années à venir.

Caroline et moi avions bouclé tout notre programme, ce dernier jour devait donc être consacré à la détente. Malgré l'heure tardive à laquelle je m'étais couchée la veille au soir, je me levai tôt pour profiter de cette ultime journée. Pour savourer chaque seconde.

Aujourd'hui j'avais officiellement vingt-cinq ans, mais mon avenir me semblait gris et bouché.

Sortant de ma douche, j'essuyai la buée sur le miroir et passai un short en jean, avec un large T-shirt. Je ramenai ensuite mes cheveux châtain clair sur le haut de ma tête, puis passai un rapide coup de mascara sur mes yeux marron-vert en amande.

Quittant sans bruit la chambre, je me rendis au restaurant, comme chaque matin, pour petit déjeuner. Je saluai le cuisinier qui, au fil des jours, m'avait identifiée et m'accueillait toujours d'un grand sourire. Il me prépara mon habituelle assiette remplie de fruits en tout genre. Le remerciant, je récupérai une tasse pour prendre du café quand des touristes entrèrent bruyamment dans le restaurant. Je me tournai vers eux pour les fusiller du regard et mon corps se tétanisa. Mon cœur s'arrêta de battre et je lâchai la tasse.

Le bruit de la porcelaine cassée me fit revenir sur terre. Tremblante, je m'accroupis pour nettoyer les dégâts mais une femme de ménage se baissa à mon niveau pour me murmurer que tout allait bien et que je n'avais pas à nettoyer.

Perdue dans un ouragan d'émotions, je m'accrochai à son regard bienveillant et sentis les larmes me monter aux yeux. Surprise par ma réaction, la dame d'une quarantaine d'années serra doucement ma main en signe de réconfort.

J'étais incapable de penser clairement. Car la réalité venait d'exploser. Ou bien peut-être devenais-je folle ? Je ne voyais pas d'autre explication à l'apparition que je venais de voir. Un mort. Un mort tant aimé avait surgi dans mon champ de vision.

Bouleversée, je n'osais pas regarder de nouveau dans sa

direction. Je craignais autant de le voir que de ne plus le voir, de me rendre compte que ça n'avait été qu'un mirage.

— Tout va bien, mademoiselle ? me demanda la femme de ménage. Ce n'est rien, je vous assure.

— Excusez-moi, soufflai-je en regardant les débris de la tasse. Je suis sincèrement désolée.

— Allez manger tranquillement, je m'occupe de tout. Ce n'est vraiment rien.

J'acquiesçai, puis me repris pour de bon. En me relevant, je lançai un rapide coup d'œil dans la direction où je l'avais vu.

Il était là.

Evan était là, il ne s'agissait pas d'un mirage. Je l'observai tandis qu'il s'attablait avec deux autres hommes. Il avait mûri, sans pour autant avoir beaucoup changé. Sa carrure s'était développée mais c'était surtout sa façon d'être et d'occuper l'espace qui était différente. Il dégageait une assurance écrasante, comme si le monde lui appartenait ; le regard qu'il portait sur ce qui se trouvait autour de lui était sombre, presque méfiant, voire hostile, comme s'il avait déjà trop vécu.

L'esprit harcelé de questions, je me ressaisis, récupérai mon assiette de fruits et, oubliant le café, je me dirigeai vers le fond de la salle, à l'opposé de lui, pour réfléchir au calme malgré le cœur cognant rageusement dans ma poitrine.

Mon père m'avait fait comprendre qu'Evan était mort, qu'il s'en était occupé. J'avais cru pendant sept années que l'homme que j'avais aimé était mort par ma faute… Je m'étais trompée. À moins qu'il ne s'agisse d'un sosie, Evan était bien dans ce restaurant avec ses amis et respirait la santé.

Je ne savais plus ce que je ressentais. Les questions se bousculaient, et je n'arrivais même pas à déterminer si j'étais heureuse ou non. J'étais sous le choc.

Jetant un coup d'œil dans la vaste salle pour voir si mon Ombre se trouvait dans les parages, je soupirai de soulagement en ne le voyant nulle part. Tout mon corps se contracta quand j'aperçus la silhouette d'Evan se diriger vers moi.

Je n'étais pas prête.

Et je ne le serais jamais.

Evan s'installa en face de moi et m'observa avec incrédulité. Visiblement, il était aussi sous le choc.

Bien. Au moins, nous étions deux.

J'eus envie à la fois de pleurer, de l'embrasser, de le toucher, de le serrer contre moi, mais aussi envie de fuir.

— Salut, souffla-t-il, prudent.

Incapable de répondre, je restai silencieuse. J'espérais qu'il reprenne la parole ; pour entendre, encore et encore, le son de sa voix, pour l'imprimer à nouveau dans ma mémoire.

Je savais que je devais répondre, mais c'était au-delà de mes forces. Je peinais déjà à retenir mes sanglots, j'étais sûre que je ne pourrais pas tenir si j'ouvrais la bouche. Pas un instant je ne lâchai son regard d'un bleu sombre accroché au mien. Du coin de l'œil, je vis sa main avancer sur la table, s'approchant bien trop près de la mienne ; je la retirai pour la cacher sous la table. Qu'Evan se trouve devant moi était une chose, qu'il me touche en était une autre.

C'était trop, et trop tôt. Quelques minutes auparavant, je pensais qu'il était mort !

— Princesse…

Je fermai les yeux, en sentant des tremblements envahir mon corps.

— Regarde-moi, s'il te plaît.

J'obéis et le vis sourire.

Alors, dans le tourbillon d'émotions qui m'agitait, je sus

combien j'étais heureuse de l'avoir devant moi. Combien j'étais heureuse qu'il soit en vie. Mon cœur éclata de bonheur tandis que mon corps était agité de spasmes nerveux.

— J'attends ce moment depuis tellement de temps, murmura-t-il en me dévisageant. Et tu es là.

J'inspirai profondément pour contrôler de mon mieux ma voix :

— Tu ne devrais pas être là.

— Au contraire.

— Non, Evan. Tu devrais retourner auprès de tes amis.

J'étais un danger pour lui. Ce voyage avait été une erreur. Jamais je n'aurais dû découvrir qu'il était en vie. Parce que je n'avais qu'une envie : celle de rester pour toujours avec lui. Je ne savais pas pour quelle raison il était vivant mais cela ne devait surtout pas changer. Je représentais une menace pour lui. Même si nous étions enfin réunis dans notre paradis, il fallait vite que ça cesse.

Je ne pouvais pas rester à ses côtés.

— Pourquoi ?

J'observai la salle rapidement, terrorisée à l'idée que mon Ombre arrive et aille tout raconter à mon père.

— Ce n'est pas prudent pour toi, expliquai-je doucement.

— Qu'est-ce que je risque ?

— La peine capitale.

Il me sourit en prenant mes paroles à la légère.

— D'accord.

Il acquiesça, puis récupéra dans sa sacoche un papier – apparemment une vieille facture – sur lequel il écrivit avant de le glisser devant moi et d'attendre que je le lise.

Et par écrit ?

Je secouai la tête. Il ne devait pas rester près de moi.

Il fit une petite grimace, récupéra le morceau de papier, puis nota quelque chose d'assez long pour attiser ma curiosité. En attendant qu'il finisse, je l'observai – ou plutôt, je le dévorai du regard. Il était encore plus beau que dans mes souvenirs. Ses cheveux bruns étaient toujours aussi courts, ses yeux avaient toujours la même couleur que la mer en pleine tempête, mais le temps semblait avoir affirmé ses traits, aiguisé son regard qui était alors déjà bien troublant. Quant à sa carrure, elle n'était plus celle d'un adolescent, mais bien d'un homme. D'après les vêtements de marque qu'il portait, il semblait avoir une bonne situation. J'étais contente pour lui, contente qu'il s'en soit bien sorti. Je le scrutai et les expressions de son visage me rappelèrent le garçon qui m'avait fait oublier le temps de nos rencontres du samedi jusqu'à qui j'étais. Mais les années avaient passé et j'avais compris qu'il ne servait à rien de jouer avec le feu. J'étais mauvaise pour lui. Rester distante et froide était douloureux, et je n'y arrivais que partiellement. Puis Evan rangea son stylo dans sa sacoche, se leva et déposa le papier devant moi, avant de se pencher pour m'embrasser sur la joue.

— À plus tard.

Je baissai la tête pour éviter qu'il puisse voir combien sa proximité me troublait. Tout mon corps me hurlait de me jeter dans ses bras. Il était bien là, vivant, en chair et en os. Chacune de mes cellules le ressentait.

Lorsqu'il s'éloigna, je pris le papier dans mes mains tremblantes et lus :

J'espère te voir tout à l'heure à la soirée sur la plage de l'hôtel. J'ai beaucoup de choses à te dire.

Beaucoup de choses à te demander et à comprendre aussi. C'est bon de te voir, princesse. À ce soir.

Je pris une longue inspiration puis, je demandai à un serveur d'emballer mon petit déjeuner auquel je n'avais pas touché. Je fourrai le papier à la poubelle après l'avoir déchiré en morceaux pour ne garder aucune trace d'Evan, quand bien même j'aurais souhaité conserver ce mot avec moi jusqu'à la mort. Une fois mon doggy bag récupéré, je quittai d'un pas rapide le restaurant sans jamais chercher à croiser le regard d'Evan. Ce ne fut qu'une fois devant la porte de la chambre que je m'arrêtai pour respirer.

Il était vivant. L'amour de mon adolescence, ma bouée de sauvetage, mon souffle d'air frais, était vivant.

Comment était-ce possible ?

Je me laissai glisser contre le mur, mes jambes ne me supportant plus. Trop d'émotions d'un seul coup, c'en était trop pour moi.

Il fallait que je le tienne à distance. Que je le protège de moi-même.

Mais comment faire quand toute mon âme ne souhaitait qu'être auprès de lui ?

Juste une soirée, me dis-je.

Le temps de comprendre. C'était tout ce qu'il me fallait.

Déjà, je sentais poindre l'espoir ; Evan était le seul à susciter cette émotion en moi. Il me faisait vibrer, me rendait vivante.

Il fallait donc que je mette un terme à tout ça rapidement. Pour lui.

Ce soir sonnerait nos retrouvailles, et aussi nos au revoir.

2

La nuit était tombée depuis un moment ; comme tous les vendredis et samedis, l'hôtel organisait une soirée à thème pour les nouveaux arrivants. Aujourd'hui, c'était la nuit en blanc.

Des canapés et des hamacs avaient été placés près de l'eau et un buffet géant se trouvait du côté de l'entrée de l'hôtel. Un labyrinthe de voiles blancs avait été installé un peu plus loin, certains s'y aventuraient en riant. Des flambeaux étaient disposés un peu partout pour seule lumière tandis qu'un DJ passait de la musique qui résonnait de tous les côtés. Sur le sable, les gens répétaient ou apprenaient la danse traditionnelle tahitienne, des couronnes de fleurs autour du cou. Les touristes dansaient, riaient, d'autres sirotaient leurs verres près des stands de dégustation, chacun savourant les plaisirs de la vie. Ils semblaient heureux.

Moi, je ne l'étais pas. À peine avais-je retrouvé Evan que j'allais devoir le quitter. J'allais reprendre l'avion le lendemain pour retourner dans l'enfer personnel qu'était mon existence. J'avais vingt-cinq ans aujourd'hui et, déjà, j'étais lasse de la vie et ses douleurs.

J'étais complètement perdue.

— Ne fais pas cette tête, Lilas, me dit ma cousine en s'affalant à mes côtés sur le canapé. Je sais que c'est notre dernière soirée, mais tu devrais en profiter.

Elle me fit un sourire bienveillant et plaça ses cheveux décolorés sur le côté droit de sa nuque. Trois colliers de fleurs blanches s'enroulaient autour de son cou, ce qui faisait ressortir sa peau hâlée après ses séances de bronzage. Caroline avait été un rayon de soleil au cours de ce voyage et j'avais vraiment apprécié sa légèreté et sa vision décomplexée de la vie. Ma cousine était très différente de moi mais c'était l'une des rares personnes de ma famille qui ne représentait pas une menace directe. Nous nous étions surtout rapprochées ces dernières années, d'abord prudemment – c'était indispensable pour survivre dans le monde dans lequel nous évoluions –, puis nous avions compris que nous pourrions être des alliées l'une pour l'autre. Même si notre relation restait superficielle, nos échanges me donnaient l'impression d'être un peu moins seule.

Je sortis de mes pensées et me forçai à lui sourire.

— Ça va, répondis-je en haussant les épaules.

Caroline ne savait rien d'Evan. Je ne lui en avais pas parlé jusque-là et je ne le ferais probablement jamais. Je ne lui faisais pas assez confiance pour lui confier cette part si précieuse de mon passé. Et désormais, de mon présent.

Une nouvelle musique débuta et Caroline tenta de m'entraîner pour aller danser, ce que je refusai catégoriquement. J'avais bien essayé d'apprendre la danse traditionnelle, mais ce n'était pas pour moi. Elle accepta mon refus puis porta son regard au loin. Un sourire étira ses lèvres et elle me lança un clin d'œil espiègle.

— Lilas, me dit-elle en remettant une de ses mèches blondes derrière son oreille. Je sais que tu ne veux pas rentrer et je t'avoue que moi non plus. Cette semaine sans aucune contrainte a été parfaite et je comprends que tu sois triste de partir mais, ce soir, c'est ton anniversaire, tu devrais t'amuser et profiter ! Ne reste pas assise là, alors qu'un garçon hyper canon m'a fait signe de te faire remarquer sa présence. Il est là-bas. Près du labyrinthe.

Je suivis du regard l'endroit qu'elle m'indiquait.

Evan.

Une angoisse grimpa en moi quand mon regard trouva le sien. Tant de temps était passé. Peut-être qu'il avait changé…

Je reportai mon attention sur ma cousine qui ne cessait de sourire.

— Allez ! m'encouragea-t-elle. Va t'amuser ! Je garderai le secret, promis.

— Que veux-tu que je fasse avec l'autre qui ne me lâche pas ? demandai-je en désignant l'Ombre qui me collait à la peau depuis le début de la semaine.

Caroline me fit un clin d'œil. Elle avait un penchant pour les gros bras et avait flirté toute la semaine avec notre protecteur, m'octroyant des pauses bienvenues. Comme chaque fois que je lui lançais la perche, elle alla le rejoindre et, une dizaine de minutes plus tard, ils avaient tous deux disparu. Je me levai alors et me dirigeai vers le labyrinthe de voiles blancs, traînant mes pieds dans le sable. Je redoutais cette confrontation et les révélations qu'Evan allait me faire. Pourtant, je lui devais des réponses. Surtout si je voulais clore proprement ces retrouvailles.

Evan n'avait pas bougé durant ces longues minutes, comme pour me laisser le temps de venir à lui. Son regard bleu sombre suivait chacun de mes pas ; j'avais mal au ventre et sentais chaque grain de sable sous mes pieds, comme si mes sens s'étaient développés. Je ne savais même pas ce que je pouvais lui dire. Il me rendait nerveuse. Je superposais l'image que j'avais de lui avant à celle d'aujourd'hui. Avec sa barbe naissante en plus et ses traits d'une beauté sauvage, Evan était le même, en plus mûr. J'avais si peur d'oublier le moindre détail de son visage que j'étais dans l'incapacité de le quitter des yeux. Ses bras étaient désormais couverts de tatouages. Je pus voir des cercles autour de ses avant-bras, entremêlés de flammes, puis plus haut, des motifs noirs sur son biceps droit qui représentaient le cadran d'une horloge, tandis que le reste des motifs disparaissaient sous sa manche.

Son regard avait toujours ce côté un peu rêveur mais il semblait aussi être plus dur. Voire inquiétant. Un petit sourire apparut au coin de ses lèvres et ses yeux s'illuminèrent quand je fus à sa hauteur.

— Bonsoir, princesse, me dit-il en s'appuyant contre l'un des poteaux qui soutenaient le labyrinthe.

Habillé d'un pantalon en lin et d'un T-shirt blanc près du corps qui faisait ressortir sa peau tannée par le soleil, il était comme une étoile que je n'arrivais pas à lâcher du regard.

Les années avaient beau avoir passé, je sentais que l'amour que je lui portais était toujours présent. Même bien plus puissant encore. Peut-être était-ce parce que j'avais vécu sa perte ; j'avais su comment était la vie sans lui. Je savais également que jamais plus je ne m'autoriserais à aimer à nouveau. Je ne pouvais que l'aimer, lui.

— Bonsoir, Evan, répondis-je d'une voix que j'espérais assurée.

Incapable de soutenir son regard plus longtemps, je continuai mon chemin et entrai dans le labyrinthe de draps blancs. Sentant sa présence derrière moi, je me glissai entre les voiles soulevés par la légère brise marine, les écartant à l'aide de ma main.

— J'ai l'impression de rêver, me dit-il non loin de moi.

— Moi aussi.

Il était bien vivant. Perdue dans le labyrinthe, je ne le voyais pas, mais il était là, quelque part derrière moi.

— Il y a quelque chose qui me torture depuis bien trop longtemps, continua-t-il un peu plus près de moi.

— Qu'est-ce que c'est ?

— Ton prénom. Ton vrai prénom.

Je souris face à sa curiosité. Jamais il n'avait montré un réel intérêt pour mon prénom auparavant, mais les choses avaient évolué.

— Tu te souviens ? Je n'en ai pas, répondis-je en référence à notre toute première conversation.

— Donc, après toutes ces années, je ne peux même pas connaître ton prénom ? J'ai imaginé mille fois ta voix me le révéler.

— Non.

Au son de sa propre voix, mélodieuse, je sus qu'il s'était rapproché. Alors je pressai le pas pour m'éloigner davantage et m'enfonçai dans le dédale.

— D'accord, soupira-t-il. Pourrait-on passer un marché ?

— Je t'écoute.

— Si je te trouve, alors tu devras me dire ton prénom.

Je gardai le silence un instant et m'arrêtai pour réfléchir, puis demandai :

— Très bien, mais qu'ai-je à y gagner ?

— Tout ce que tu veux.

Je souris en restant quelques secondes sur place sans bouger, puis j'acceptai ce marché. Reprenant ma progression, je regardai partout autour de moi, comme s'il allait me tomber dessus d'un instant à l'autre. Quand il reprit la parole, je me rendis compte qu'il devait être loin :

— Je dirais que tu as un prénom exotique.

Lilas est un nom de fleur… qui n'est pas exotique. Je souris néanmoins et lui répondis :

— Tu as tout faux.

Des mouvements se firent entendre sur ma droite, je décidai donc de me glisser sous un drap suspendu à ma gauche.

— Tu fais durer ma torture, princesse.

— Je sais. Mais où serait le jeu sans ça ?

Malgré moi, malgré la situation, je me trouvais emportée par l'excitation de cette traque. Je redevenais l'adolescente qui chahutait avec son ami, sur la plage.

— Un jeu, hein… Alors jouons, dit-il. Tu sais, si je le voulais, je pourrais t'attraper tout de suite.

— Pourquoi tu ne le fais pas, alors ?

Le drap qui se trouvait derrière moi se souleva, et des bras m'encerclèrent. Sa bouche se colla tout près de mon oreille, et sa voix m'envoûta une fois de plus.

— Ça aurait été moins drôle.

Je fermai les yeux, m'abandonnant au plaisir de retrouver ses grands bras, de sentir cette chaleur irradier dans mon dos, ce corps qui m'avait tant manqué s'appuyer contre le mien. Je ne pus m'empêcher de sourire, puis me retournai vers lui.

— Tu as gagné… Je m'appelle Lilas.

— Lilas, répéta-t-il. C'est un joli prénom, et je n'étais pas si loin ! Prénom exotique, fleur… C'est un peu pareil, non ?

Je secouai la tête négativement, mon sourire s'étirant un peu plus. Il m'embrassa sur le front et me serra contre lui en répétant à nouveau mon prénom.

— Tu as quand même le droit d'avoir ce que tu veux de moi.

Tout. Je voulais tout de lui.

Ses yeux bleus brillaient à la lumière des torches qui nous entouraient. Je m'étais promis que cette soirée serait la dernière mais je voulais garder une trace de nos retrouvailles. Je voulais goûter l'espace de quelques heures à ce que nous ne pourrions jamais être. Le cœur battant d'appréhension, je le fixai un moment, mais refusai d'hésiter plus encore. Je me mis sur la pointe des pieds et posai mes lèvres sur les siennes. Il me laissa faire, restant quelques secondes statufié, avant de remonter ses mains dans mes cheveux, m'embrassant vivement à son tour.

Tant de fois j'avais regretté de ne pas avoir eu la force de lui avouer l'amour que je lui portais, de ne pas avoir osé sauter le pas. À présent que j'avais l'occasion de vider mon cœur de ses regrets, je n'hésitai pas. Toutes les barrières que j'avais installées tombèrent.

Je mis mes pensées en sourdine et profitai de l'instant présent. Il n'y avait que ça qui comptait.

C'était peut-être notre premier baiser, mais il semblait si naturel que c'en était surprenant. J'imprimai son goût dans ma mémoire, la douceur de ses lèvres et la tendresse avec laquelle il m'embrassait. Une de ses mains descendit le long de mon dos et son bras s'enroula autour de ma taille. De son autre main, il me maintenait la tête, comme pour s'assurer que je ne m'enfuirais pas.

Mais je ne comptais aller nulle part. Pas ce soir.

— J'ai rêvé de ce moment des milliers de fois, me dit-il en collant son front au mien. Tu m'as vraiment manqué, princesse. J'ai des tonnes de questions.

— Je crois que j'en ai pas mal aussi.

Il me fit un sourire serein et si, de mon côté, j'avais l'impression de tenir un fantôme dans mes bras, je ne m'étais jamais sentie aussi légère qu'à cet instant. Evan m'embrassa sur la joue :

— Joyeux anniversaire, Lilas. Nous sommes là où l'on aurait dû être à tes dix-huit ans.

Je fermai les yeux en sentant l'émotion étreindre mon cœur. Jamais je n'aurais cru possible de pouvoir vivre ce rêve éveillé. Tous les espoirs que j'avais eus plus jeune, d'une possible relation avec Evan et d'une vie meilleure, revinrent. C'était dangereux mais, pour ce soir, je ne voulais mettre aucune barrière.

Des rires se firent entendre non loin de nous, brisant cette petite bulle dans laquelle nous nous étions enfermés. Regardant tout autour, je finis par m'écarter, mais Evan passa un bras autour de mes épaules et nous fit avancer dans le labyrinthe de draps.

— Qu'est-ce que tu dirais d'aller marcher un peu ? me proposa-t-il.

— Je te suis.

Il nous fit sortir du labyrinthe en quelques minutes et nous rejoignîmes un chemin bordé de torches, longeant l'immense hôtel qui faisait face à la mer. On croisa des couples, des familles ou des amis qui se dégourdissaient un peu les jambes. Evan et moi marchions côte à côte, en silence. Il y avait tant de choses à dire, mais aucun de nous ne paraissait savoir par quoi commencer. Le silence n'était pourtant pas gênant, il semblait même important, comme pour nous laisser le temps de comprendre que tout ceci était bien réel.

J'avais besoin de toucher sa peau, sentir sa chaleur, alors je glissai mon bras sous le sien.

On avança en silence pendant plusieurs minutes encore, avant qu'il ne se lance :

— Qu'est-ce qu'il s'est passé le matin de notre départ ? me demanda-t-il, le reproche durcissant sa voix. Pourquoi tu n'es pas venue ? Et surtout : pourquoi tu ne venais plus à nos rendez-vous ? J'ai cru devenir fou, je n'avais aucun moyen de te joindre. Je ne savais presque rien de ta vie et je me suis mis à regretter d'avoir respecté ton choix de ne rien vouloir me dire sur ton entourage…

Touchée en plein cœur par la détresse que je sentais poindre dans ses questions, je le coupai :

— Mon père a tout découvert sur notre départ. Je suppose qu'il a été au courant bien avant ce fameux jour. Le matin de notre fuite, je me suis rendue sur le lieu de rendez-vous, mais c'est mon père que j'ai trouvé sur place. Il m'a fait comprendre que… que tu ne viendrais pas.

Je laissai passer quelques secondes de silence, le temps de lui faire comprendre que je n'avais pas eu peur de partir, mais qu'au contraire les choses avaient largement dérapé.

— Il m'a fait comprendre qu'il savait qui tu étais et que tu avais eu un accident.

— Comment a-t-il pu savoir ?

— Apparemment, il avait l'intention de te parler, mentis-je. De te dissuader de partir ; il voulait que tu me ramènes à la raison.

— Il y a bien eu un accident, me confirma-t-il. L'ami qui devait me prêter sa voiture a été percuté le matin même par un chauffard qui a pris la fuite. Il a été tué sur le coup. C'est pour cette raison que je suis arrivé en retard ce jour-là.

Cela voulait dire que mon père s'était trompé de cible. Il avait confondu Evan avec son ami. Mon estomac se contracta quand je pris conscience qu'un autre innocent avait payé le prix de mon égoïsme.

— Ils ont retrouvé la personne qui a fui ?

Je connaissais déjà la réponse et je m'en voulais un peu plus encore de m'embourber dans ces mensonges.

— Non. Jamais.

Je baissai les yeux sur le sable, quand Evan releva ma tête en glissant sa main sous mon menton.

— Pourquoi n'es-tu jamais revenue sur la plage ?

— Parce que j'ai cru que c'était toi qui étais mort, soufflai-je en sentant les larmes me monter aux yeux. J'ai été anéantie, Evan. J'étais incapable de retourner là-bas, sachant que tu ne pourrais plus jamais y être avec moi. Quand je t'ai vu, ce matin… Je te croyais mort, Evan. Tout ça est… Je suis…

— Confuse ? Perdue ?

— Entre autres, oui.

— Je le suis aussi, mais au-delà de ça je suis heureux de te revoir. Bien des choses ont changé, mais en même temps… Rien n'a changé.

J'aurais pu me noyer infiniment dans son regard. Ce que je fis, d'ailleurs. Je m'accrochais à ses prunelles en savourant chaque instant, gravant dans ma mémoire chaque détail de leur couleur bleue qui brillait à la lumière des torches. Parce que je savais qu'il n'y aurait pas de lendemain pour nous. Il avait raison : c'était comme si rien n'avait changé, comme si on s'était seulement quittés la veille.

Quand il passa une main sur ma joue, je me rapprochai encore et me mis sur la pointe des pieds pour l'embrasser. Je n'arrivais pas à croire que tout ceci était réel ; si c'était un rêve, alors je priais pour ne jamais me réveiller.

Son sourire quand je reculai enfin fut ma récompense.

— J'ai tellement de choses à te raconter, reprit-il doucement en collant son front contre le mien. J'ai envie de partager tellement avec toi et de rattraper le temps perdu…

Je souris tout en sachant que nous n'en aurions pas l'occasion. Le temps était compté.

— Viens avec moi, ma chambre est toute proche d'ici, on pourrait se faire livrer de quoi manger. Qu'est-ce que tu en dis ?

— Je te suis.

Un large sourire illumina ses traits, puis il glissa un bras autour de mes épaules pour nous guider.

Si cette nuit devait être la dernière que nous passions ensemble, je voulais profiter de chaque seconde.

3

Sa chambre était en fait un penthouse luxueux ; situé au dernier étage, il bénéficiait d'une grande terrasse et de plusieurs chambres.

— Tu n'as pas fait les choses à moitié, dis-je en visitant.

— Effectivement, j'ai cassé la tirelire, cette année.

Un employé de l'hôtel toqua à la porte pour livrer la commande passée par Evan. Ce dernier récupéra la bouteille de champagne, ainsi que deux flûtes, tandis que je prenais les gâteaux disposés sur un plateau d'argent. D'un signe de tête, Evan me fit signe de le suivre à l'extérieur. Un lit de jardin était installé d'un côté, des canapés et une table basse se trouvaient de l'autre. La terrasse donnait sur l'océan ; ce devait être sublime de jour mais, ce soir, je ne voyais qu'une masse sombre.

Appuyée contre la rambarde, je fermai les yeux pour apprécier la légère brise qui rafraîchissait la lourde nuit. Derrière moi, un « pop » sonore se fit entendre, puis Evan apparut avec les flûtes remplies de champagne. Il m'en tendit une en souriant.

— À nos retrouvailles.

— À nos retrouvailles, acquiesçai-je en trinquant avec lui.

— Et à ton anniversaire.

Je trinquai une nouvelle fois, puis avalai une gorgée, avant de reporter mon attention sur l'horizon obscur, sans dire un mot.

Je sentais le regard d'Evan posé sur moi, mais c'était comme si le silence qui nous enveloppait rendait cet instant suspendu, en dehors du temps. Tant que nous restions ainsi, j'avais la sensation que cette nuit ne finirait jamais.

Evan prit une longue inspiration et, de sa main, tourna délicatement mon visage vers lui. J'avais encore du mal à le regarder en face, perturbée par cette impression d'irréalité.

— Tu sais… ça fait cinq ans que je viens à cette période. Je viens depuis que je peux me le permettre financièrement et, au fil du temps, je suis tombé sous le charme de cette île. Je t'ai fait une promesse il y a plus de sept ans et, sache que je l'ai tenue.

Je posai mon front contre son épaule, le cœur serré. Ses mots, comme ses actes, me laissaient penser que ce qu'il éprouvait pour moi dépassait la simple amitié. Pour ma part, je n'avais aucun doute sur mes sentiments.

— Je regrette tellement de ne pas être retournée sur notre lieu de rendez-vous ! lâchai-je finalement. J'aurais alors su que tu n'étais pas mort comme je le pensais. On aurait pu s'en aller comme on l'avait prévu et je suis certaine qu'on aurait été heureux.

Je relevai le visage vers lui en me demandant soudainement si, de son côté, il était heureux… Peut-être qu'il menait une existence parfaite sans moi. Il semblait s'en être bien sorti et peut-être même qu'il avait quelqu'un dans sa vie… Quelqu'un qui lui apportait du bonheur. Si aucune bague n'ornait son doigt, cela ne voulait pas dire que son cœur n'était pas pris.

— Je *sais* qu'on aurait été heureux, acquiesça-t-il en buvant sans me lâcher du regard.

— Je suis désolée, Evan.

— De quoi ?

— D'avoir gâché tous nos plans, d'avoir brisé notre rêve, de t'avoir empêché de réaliser ce qu'on s'était dit…

— Tu es là, maintenant, m'interrompit-il.

— … Et de t'avoir quasiment sauté dessus dans ce labyrinthe, sans même savoir si ton cœur est pris ou…

— Il ne l'est pas.

— Ah non ?

— Non, princesse. Je n'ai personne dans ma vie. Et tu sais, cette existence qu'on s'était imaginée, on peut toujours la vivre.

Je restai silencieuse un instant, sans comprendre vraiment ce qu'il me disait.

Evan vint se placer derrière moi en passant ses bras autour de ma taille, exactement comme il le faisait sept ans plus tôt.

— Lilas, murmura-t-il. Rien ne nous oblige à rentrer. On pourrait rester un peu plus longtemps, voir ce que ça donne et réaliser nos rêves d'adolescents. On est adultes à présent. Et libres. Qu'est-ce qui nous en empêche ?

J'observai l'horizon le sourire aux lèvres, mais le cœur serré. Libre, je ne l'étais pas.

— Il y a tellement de temps qui s'est écoulé, dis-je doucement. On ne peut même pas être certains qu'on se supporte encore.

— Je suis sûr que tu n'as pas tant changé que ça, dans le fond.

— Peut-être que si. Peut-être que toi aussi. On n'est plus les mêmes, terminai-je en me retournant pour lui faire face. Ce rêve qu'on avait imaginé plus jeunes… On ne peut pas le réaliser comme si rien ne s'était passé.

— Alors on pourrait en inventer un nouveau.

Emportée par ses mots, je retrouvais l'espoir et la joie, deux émotions que j'avais pensé perdues à tout jamais. Mais très vite, la réalité me rattrapa. C'était impossible.

Pour éviter d'assombrir l'ambiance, je souris, puis changeai de sujet :

— J'étais amoureuse de toi, tu sais ? Je ne voulais pas te l'avouer et je gardais tout pour moi parce que j'avais peur de briser notre amitié, mais c'était bien le cas.

Il sourit en se mordillant la lèvre inférieure, puis s'approcha un peu plus, collant son corps contre le mien, ce qui me troubla plus que de raison.

— Et aujourd'hui ?

Je haussai les épaules.

— Je ne sais pas vraiment. Je ne t'ai jamais oublié, ça j'en suis certaine, mais je ne sais pas si, ce que je ressens, c'est le souvenir de cet amour de jeunesse ou bien…

— Ou bien si c'est réel ?

J'acquiesçai. Je n'avais jamais été aussi proche d'un autre homme que de lui. Il était le seul avec qui j'avais pris ce risque et puis… Evan restait Evan.

— Qu'est-ce que tu dirais de le découvrir ? reprit-il en me prenant la main pour m'entraîner vers le lit de jardin.

Il prit mon verre et le posa sur la petite table, avant de me faire face.

— J'ai envie de découvrir celle que tu es devenue, princesse, et de connaître tout ce qui a pu se passer dans ta vie ces dernières années.

Je sentis l'angoisse se répandre en moi ; je ne pouvais rien lui dire. Je proposai :

— Et pourquoi pas ne pas parler du tout ?

— Comment ça ?

— Gardons les paroles pour demain.

Il n'y aurait pas de lendemain, et je ne pouvais pas apprendre à le connaître aujourd'hui parce que, assurément, je retomberais amoureuse de cet homme qui m'était interdit.

— Qu'est-ce que tu souhaites faire, alors ?

— On a conclu un pacte tout à l'heure, lui rappelai-je, un peu hésitante.

Il acquiesça en souriant.

— Qu'est-ce que tu veux ?

— Toi. Juste toi.

Je le repoussai un peu, assez pour qu'il finisse par s'asseoir sur le bord du lit. Je cherchais dans son regard son consentement, que je n'eus que lorsque je me penchai pour l'embrasser. Je finis par m'asseoir sur lui, une jambe de part et d'autre, cherchant une position confortable. J'avais l'impression d'être maladroite et gauche mais je savais ce que je voulais.

Je le voulais lui, cette nuit.

Ses mains se perdirent dans mon dos tandis que les miennes partaient à la découverte de son corps.

— Tu es sûre de ce que tu fais ?

Alors que sa bouche se rapprochait de la mienne, j'ouvris les yeux, me perdant une fois de plus dans ses prunelles. J'acquiesçai de la tête pour toute réponse, mon cœur s'emballant quand je retirai mon débardeur.

Ce soir, j'avais vingt-cinq ans, et j'allais vivre ma toute première relation sexuelle avec le seul homme que j'avais jamais aimé.

— Tes amis rentrent dans combien de temps ? demandai-je soudain.

— J'ai fermé à clé. Ils comprendront et trouveront un autre endroit pour passer la nuit.

— Tu es sûr ? Ce n'est pas très correct.

— Non, en effet, mais ce ne sera que justice vu ce qu'ils

ont fait la nuit dernière. Ne t'en fais pas, personne ne nous dérangera.

Il m'embrassa alors et nous fit basculer sur le côté pour venir sur moi. Ses lèvres se perdirent dans mon cou, déclenchant des frissons enivrants.

Si je n'avais jamais pu faire mes propres choix à cause de mon père et de sa menace permanente, ce soir, j'allais donner à Evan ce qu'aucun autre homme ne pourrait avoir…

Je me réveillai dans la chambre alors que le jour n'était pas encore levé. Il ne faisait pas froid pourtant, je frissonnai. Je cherchai une couverture du regard, mais n'en trouvai pas.

Encore somnolente, je me levai néanmoins pour récupérer mes vêtements, que j'enfilai sans un bruit. Je n'avais aucune idée de l'heure mais je savais qu'il était temps pour moi de rentrer, de retrouver ma cousine et de reprendre l'avion. Cette nuit avait été bien trop courte à mon goût mais je devais partir. Mon cœur se serra quand, sur le seuil de la chambre, j'observai Evan, toujours assoupi.

Si seulement ma vie pouvait être différente, me dis-je en soupirant.

Dans le salon, je pris un bloc-notes qui était posé près du téléphone puis griffonnai un mot :

Je suis heureuse de t'avoir retrouvé. De savoir que tu es bien vivant, et que tu t'en sors.

Hier, tu m'as dit qu'on pouvait toujours réaliser nos rêves d'enfants, mais je pense que ce n'est pas possible pour des tonnes de raisons. J'ai conscience que t'écrire un simple mot et partir alors que tu dors encore est lâche, je te demande de me pardonner. J'aurais aimé te le dire de vive voix, mais ça aurait été bien trop dur.

Je te souhaite d'être heureux.

Lilas

Je relus le mot et me détestai de procéder ainsi… Pourtant c'était la meilleure des choses à faire.

Evan ne pouvait pas rester dans ma vie. Il ne le comprendrait probablement jamais, mais je devais le protéger de moi. J'étais un poison qui ne pourrait que lui faire du mal et j'étais prête à tout pour que rien ne lui arrive. Y compris à me priver de sa présence.

Je retournai rapidement dans la chambre et déposai le mot sur mon oreiller, bien en évidence. Je me rendis une dernière fois sur la terrasse, inspirai longuement en effleurant le bas de mon ventre qui était légèrement douloureux.

Il était temps de partir…

À regret, je quittai la terrasse, puis sortis de l'appartement sans me retourner.

Pour lui comme pour moi, c'était mieux ainsi…

4

Deux semaines que j'étais revenue à la maison. Deux semaines que la vie avait repris son cours.

Je tournais la cuillère dans ma tasse depuis un bon moment déjà, les yeux perdus dans le liquide noir qui devait avoir largement refroidi. J'avais beau être de retour physiquement chez moi, mon esprit était resté à Tahiti.

Aujourd'hui était le jour de la Moisson. Je détestais prendre part aux trafics de mon père, mais c'était toujours mieux que d'être le bourreau ou encore gestionnaire des *mules*. Le planning était toujours le même, mais je ne m'y ferais jamais. Le jour n'était même pas encore levé et, comme chaque fois, j'attendais les consignes de mon père.

— Tu es de plus en plus matinale, me dit Victoria en entrant dans la cuisine.

Je souris et me forçai à ne pas replonger dans mes pensées moroses. D'aussi loin que je m'en souvienne, Victoria avait été présente dans ma vie. Elle était mon modèle féminin, d'une humilité et d'une gentillesse infinie. Mon père l'avait engagée parmi les femmes du clan Callini pour être ma nourrice mais, les années passant, elle était devenue à mes yeux plus une mère qu'une gouvernante. Elle m'avait tant de fois protégée de la colère de mon père et je savais que j'étais la fille qu'elle n'avait jamais eue. Menue, elle avait le vrai caractère d'une femme du Sud. Elle aurait pu partir depuis longtemps, puisque à présent j'étais grande, d'autant qu'elle serait bien plus heureuse ailleurs que sous le toit des Callini, mais elle n'avait jamais voulu quitter cette maison. J'en aurais eu le cœur brisé ; elle était ma seule alliée et confidente…

— C'est étrange comme tu es constamment dans la lune depuis ton retour de vacances, reprit-elle en s'installant sur la chaise qui me faisait face. Qu'est-ce qu'il s'y est passé ?

Elle ramena ses courts cheveux noir de jais à l'arrière de sa tête à l'aide d'une pince, puis posa ses coudes sur la table en me fixant de ses yeux tout aussi sombres que ses cheveux, me signalant par ce geste que j'avais toute son attention.

— Absolument rien, si ce n'est une liberté totale, que je regrette aujourd'hui de ne plus avoir.

— Tout s'est bien passé pendant cette semaine-là, ton père te laissera probablement partir à nouveau.

— Je l'espère bien ! J'ai beau être majeure, il ne me fait toujours pas confiance.

— Il veut juste te protéger, Lilas.

— C'est de lui qu'on devrait me protéger. Sans lui, il n'y aurait aucun danger dans ma vie.

Elle ne put qu'acquiescer. Dimitri Callini avait fondé son empire sur la peur et le sang. Il était craint, redouté, mais il s'était également fait de nombreux ennemis de la même trempe que lui.

Mon téléphone sonna avant que j'aie pu finir mon café. Il était temps pour moi de me mettre en route.

— Le devoir m'appelle, soupirai-je en me levant. À plus tard, Vic.

— Fais attention à toi, ma fille.

Je l'embrassai rapidement sur la joue puis décrochai :

— Sois prête dans quinze minutes, me dit Mano, mon oncle, au bout du fil.

— Je le serai.

Il raccrocha sans un mot de plus, tandis que je filai m'habiller. Quinze minutes plus tard, j'étais prête, vêtue d'une robe noire cintrée, d'une courte veste pour couvrir mes bras. Comme chaque fois, j'avais enfilé une perruque blonde avec une coupe au carré courte et chaussé des lunettes aux verres fumés. Une valise vide en main, j'attendais sur le perron de la « Villa du Paradis ». La demeure de ma famille trônait sur une colline qui surplombait la ville et la mer, comme si mon père avait souhaité montrer qui était le roi. Cette maison portait bien son nom : la bâtisse était un exemple de beauté et de raffinement. Mais ce luxe abritait un cœur pourri.

Un enfer se cachait sous le vernis du paradis.

Trois voitures noires aux vitres teintées entrèrent sur la propriété. Elles roulèrent lentement sur l'allée de gravillons qui reliaient l'imposant portail de fer forgé au perron, puis elles firent le tour de la fontaine qui faisait face à l'entrée et stoppèrent. La villa était entourée de grandes étendues végétales dont l'herbe était toujours verdoyante et les arbustes bien taillés. Un des hommes missionnés par mon oncle pour protéger la fille unique de Dimitri Callini sortit de la première voiture en réajustant la veste de son costume sombre. Je le rejoignis et, sans un mot, je montai du côté passager en calant la valise vide entre mes jambes.

La Moisson pouvait donc commencer.

Le premier arrêt se fit au Deep Sensations Club, une boîte de strip-tease. J'attendis quelques instants dans la voiture, le temps que l'entrée soit dégagée, puis j'indiquai à mon Ombre qu'on pouvait y aller. Les quatre autres hommes répartis dans les voitures sortirent à leur tour et me suivirent ensuite en direction de la porte d'entrée. L'un d'eux frappa deux fois, avant qu'on nous ouvre. L'homme chargé du contrôle des entrées ne posa aucune question : il connaissait parfaitement la raison de ma présence.

J'entrai à la suite de Théo, mon chauffeur, un grand brun d'origine asiatique, qui scruta les alentours, pour s'assurer qu'il n'y avait aucune menace directe ; une fois fait, il revint se positionner à mon côté. Les six Ombres travaillaient pour mon père, ils étaient tous présents pour assurer ma sécurité, me surveiller, mais aussi représenter la force et le poids du clan Callini. J'avais la réputation d'être froide, distante et impartiale, et je savais parfaitement me servir de l'arme qui était cachée sous ma veste, mais mon père n'ignorait pas que je refusais de le faire.

Je traversai le club sans m'occuper des filles qui dansaient sur les podiums devant un public principalement masculin. Je me faufilai entre les tables et fauteuils, puis montai les marches au fond de la salle, qui menaient à une mezzanine où se trouvait le bureau du patron. Sans même frapper, mon Ombre ouvrit la porte et pénétra dans la pièce, où je le suivis de près.

Insonorisé, le bureau possédait une cheminée artificielle actuellement éteinte ; la décoration était assez classique mais plutôt de bon goût, dans les tons orange et gris. Une large vitre fumée laissait voir ce qu'il se passait dans le club, sans qu'on puisse cependant nous distinguer.

Jeff, le patron, était assis au bout d'une grande table en chêne gravé, les mains croisées sur cette dernière et son regard blasé rivé sur nous. Visiblement, il nous attendait.

— June, me dit-il avec un signe de tête.

Personne ne connaissait mon vrai prénom. Par mesure de

sécurité, j'avais dû me créer un personnage monté de toutes pièces.

— Bonjour, Jeff. Comment vont les affaires ?

— C'est compliqué, ces temps-ci.

Il mentait. Je le sentais, mais ne relevai pas. Je comprenais.

Mes Ombres se positionnèrent près de l'entrée et d'autres non loin de moi, tandis que Jeff se levait en soupirant. Il approchait la cinquantaine et son ventre bedonnant, attestant probablement d'un excès de bière, restait disgracieux malgré le costume hors de prix qui le moulait. Pourtant, il n'était pas laid, avec ses cheveux en bataille et son regard mystérieux quoiqu'un peu las ; il avait un certain charme, qui aurait été bien plus développé s'il avait pris un minimum soin de lui.

Jeff s'approcha de l'écran plasma suspendu au-dessus de la cheminée puis ouvrit un coffre-fort caché derrière une dalle du mur, utilisant son pendentif triangulaire.

Je posai ma valise vide sur la table, tapai le code et l'ouvris, prête à commencer la récolte, tandis que mes Ombres étaient toujours sur le qui-vive.

— Est-ce qu'on ne pourrait pas revoir les prix à la baisse ? demanda-t-il, incertain.

— On ne change les prix qu'à la hausse, Jeff.

— Oui, mais…

— C'est plutôt calme, ces derniers temps, le coupai-je.

Il se contracta, comprenant immédiatement la menace que je venais de lancer.

— Effectivement, acquiesça-t-il.

— Bien, j'en conclus que tu es satisfait de notre service de sécurité alors.

Jeff sortit une enveloppe du coffre, puis le referma avant

de me faire face. Il me lança un regard abattu en me donnant l'enveloppe à soufflet qui contenait la liasse de billets.

Deux de mes Ombres la récupérèrent et commencèrent à comptabiliser les billets grâce à une machine automatique portable, ce qui sembla agacer Jeff. Comme si l'idée qu'il puisse nous berner était une injure. À mes débuts, je m'étais fait avoir plusieurs fois ; cela n'était plus arrivé depuis longtemps.

Pendant ce temps, je ne cessai d'observer Jeff. Je pouvais sentir la haine qu'il nourrissait envers ma famille et mon père. C'était bien légitime : nous le rackettions chaque mois. Pour asseoir son empire, mon père avait volontairement semé le chaos et la violence pour susciter la peur, ce qui avait fonctionné à la perfection. Les patrons des grosses boîtes, mais aussi des petites, avaient accouru pour demander la protection des Callini. Comme si le trafic de drogue et d'armes ne lui suffisait pas, il avait ainsi développé un service de sécurité et de protection. Son escroquerie n'avait aucune limite. Il voulait contrôler sa ville et tous les environs ; il y arrivait avec brio.

Aujourd'hui, la plupart des patrons regrettaient d'avoir fait appel à lui, même si la venue il y a quelques années d'un autre clan concurrent dirigé par un certain Logan avait déclenché une quasi-guerre civile. À l'époque, la protection par l'empire de mon père avait été précieuse mais, depuis que Logan s'était retranché dans les quartiers nord, le calme régnait.

Le comptage des liasses de billets prit un peu de temps. Une fois fini, mes Ombres rangèrent l'argent dans la valise, que je refermai aussitôt, avant de tourner les talons.

Pas de bla-bla. Jamais. Pas de copinage, non plus. Je n'étais qu'un visage qui représentait mon père et sa menace constante, rien de plus. Ils me pensaient tous dangereuse ; ils ignoraient que je refusais d'utiliser mon arme, que j'avais une peur bleue des insectes et que je détournais les yeux dès que je voyais une scène de violence dans un film.

Le jour n'était toujours pas levé lorsqu'on reprit place dans les voitures. Je n'indiquais aucune destination, mes ombres connaissaient le planning par cœur, tout comme moi. L'un d'eux était en ligne avec mon oncle qui, en tant que bras droit de mon père, était en charge de l'organisation de ce type d'opérations « administratives ».

L'après-midi touchait presque à sa fin quand on emprunta les docks pour nous rendre à la banque, le dernier client à moissonner avant le mois prochain. J'avais toujours une appréhension avant d'entrer dans certains lieux, comme le casino ou les banques. Ils étaient grandement convoités par le rival de mon père, Logan, sûrement à cause de la quantité de cash qui y circulait. Par ailleurs, il y avait toujours le risque qu'un directeur change de camp et choisisse de s'allier à Logan. Auquel cas, j'étais en première ligne.

C'était pour cela qu'on terminait la Moisson par les clients les plus « sensibles » : en y allant lorsque le soleil était bien haut dans le ciel, on s'assurait qu'il y ait constamment du passage. Même si cela n'arrêtait pas les hommes de Logan, cela réduisait les risques de guerre ouverte.

Lorsque je sortis de la voiture pour le dernier ramassage, l'air ambiant me parut lourd et humide. La valise pesait bien plus que le matin même, et pèserait encore davantage en ressortant de la banque principale du centre-ville. Je remarquai que deux des Ombres se faufilaient dans la foule, ce qui n'était clairement pas normal.

— Mano vient de nous prévenir que, selon ses sources, il y

a une activité anormale autour de la banque, m'annonça Théo. Tu ferais mieux d'attendre dans la voiture que nous ayons le feu vert.

— Je vais attendre ici, merci.

Cet univers m'avait appris à ne craindre qu'une seule personne : mon père. Je pris donc appui contre le véhicule et attendis en observant tout ce qui nous entourait.

Une agitation soudaine me fit me redresser. Je vis les Ombres autour de moi se tendre, et je sentis l'inquiétude me gagner à mon tour. Quelque chose n'allait pas. Discrètement, j'ouvris la portière et plaçai la valise sous le siège passager.

— Monte dans la voiture, June, m'ordonna Théo, que je foudroyai du regard. C'est pour ta sécurité.

Je ne pus répondre car une énorme détonation se fit entendre et je me retrouvai étendue au sol la seconde suivante, les oreilles sifflantes et complètement désorientée, des débris de verre partout autour de moi. Des gens couraient dans tous les sens, et beaucoup d'autres se trouvaient dans la même position que la mienne.

Je me relevai et observai les dégâts : l'entrée de la banque, à une centaine de mètres, avait explosé et n'était plus qu'un tas de gravats. Deux de mes Ombres se trouvaient là-bas.

— Va les chercher, ordonnai-je à Théo.

Je tentai de me relever mais, déjà, les autres Ombres se placèrent autour de moi, prêts à me soulever au besoin, pour partir au plus vite.

— Les consignes sont claires : tu passes en priorité.

— Je vais bien ! Je ne bougerai pas, Théo, il faut aller récupérer les autres. On ne laisse personne sur place. Allez les chercher !

Ils finirent par m'obéir. Théo et l'un de ses collègues fendirent la foule, toujours affolée. L'air s'était chargé de poussière et je toussai. Au loin, les sirènes de pompiers et de police retentirent.

Quand Théo revint avec les deux Ombres partis en repérage, le soulagement m'envahit. J'avais beau détester leur surveillance constante, ces hommes ne faisaient que leur job et je tenais à ce qu'ils rentrent sains et saufs chez eux chaque soir.

J'ouvris la portière de la voiture mais, soudain, je me figeai, mon regard bloqué à quelques pas de là.

Au sol, à une dizaine de mètres, une silhouette familière avait attiré mon regard.

Ce cadran d'horloge sur le biceps et ces flammes qui encerclaient ses avant-bras…

Ce visage aux traits si virils… Comment était-ce possible ? Jamais je n'étais tombée sur lui en sept ans et, aujourd'hui, nos routes se croisaient à nouveau dans ce chaos.

Parce qu'il était là, au sol, visiblement sonné.

Evan.

5

Sans réfléchir, je me précipitai dans sa direction. Une fois près de lui, je pus constater qu'il semblait aller bien malgré ses yeux qui papillonnaient et une grande égratignure le long de sa joue.

— Evan ? appelai-je en me baissant à son niveau.

— Merde, June ! s'exclama Théo en courant vers moi.

Doucement, je caressai son visage, jusqu'à ce que le regard aussi bleu que la mer en pleine tempête d'Evan finisse par croiser le mien. Il semblait désorienté et sonné.

— Princesse ?

Théo s'arrêta à mes côtés et eut un instant d'hésitation avant de jurer à nouveau. Il m'attrapa par la taille et me souleva pour me porter jusqu'à la voiture et m'y faire entrer de force. Je me résignai à ne pas me débattre et jetai un dernier coup d'œil vers Evan avant que la portière ne se ferme.

— Le terrain n'est pas sécurisé, s'énerva Théo en mettant la voiture en route. Bon sang, mais à quoi est-ce que tu pensais ? !

Surprise, j'observai mon Ombre : jamais un des hommes de mon père ne s'était un jour énervé contre moi. Son visage était fermé, ses yeux bridés semblaient vouloir tuer tout ce qui bougeait et ses mains serraient le volant si fort que ses doigts étaient blancs. J'avais l'habitude de travailler avec lui ; malgré sa petite trentaine, cela faisait plusieurs années qu'il me conduisait lors des Moissons, mais pas une fois je ne l'avais vu dans un tel état.

— Théo, tu es vraiment en train de me disputer ?

Il ne me répondit pas tout de suite. Il tentait de se reprendre avant de formuler une réponse.

— June... Est-ce que tu as remarqué qu'il y a eu une explosion ou bien tu as pris un choc à la tête qui t'a fait perdre tout bon sens ?

— J'ai bien vu et senti l'explosion mais...

Je m'arrêtai et secouai la tête. Je n'avais pas de comptes à lui rendre et puis, comment expliquer que je connaissais Evan et que je m'étais inquiétée pour lui ? Ceci finirait par arriver aux oreilles de mon père, à n'en pas douter, alors je décidai d'être la plus distante possible puis repris plus froidement :

— Peu importe, Théo. Je voulais juste aider.

— Tu es consciente de ce qu'il adviendrait de nous s'il t'arrivait quelque chose ?

Je ne m'étais jamais posé la question, par crainte de la réponse. Mais s'il m'en parlait, c'était que cela devait être vraiment important.

— Vous ne serez pas replacés sur un autre poste, je suppose ?

— Non, répondit-il en me jetant un rapide coup d'œil, avant d'accélérer sur l'autoroute. S'il t'arrive le moindre problème, c'est fini pour nous.

Je restai silencieuse. C'était logique. Mon père n'avait aucun scrupule à me mettre en danger, mais refusait qu'il puisse m'arriver quoi que ce soit. Le connaissant, ça allait de soi. Je ressentis un poids supplémentaire sur mes épaules et je ne prononçai plus un mot jusqu'au retour à la Dimca Compagnie.

L'entreprise de sécurité de mon père siégeait au cœur d'une zone industrielle reculée, dans un immeuble de deux étages à l'apparence inoffensive en surface mais, au sous-sol, un immense espace cloisonné avait été installé pour accueillir les affaires privées des Callini. Mon père étant absent, je fis un rapide compte rendu de la journée à mon oncle, Manuel de son vrai prénom. Grand et fin comme une brindille, il était néanmoins bel homme, avec un côté négligé calculé. Pourtant, il avait le même regard que mon père : noir. Ne dit-on pas que les yeux sont les fenêtres de l'âme ? Eh bien, dans les siens, je pouvais voir beaucoup de choses malsaines.

Assise sur un des canapés du bureau principal, où la télé mise en sourdine diffusait un reportage sur l'explosion de la banque, apparemment due à une tentative de braquage déjouée, j'attendais que les machines finissent de comptabiliser les billets. J'observais les images en pensant à l'homme des Callini ayant trouvé la mort pour protéger les intérêts de mon père, ainsi qu'aux quatre autres victimes de l'explosion. S'agissait-il d'un simple braquage ou Logan se cachait-il derrière cette attaque ?

Je finis par me lever, à l'instant même où les machines arrêtèrent leur bourdonnement de comptage.

— Je prendrai rendez-vous avec le directeur de la banque d'ici quelques jours, le temps que tout ça se tasse, dis-je en récupérant la valise vide.

— Tiens-moi au courant du lieu et de l'horaire. Trouve un endroit neutre, où je pourrai envoyer des hommes en reconnaissance.

J'acquiesçai, puis quittai le bureau. Le sous-sol de l'entreprise était étouffant. Les odeurs métalliques de sang mélangées à l'antiseptique y étaient omniprésentes, et me dégoûtaient. Je passai devant une salle à la lumière tamisée où des hommes et des femmes étaient chargés de traiter la drogue, de la peser et de l'emballer. Plus loin se trouvait une armurerie à l'accès hypersécurisé et, derrière, la zone des passeurs, autrement dit les « mules ». Le plus triste, c'était que toutes les mules étaient présentes à leur initiative : nous n'avions pas besoin d'employer la force pour les convaincre de risquer leur vie. Passant devant l'enfilade de salles sans ralentir, je finis par remonter les escaliers pour quitter ce QG de l'horreur qui me donnait la chair de poule, avant de retrouver mes Ombres.

— On rentre, dis-je en continuant mon chemin jusqu'à la sortie.

Théo m'emboîta le pas sans discuter, puis me ramena à la villa. Pendant tout ce temps, je ne cessai de penser à Evan.

À la maison, je tournai en rond durant un long moment. Il était tard, mais je n'avais pas sommeil. Les rires de mes Ombres à l'extérieur me tapaient sur le système. Je voulais juste me retrouver seule. Véritablement seule.

L'envie de me rendre sur la plage me démangeait, mais je savais que c'était une mauvaise idée. Je le savais parfaitement… Pourtant, je finis par faire le mur et filai discrètement sur la plage de mon enfance.

En bas de la colline, je retirai mes chaussures, puis foulai le sable. La plage était déserte et j'en fus presque déçue. C'était mieux ainsi, j'en avais bien conscience, mais… je n'arrivais pas à me sortir Evan de l'esprit.

Je restai un moment assise sur le sable, savourant cette parenthèse de liberté au coin d'un rocher, jusqu'à ce que la nuit soit bien installée et que la fatigue se fasse enfin sentir.

— Je te retrouve enfin ici.

Mon cœur eut un soubresaut avant qu'il ne se mette à battre plus fort. Evan venait d'arriver à mes côtés, les mains dans les poches de son jogging, et observait la mer sombre. Il semblait las, mais sur le qui-vive, comme prêt à se battre.

Je pouvais voir sur les traits de son beau visage qu'il était en colère et tendu. Quand il finit par s'asseoir et qu'il tourna son regard vers moi, je détournai le mien. J'étais... gênée. Je m'étais enfuie comme une voleuse après lui avoir donné ma virginité et à présent... Je regrettai d'être venue jusqu'ici.

Lorsque le silence devint vraiment inconfortable, je relevai la tête pour affronter son regard. Dans ses yeux flottait une lueur amusée mais son visage restait fermé. C'était comme s'il essayait d'être énervé, mais qu'il n'y arrivait pas.

— Tu es en train de te moquer de moi ? demandai-je.

— Je ne sais pas ce que je dois faire. Je trouve très drôle de te voir pour la première fois stressée et gênée devant moi. Et en même temps, j'ai toutes les raisons de t'en vouloir.

— Je suis désolée.

Il eut un bref rire sans joie, passa une de ses mains dans ses courts cheveux sombres, comme s'il avait affaire à une énigme qu'il ne parvenait pas à résoudre. Ses sourcils étaient froncés quand il reporta son regard sur l'horizon.

— On a perdu sept années loin l'un de l'autre et à peine on se retrouve que tu fuis ? Je viens ici tous les jours depuis mon retour, et je t'en veux un peu plus chaque soir, quand je ne t'y vois pas.

Il ne me laissa pas le temps de parler et enchaîna.

— J'ai même l'impression de devenir fou, à te voir partout où je suis alors que tu n'y es pas. Pourquoi ne pas être revenue avant ?

— Je ne sais pas.

— Et pourquoi es-tu là, ce soir ?

Comment répondre à cette question, alors que je n'en avais

pas la moindre idée ? J'avais eu peur. Peur en le voyant étendu sur le sol quelques heures plus tôt. Peur de le perdre à nouveau. Venir ici avait été une erreur.

— Je ne devrais pas être là, tu as raison, finis-je par répondre.

Evan soupira, agacé, puis se tendit en me voyant me relever. Il m'attrapa par le poignet et secoua la tête.

— Ne fais pas ça.

— Pas quoi ?

Il se releva à son tour et me fit face. Plus aucune trace de colère ne se trouvait dans son regard, juste une grande lassitude.

— Partir.

— Il faut que je rentre.

— Accorde-moi cinq minutes.

Il tira doucement une mèche de mes cheveux châtain, et me fit un sourire encourageant.

— Recommençons depuis le début : salut, je m'appelle Evanilson Naocunregret.

— Tu t'app…

Je me figeai en comprenant soudainement. Il venait de crever l'abcès en faisant référence à notre nuit passée ensemble. Un grand sourire s'installa sur son visage que je reconnus aisément : il se moquait de moi. J'étais tombée dans son piège à pieds joints. Je souris également en répondant :

— Je n'ai aucun regret non plus.

— Bien ! Alors, est-ce que tu veux bien simplement venir dîner demain soir avec moi ? On a beaucoup de choses à rattraper et tu m'as promis qu'on discuterait. Ne pense pas pouvoir m'échapper, je ne veux pas que tu disparaisses encore une fois.

— Tu n'es plus fâché ?

— Je n'ai jamais réussi à rester fâché contre toi, mais je devrais vraiment l'être. Surtout que je ne sais même pas si je vais te revoir. Quelque chose me dit que tu voudrais m'éjecter de ta vie.

— Ce serait probablement mieux, Evan. Je ne suis pas quelqu'un de bien pour toi.

Il secoua doucement la tête, sans comprendre le sens profond de mes paroles.

— Au contraire. Je sais parfaitement ce qui est bien ou non dans ma vie, et je te connais, toi. La première fois qu'on s'est rencontrés, tu avais la même carapace que celle que tu as aujourd'hui. Je sais que les années ont passé, qu'on a changé, mais ne me demande pas de faire comme si on ne se connaissait pas.

Le silence s'installa. Je comprenais ce qu'il disait et je mourais d'envie de découvrir tout ce qu'il s'était passé dans sa vie. Je regardai ses avant-bras couverts de tatouages puis changeai de sujet :

— Qu'est-ce que veulent dire tous ces tatouages ?

Je pris l'une de ses mains que je retournai à plat pour parcourir les lignes noires. Deux cercles de flammes entourés d'un anneau faisait le tour de chacun de ses avant-bras, et une phrase dans une langue que je ne reconnus pas se trouvait inscrite tout du long.

— Je te le dirai demain soir, au restaurant. Tu raffoles toujours de la gastronomie mexicaine ?

À mon expression surprise mais ravie, il comprit que la réponse était positive avant même que je réponde un simple « oui ». Il releva la tête et me fit un sourire satisfait.

— Que dis-tu du Mexilango ? Pour vingt heures ?

Tiraillée intérieurement, je fermai les yeux un instant, tentant de me reprendre, mais il n'y avait rien à faire : j'étais incapable de refuser. J'avais trop envie de sa présence, du bien qu'elle me faisait. Je me détestai lorsque ces mots sortirent de ma bouche :

— OK pour demain soir.

Il se mordilla la lèvre inférieure, comme pour retenir un sourire triomphant, puis déposa un rapide baiser sur mon front avant de me serrer contre lui, comme on le faisait si souvent plus jeunes. Il avait probablement compris que ça me coûtait d'accepter, mais il ne pouvait pas imaginer le danger que je représentais pour lui.

— Parfait, murmura-t-il en me dévisageant. Je passe te chercher à quelle heure ?

— Je préfère qu'on se retrouve sur place.

— Tu ne me feras pas faux bond ?

— Non, je serai là.

Il acquiesça et recula d'un pas, faisant éclater la bulle de bien-être qu'il faisait naître par sa simple proximité.

— Je ferais mieux de partir, repris-je. Mais je serai là à vingt heures, demain.

— Très bien, la mystérieuse. Dans ce cas, à demain.

— Oui, à demain.

Faire le premier pas en arrière fut le plus dur. Comme quand j'étais plus jeune, le quitter était toujours aussi ardu. Mais j'avais grandi, lui aussi, et nous n'étions plus les mêmes. Ce n'était qu'une question de temps avant qu'on se rende compte que tout ceci n'en valait pas la peine. Plus je m'éloignais, plus je savais que j'avais raison. Oui, nous allions dîner ensemble, et on se rendrait compte qu'on était trop différents, que nos sentiments n'étaient plus les mêmes. Alors, ce serait plus facile de prendre mes distances.

De toutes les manières, il ne pouvait en être autrement.

La bonne nouvelle, c'était que le restaurant se trouvait dans les quartiers nord. Cela voulait donc dire que mon père ne pourrait me pister jusque là-bas. Peut-être que cette soirée se passerait bien, finalement.

Peut-être…

6

Accepter un rendez-vous était une chose. Réussir à m'y rendre sans être suivie en était une autre.

J'avais ruminé toute la journée, réfléchi aux solutions qui s'offraient à moi, sans en trouver une qui me convienne cependant. J'avais finalement fait appel à ma cousine, car sans complice je n'aurais pas eu les moyens de me déplacer aussi loin sans être repérée ou suivie par mes Ombres. J'avais essayé un nombre incalculable de tenues, que je trouvais toutes trop formelles ou inadaptées. Je finis tout de même par en trouver une simple, composée d'un jean sombre ainsi que d'un haut bleu clair. J'enfilai une courte veste en cuir puis attachai mes cheveux en une queue-de-cheval, quand Caroline entra dans la chambre. Habillée d'une robe courte à fleurs et d'une veste légère, elle avait tressé ses cheveux blonds, qu'elle avait ramenés joliment sur le côté.

— Je suis prête pour la mission commando !

Elle s'arrêta derrière moi dans mon dressing, qui constituait une pièce à part entière au fond de ma chambre, et m'observa dans le miroir avec une moue d'approbation.

— Simple, mais efficace, valida-t-elle.

Caroline ne savait rien d'Evan, ni qu'il était celui avec qui j'avais rendez-vous ce soir. Nous avions toutes les deux parfaitement conscience que, moins nous connaissions les détails de la vie de l'autre, mieux c'était pour nous.

— Tu crois vraiment que dire que je suis malade marchera ? demandai-je en m'asseyant sur le sofa au pied du lit.

— N'importe quelle excuse fonctionnera, Lilas. Tu n'as jamais fait le mur, ce n'est pas comme si tu te faisais la belle tous les week-ends : tout le monde n'y verra que du feu. Ça fonctionnera, j'en suis certaine.

Je ne répondis rien, mais souris en repensant au nombre de fois où je m'étais faufilée hors de la villa quelques années auparavant.

— Tu es sûre que tout ira bien, ce soir ? s'enquit-elle en s'asseyant à mes côtés. Tu ne cours aucun risque ?

— Normalement, non… Mais on sait toutes les deux que faire partie de la famille Callini est en soi risqué.

— Je sais bien, mais tu es la fille du grand boss, Lilas. Si tu as des gardes du corps, ce n'est pas pour rien.

Et cette vie-là, elle l'enviait. Ma position de fille unique du patriarche du clan la faisait rêver ; si j'avais pu échanger nos places, je l'aurais fait volontiers.

— Ce n'est qu'une soirée, et j'ai rendez-vous en tant que Lilas. Personne ne me reconnaîtra. J'ai simplement besoin de respirer et d'être un peu seule. Contrairement à toi, je n'ai jamais pu faire ce que je voulais, vivre par moi-même, ni même avoir une adolescence ou un début de vie d'adulte « normal ». Je ne sais même pas ce que c'est vraiment. Alors, je voudrais juste être comme tout le monde, le temps d'une soirée.

— Je comprends. Je m'occupe de ta belle-mère ?

J'acquiesçai en grimaçant ; moins je voyais cette dernière, mieux je me portais. Ma belle-mère, Dalila, avait une dizaine d'années de plus que moi, et elle était la reine des garces. Elle était comme un serpent tapi dans l'ombre, toujours aux aguets pour attaquer sa proie et l'achever plus ou moins lentement. Elle ne voyait que par l'argent et le pouvoir et, en mettant la main sur mon père, elle s'était elle-même couronnée. Tout n'était qu'intérêt. Pourtant, elle était belle, d'une beauté rare et naturelle, mais tout son être était aussi pourri que celui de mon père. Peut-être était-ce pour ça qu'il l'aimait. Tous les deux constituaient l'exemple parfait de qui je ne voulais absolument pas être.

Mon père étant toujours absent, mon seul obstacle était donc la vipère. Caroline m'expliqua brièvement qu'elle irait voir ma belle-mère et signalerait que j'avais chopé une gastro. À coup sûr, par crainte que je la contamine, cette dernière n'entrerait pas inopinément dans ma chambre. Pour les Ombres, je n'avais qu'à m'éclipser sans me faire repérer et tout irait bien.

Une heure avant le rendez-vous, Caroline quitta la chambre et partit exécuter sa mission. Le temps me parut d'une longueur infinie, et quand enfin mon téléphone sonna, je soupirai.

— Alors ? dis-je en décrochant.

— Mission réussie. Ça a pris du temps, je suis désolée. Je suis toujours aussi surprise qu'elle m'apprécie autant et veuille me raconter sa vie.

— Elle y a cru ?

— Crois-moi, vu tous les détails sordides que j'ai pu lui donner, elle restera très loin de toi, de ta chambre et de tout ce que tu as pu toucher de près ou de loin.

— Tu es la meilleure, dis-je en riant.

— Je sais ! Par contre, il y a un souci : tes Ombres ont investi la maison. Du moins, la cuisine et le salon, sans parler de l'extérieur. Fais bien attention en sortant. De mon côté, je me gare en bas de la colline du côté de la mer pour éviter qu'on me voie.

— C'est parfait, Caro. Je te remercie et je vais faire aussi vite que possible.

Je raccrochai et pris une profonde inspiration. Il était temps de se mettre en route. La présence des Ombres m'obligeait à emprunter un chemin plus complexe que celui que je prenais pour me rendre sur la plage. Ce serait sportif et risqué, mais je n'avais pas le choix.

Faire le mur en étant adulte… C'était une chose assez ironique, mais plutôt triste de mon point de vue. Si je pouvais habituellement me rendre où je le souhaitais, ce n'était jamais sans mes Ombres et jamais sans que mon père ne soit au courant de mes moindres faits et gestes. Ma liberté était un mirage enrobé de luxe pour en camoufler la fausseté.

Comme tant de fois lorsque j'étais adolescente, je pris le chemin de ma liberté ; le couloir de l'étage étant désert, je sortis pieds nus et descendis les escaliers discrètement. La salle d'eau n'était pas si loin, mais j'avais tellement peur d'être repérée que j'eus l'impression de devoir parcourir des kilomètres. Du brouhaha se faisait entendre un peu plus loin et mon cœur cognait fort dans ma poitrine. Si quelqu'un me voyait ici, tout apprêtée, alors que j'étais censée vomir tripes et boyaux à l'étage, aucun mensonge ne pourrait me sortir de cette galère.

Je courus sur la pointe des pieds sur les derniers mètres me séparant de la salle d'eau, puis soupirai de soulagement lorsque je refermai la porte derrière moi et la verrouillai. Après avoir rabaissé l'abattant des toilettes pour m'y asseoir, j'enfilai mes chaussures plates et, fin prête, je déverrouillai sans bruit la porte de la pièce, puis ouvris la fenêtre qui se trouvait un peu en hauteur. De l'autre côté, une bordure de hêtres verts longeait la villa. Victoria m'avait un jour expliqué que c'était ma mère qui les avait fait planter pour ma naissance ; ils m'avaient servi à de nombreuses reprises à cacher mes sorties et j'avais parfois l'impression qu'ils étaient là pour m'aider.

Je montai sur la cuvette des toilettes, et me glissai à l'extérieur, mon bras tâtonnant à la recherche d'une branche. J'en trouvai une et m'y accrochai maladroitement – j'avais perdu l'habitude d'emprunter ce chemin… Je chutai d'une façon plus ou moins contrôlée de l'autre côté puis, sans perdre trop de temps, je me relevai en me massant le bras et en ignorant la douleur à ma cuisse, pour longer la maison le dos courbé. Une fois le mur passé, je soufflai un instant en dépoussiérant mes vêtements. J'allais avoir de jolis bleus, mais j'avais réussi.

Je rejoignis Caroline à petites foulées ; elle m'attendait, appuyée contre sa voiture garée sur le bas-côté, le regard rivé sur la mer calme alors que le soleil descendait sur l'horizon. Je souris en voyant au loin le mur de rochers derrière lequel j'avais passé tant de soirées avec Evan.

— Mission réussie ! dis-je en arrivant près d'elle.

— Tu en as mis du temps, se moqua-t-elle.

Je lui fis une grimace en guise de réponse, puis montai en voiture.

C'était la toute première fois que je m'aventurais hors de la zone où j'habitais, plus loin que la plage, sans personne pour me surveiller. Caroline mit la radio et j'ouvris ma fenêtre, comme pour savourer l'air enivrant de la liberté. La vraie. Une petite voix dans ma tête voulait m'avertir que c'était dangereux, mais je refusais de l'écouter. Ce soir, j'allais profiter d'une parenthèse de bonheur en tête à tête avec Evan. Je savais que ça ne durerait pas alors, tout comme la nuit qu'on avait passée ensemble à

Tahiti, j'étais déterminée à ne laisser aucune interférence venir perturber ce moment.

On traversa rapidement la ville, contournant son centre toujours bouché, pour longer les côtes et remonter en direction des quartiers nord. Caroline me déposa au coin d'une rue à proximité du restaurant et me souffla une fois encore de faire attention à moi et de l'appeler si besoin.

Je marchais sur le trottoir en tentant de repérer l'établissement qui devait se trouver en face, quand j'aperçus Evan.

Il était vêtu d'un jean et d'une chemise blanche dont les manches étaient retroussées, et je me sentis sourire dès l'instant où mes yeux se posèrent sur sa silhouette. J'étais un peu en avance, mais lui l'était visiblement bien plus que moi. Il s'entretenait au téléphone et la discussion paraissait l'énerver. Je m'arrêtai un peu avant de traverser pour l'observer, sans savoir pourquoi j'en ressentais le besoin.

Il s'appuya contre une voiture, m'offrant son profil, puis raccrocha et se redressa lorsqu'un autre homme un peu plus âgé s'approcha. Je remarquai que l'homme avec Evan semblait le craindre ; c'était comme s'il n'osait pas l'affronter du regard, alors même que cet individu était loin d'être chétif ou sans défense – Evan était peut-être son patron ?… L'inconnu, qui avait dans la trentaine, ne cessait d'acquiescer face à un Evan froid et intransigeant. C'était étrange de voir cette facette de lui que je ne connaissais pas. S'il pouvait parfois avoir un regard intimidant et qu'il avait un charisme certain, jamais il ne m'avait fait peur. Apparemment, ce n'était pas le même homme avec les autres personnes de son entourage.

Quand l'inconnu finit par faire demi-tour et s'en aller, je traversai la route pour rejoindre Evan.

— Salut, dis-je en arrivant à sa hauteur.

Il me sourit, ce qui transforma instantanément son visage en celui que je connaissais, puis ses yeux pétillèrent d'un drôle d'éclat quand il me regarda entièrement.

— Salut. C'est la première fois que je te vois aussi bien habillée. Tu es ravissante.

Je souris : faire le mur était beaucoup plus simple en jogging ou en pantalon ample que vêtue comme je l'étais.

— Merci, mais tu oublies Tahiti...

— Non, ça je ne peux pas l'oublier, répondit-il aussitôt en me fixant.

Comprenant son sous-entendu, je souris sans plus savoir quoi dire, désarçonnée par le poids de son regard. Il ouvrit la porte du restaurant et me tint par le coude, pour m'inviter à entrer. Au moins, il n'attendait pas de réponse de ma part, ce qui me convenait très bien, parce que la soirée ne faisait que commencer et il me chamboulait déjà.

Une serveuse nous installa dans un coin du restaurant et je notai qu'elle se comportait de façon inhabituelle. C'était comme si elle connaissait Evan, et qu'elle évitait de croiser son regard. Chassant ces pensées parasites, je finis par me concentrer sur la carte et, très vite, on passa commande. Je décidai de l'interroger :

— Je t'ai vu parler avec un homme tout à l'heure, c'était ton employé ? Il avait l'air de te redouter.

— Non, juste un type qui me doit pas mal de fric. J'ai fait l'erreur de lui en prêter et, même si je ne cours pas après l'argent, j'aime quand tout est réglo. Lui, il ne l'est pas.

J'acquiesçai, le comprenant parfaitement. Vu le travail que j'effectuais pour mon père, je ne pouvais qu'être d'accord avec cette vision.

J'enchaînai :

— Et la serveuse ? Tu la connais ? Elle t'a regardé bizarrement.

— Tu es bien curieuse, dit-il, amusé. Est-ce que tu es enfin prête à parler de ta vie aussi ?

— Je ferai ce que je peux.

— Très bien. Alors, concernant la fille, on a habité dans le même immeuble pendant un moment. Disons que, avec la vie que j'ai eue, j'ai été amené à faire des choses pas très correctes.

— Tu lui as fait du mal ?

— Pas du tout ! Elle doit penser que je vais lui amener des problèmes et qu'il vaut mieux rester à distance.

Je l'observai en me demandant ce qu'il avait bien pu traverser. Nous n'avions jamais été très bavards sur nos vies respectives, surtout moi, et si je savais ce qu'il avait enduré adolescent, depuis, c'était le trou noir. Cela me rendait curieuse, je voulais tout savoir de lui.

— À présent, c'est toi qui m'observes étrangement, me dit-il, incertain.

— Non, c'est juste que j'ai l'impression que l'homme que je connais est une version différente du Evan que les autres connaissent.

— Parce que c'est le cas.

Voyant que je fronçais les sourcils sans vraiment comprendre, il reprit :

— La vie a fait que j'ai dû m'endurcir et me forger une certaine réputation, pour m'en sortir. Les gens ne retiennent que ce qui les arrange, alors ils s'imaginent que je suis dangereux. Ils ne connaissent pas mon histoire. Au fond, je n'ai pas changé, tu sais. Mais eux pensent que je suis le Diable.

— Non, je connais le Diable et il ne te ressemble pas.

Ma répartie le dérida et il sembla soulagé que je ne prenne pas la fuite dans l'instant.

— Et toi, alors ? s'enquit-il en s'adossant à son siège. Qu'est-ce que tu fais dans la vie ?

Devais-je mentir ? Enrober la vérité ?

Lui dire qui j'étais était bien trop dangereux pour lui comme pour moi, et puis… s'il savait que mon père était celui qui produisait la drogue qui avait détruit sa mère, il me détesterait.

— Je travaille dans l'entreprise familiale. Import, export, conclusion de contrats et gestion de trésorerie, entre autres. Rien de passionnant.

— Je suis sûr du contraire.

Je lisais sur son visage une curiosité qui était en train d'être assouvie. Je me rendis compte que, s'il avait toujours respecté mon choix de ne pas parler de ma vie, il n'en restait pas moins avide de savoir. Qu'il s'intéresse autant à moi me toucha profondément.

— Et pourtant, répondis-je en secouant la tête, si ma vie s'avère mouvementée, elle n'a vraiment rien de passionnant.

— Ta famille te restreint toujours ?

— Tu n'as pas idée à quel point…

— Mais tu as réussi à venir.

— En effet, de la même façon que je le faisais plus jeune.

— Tu as fait le mur ? Vraiment ? Je ne comprends pas, tu es majeure à présent…

— Ça ne change rien. L'âge n'est qu'un chiffre, ma famille se fiche de la loi. Elle veut juste contrôler mon existence et sait comment procéder.

Voyant que cette discussion assombrissait mon humeur, il se pencha au-dessus de la table, et me fixa avec une expression plus légère.

— La jeune femme riche et prisonnière, traînant avec le

« vaut-rien » des bas quartiers. On pourrait faire le remake de *La Belle et le Clochard*.

— Sauf que tu n'es pas un clochard. Et puis, regarde-toi ! Tu sembles avoir bien réussi.

— Ouais…

À son tour, son humeur s'assombrit légèrement. Malgré notre volonté mutuelle de parler de nos vies, il restait beaucoup de zones sombres et taboues.

Je décidai de changer de sujet et lui pris les mains que je retournai paumes vers le ciel pour observer ses tatouages.

— Qu'est-ce que ça veut dire ? demandai-je en caressant d'un doigt l'intérieur de son avant-bras, où se trouvait une écriture en une langue que je ne reconnaissais pas.

— Ici, m'indiqua-t-il en montrant son bras droit, ça signifie « Quand le frère est soutenu par le frère », et ici, poursuivit-il en me désignant le gauche, « Il n'y a que Dieu pour les éprouver ».

Je fronçai les sourcils, puis relevai doucement le visage vers lui.

— Tu as un frère ?

Il acquiesça en souriant tendrement.

— Il a six ans. C'est une boule d'énergie, même si la vie n'est pas tendre avec lui non plus. Il est né en prison. Ma mère n'a jamais réussi à arrêter la drogue. Elle a été incarcérée enceinte d'un peu plus de sept mois et elle a accouché quelque temps après. Il est arrivé un peu en avance, mais il est robuste. Quand elle est décédée d'une overdose deux ans plus tard, il a été placé en famille d'accueil. *Bis repetita*. Mais j'ai fait en sorte qu'il tombe sur des gens bien.

La serveuse nous apporta nos plats et je la remerciai, sans savoir comment rebondir face à tout ce qu'Evan venait de me confier. C'était beaucoup d'informations d'un coup, mais je voulais encore en savoir davantage.

Je prenais conscience de tout ce que j'avais loupé.

Cette intimité était dangereuse, mais je m'étais promis de ne mettre aucune barrière. Juste pour ce soir.

Ensuite… Ensuite, on verrait.

7

Le repas se poursuivit sur une tonalité plus légère. Evan me posa pas mal de questions pour savoir ce qui s'était passé pour moi durant toutes ces années et je répondis en restant vague, sans jamais entrer dans les détails. Il semblait s'en contenter et je lui étais reconnaissante de ne pas être trop insistant. Il paraissait décidé à faire de cette soirée une réussite et à prendre soin de moi, en s'assurant que tout ce qui nous entourait me plaisait. J'avais la sensation qu'il avait peur que ce ne soit pas assez bien, alors que je me fichais royalement de ce qu'il pouvait y avoir autour de nous. La seule chose qui m'importait, c'était lui.

Nous nous comportions en amis plutôt qu'en amants et Evan essayait de maintenir une certaine distance entre nous, mais je surprenais de temps en temps son regard sur moi, un regard que je trouvais craquant et dont il était le seul à avoir le secret. On discuta, sans interruption, en se posant une multitude de questions, comme pour tenter de rattraper le temps que nous avions perdu. Ainsi, j'appris qu'il avait terminé ses études, sans but réel, jusqu'à ce que son petit frère entre dans sa vie.

— J'avais beau être majeur, m'expliqua-t-il en reposant ses couverts sur la table quand il eut terminé, je ne suis jamais allé voir ma mère en prison. Par contre, je me suis tout de suite mis à chercher un travail après l'obtention de mon diplôme, pour avoir un logement rapidement et faire une demande de garde exclusive. Je voulais récupérer mon petit frère le plus vite possible.

— Tu savais que ça allait mal tourner avec ta mère ?

— Il y avait une part de moi qui espérait que cette nouvelle naissance lui fasse prendre conscience de ce qu'elle pouvait perdre et aussi de ce qu'elle avait déjà perdu, mais elle a répété les mêmes erreurs.

Je reposai mes couverts à mon tour, sans cesser de l'observer. N'importe qui aurait pensé qu'Evan n'était pas touché par ce qu'il était en train de dire, tant il racontait son histoire avec nonchalance. Il le cachait bien, mais il était loin d'être aussi détaché qu'il le montrait.

— Tu as réussi ? demandai-je doucement. À obtenir sa garde ?

— Non, pas encore. Il y a eu pas mal de contretemps et un problème en appelant un autre… Pour le moment, je m'assure que tout va bien pour lui, qu'il est en sécurité, ne manque de rien et ait une enfance aussi normale que possible.

— Je comprends.

La serveuse nous débarrassa sans un mot, puis nous apporta la carte des desserts. On se plongea un instant dans sa lecture et, ne pouvant plus avaler quoi que ce soit, je la refermai simplement. Je ne voyais que les yeux d'Evan qui dépassaient derrière le menu mais je devinais son sourire à cause du plissement de ses paupières.

— Tu as déjà choisi ? me demanda-t-il en repliant la carte.

— Je ne vais rien prendre, je suis pleine.

— Sûre ? (J'acquiesçai.) Bien… (Il appela la serveuse.) C'est possible d'avoir une bouteille de tequila, avec deux verres à shot ?

Une fois que la serveuse fut retournée en cuisine, Evan se concentra à nouveau sur moi.

— Qu'est-ce que tu as besoin d'oublier ? m'enquis-je en posant mon menton sur ma main.

— Je ne veux rien oublier.

— Alors tu veux me soûler ?

— Non, je veux jouer.

— Jouer ?

— Oui. La vie est un jeu, non ? Alors jouons, si tu veux bien.

— D'accord, mais à quel jeu exactement ?

— *J'ai ou je n'ai jamais.*

— Pourquoi je sens que ça ne va pas me plaire ?

Il me fit un grand sourire, puis m'expliqua rapidement les règles : nos phrases devaient commencer par « j'ai » ou « je n'ai jamais », suivies d'une vérité. Si l'autre avait fait la même expérience, il ne buvait pas. Le but ? S'amuser en continuant de se découvrir. Bien sûr, je me devais de le faire boire plus que moi.

— Donc, oui, tu veux me soûler, dis-je en riant quand il eut fini son explication.

— Il n'y a aucune obligation, c'est juste une proposition.

— D'accord, j'accepte.

— Tu veux commencer ?

Au moins, si je commençais, j'étais sûre de ne pas boire au premier tour.

— D'accord. Alors… Je n'ai jamais été en boîte de nuit.

Evan remplit nos deux verres, puis vida le sien d'une traite, me signalant ainsi qu'il s'y était déjà rendu.

— Je n'ai jamais pris de bain de minuit, enchaîna-t-il.

Je souris, ravie de ne l'avoir jamais fait non plus.

Cela me rappelait qu'ados nous nous étions promis qu'un jour on se baignerait par une nuit de pleine lune. Cela n'était finalement jamais arrivé…

— J'ai déjà été dans un club de strip-tease, dis-je en souriant.

Evan fronça un instant les sourcils, puis pencha sa tête sur le côté en plissant les yeux. Il avait l'air surpris mais pas choqué ; au contraire, c'était comme si l'idée lui plaisait. Pour une fois, mon activité clandestine me servait d'une manière plaisante.

Il finit par lever son verre à nouveau rempli et le but cul sec.

— À ce rythme, je vais finir par rentrer en rampant, rit-il en remplissant à nouveau son verre. J'ai déjà fait de la plongée sous-marine.

Je grimaçai et attrapai le verre que je regardai comme si un serpent allait en sortir. Je détestais l'alcool et regrettais d'avoir accepté ce jeu. Evan rigola et se pencha sur la table, ne perdant pas une miette du spectacle. J'avalai le liquide cul sec en me bouchant le nez, mais cela n'empêcha pas la brûlure dans ma gorge. Je toussai et grimaçai. C'était amer et chaud à la fois.

Evan éclata de rire, se moquant ouvertement de moi. Pourquoi n'avais-je jamais fait de plongée ? L'alcool était dégoûtant.

Les questions s'enchaînèrent. Je bus un autre verre, et lui deux.

— Je n'ai jamais eu de vraie relation amoureuse, dis-je, l'esprit un peu embrumé.

Il ne but pas, me regardant sérieusement. Pourquoi cette information me rendait si… joyeuse ?

— J'ai eu des relations, précisa-t-il, mais jamais rien de sérieux.

Evan haussa les sourcils, comme s'il venait d'avoir une illumination, puis il me fixa avec sérieux avant de reprendre :

— Je n'ai jamais perdu ma virginité sur une île, finit-il par dire en m'observant avec attention.

J'ouvris grands les yeux et la bouche, me demandant si c'était une blague. Triple merde !

— C'est un coup bas, chuchotai-je avant de boire.

— Putain, je le savais ! Pourquoi tu ne m'as rien dit, princesse ?

Il se passa les mains sur le visage, comme s'il n'en croyait pas ses oreilles.

— Parce que. Et je ne veux pas en parler, grimaçai-je en sentant de nouveau la brûlure de l'alcool glisser dans ma gorge.

— Lilas…, souffla-t-il doucement.

Peut-être qu'il vit combien cette conversation me mettait mal à l'aise, car il n'en rajouta pas une couche, mais me dit plus légèrement :

— Donc… Dois-je en conclure que tu es amoureuse de moi ?

Un rire nerveux sortit de ma bouche, beaucoup trop aigu pour qu'il puisse paraître naturel.

L'alcool, me dis-je. *C'est forcément à cause de ça.*

— Je n'aurais jamais dû te dire que j'étais amoureuse de toi, plus jeune. Ça t'est monté à la tête.

— Je savais que tu m'aimais, princesse. Je n'étais pas aveugle, juste con et terrifié que ça puisse gâcher notre amitié. Si j'avais été un peu plus courageux…

— Ça n'aurait rien changé.

— Probablement pas, mais j'aurais pu profiter de nous pleinement avant de te perdre.

— Ce qui est fait est fait. On ne peut pas revenir en arrière et il ne sert à rien d'avoir des regrets.

— Je sais bien.

Un instant de silence s'installa tandis que nous étions plongés dans le regard de l'autre. C'était presque comme s'il n'y avait jamais eu un gouffre de sept années entre nous. Il était toujours le même, mais plus mature, réfléchi, et plus beau encore que dans mes souvenirs. Comment avais-je pu penser que cette soirée m'aiderait à le quitter ?

Pour rompre avec mes pensées déprimantes, je dis :

— Ton jeu… C'était pour me piéger ?

— Absolument pas. C'est vrai que cette question me taraude depuis un moment, mais ce n'était pas calculé, je te le promets.

— Très bien, je te crois.

Il me fit un grand sourire, puis se pencha dans ma direction, comme pour nous donner un peu plus d'intimité.

— Est-ce que tu penses qu'on pourrait…

La sonnerie de son téléphone l'interrompit. Evan ne termina pas sa phrase et jeta un regard noir sur l'écran avant de me faire une moue ennuyée.

— Je suis désolé, il faut que je réponde.

Je lui souris sans lui en vouloir, et l'observai se rendre à l'extérieur pour pouvoir prendre l'appel au calme.

Sur mon propre téléphone, je répondis à un message de Caroline pour lui signaler que tout se passait bien, puis vis qu'il était assez tard. Peut-être que cette soirée avait déjà trop duré et qu'il était temps d'y mettre fin. À quoi bon continuer de se torturer ?

Evan revint quelques minutes plus tard, le visage totalement fermé.

— J'ai une urgence, il faut que je m'en aille, je suis désolé, princesse.

— Tout va bien ?

— Pour l'instant. Il faut juste que je règle un problème et je ne sais pas combien de temps ça va prendre. Je te promets de me rattraper. Retrouve-moi sur la plage demain soir, d'accord ?

Je n'eus pas le temps de répondre qu'il avait déjà posé des billets sur la table pour payer l'addition et s'en allait. Je ne l'avais jamais vu avec cette expression si froide et presque… inquiétante. Je connaissais Evan drôle, pétillant, joyeux, parfois triste, mais jamais en colère.

Visiblement, je n'étais pas la seule à avoir des secrets. J'étais une excellente observatrice, et le visage qu'il avait eu avant de partir sentait les problèmes. De gros problèmes.

Je demandai l'addition et réglai avec l'argent qu'Evan avait laissé. La serveuse me lançait des coups d'œil incertains, comme si quelque chose la démangeait. Je soupirai en me composant un air froid et distant, reprenant mon rôle habituel quand je menais une affaire, puis la fixai et déclarai :

— Allez-y, dites-moi ce que vous avez à dire.

— Je n'ai rien à dire.

— Ça crève les yeux que si, au contraire.

Je haussai un sourcil, comme pour la mettre au défi de nier. Je savais que j'avais raison et je lui adressai le regard scrutateur et hautain que j'utilisais sur mes Ombres. Cela fonctionnait sur eux lorsque je voulais savoir ce qu'ils me cachaient, et je fus satisfaite de constater que cela fonctionna également avec cette jeune femme.

— Vous savez qui il est ?

— Oui, je le connais. Pourquoi ?

Elle m'observa un instant, hésitante, puis secoua la tête.

— Je dois me tromper. Merci d'avoir dîné au Mexilango, je vous souhaite une bonne soirée.

La serveuse me tourna le dos et fila aussi vite que l'éclair. Tenter de la rattraper ne servirait à rien, alors, toujours à la table, je rangeai mon téléphone, prête à partir à mon tour. Je me figeai quand je reconnus une de mes Ombres, qui s'assit face à moi.

C'était Théo qui se trouvait devant moi, le visage fermé, apparemment mécontent. Manque de chance pour lui, il savait qu'il n'avait aucun ordre à me donner. Manque de chance pour moi, je n'avais aucun droit de me trouver là.

Plus vieux que moi d'à peine quelques années, Théo avait

un visage anguleux avec de hautes pommettes et des yeux bridés dévoilant des pupilles d'un marron très foncé. Jamais je ne l'avais vu sourire, mais l'expression qu'il arborait en cet instant était particulièrement contrariée.

Je vérifiai qu'il était seul et que d'autres problèmes n'allaient pas débarquer. Apparemment, il n'était pas en service et se trouvait dans les quartiers nord sur son temps personnel.

Je repris contenance, mais dans tous les cas j'étais dans la merde.

— Qu'est-ce que tu fais ici ? me demanda-t-il, la mine sévère.

— C'est plutôt à moi de te le demander. On n'est pas dans le secteur des Callini, et tu ne sembles pas en service, donc tu n'as rien à faire là.

Je le fixai exactement de la même manière qu'il le faisait, mais il resta de marbre. Je n'avais pas l'ascendant sur lui, au contraire, je me retrouvais dans une très mauvaise position et il le savait.

— Tu sais les ennuis que tu peux avoir si un ennemi de ton père te reconnaît ? Sur leur territoire en plus ?

— Et toi ?

Une émotion traversa son visage : l'agacement. Je ne voulais pas perdre la face, même s'il était clair que je n'avais aucune idée de comment me sortir de ce pétrin.

— Allons-nous en, je te ramène, marmonna-t-il.

— Je n'ai pas besoin d'escorte. Et je ne veux pas que tu me ramènes.

— June, chuchota-t-il. Qu'est-ce que ton père dira quand il apprendra que tu fréquentes un mec, qui en plus habite dans les quartiers nord ?

Il avait dû nous observer depuis l'extérieur. J'étais coincée. Je perdis la bataille quand mon ventre se tordit à l'idée que l'histoire se répète et qu'Evan soit à nouveau en danger.

— Non, Théo… ne lui dis pas. Ne dis rien de ce que tu as pu voir ce soir, s'il te plaît.

— Seulement si tu me laisses te raccompagner.

C'était donc sa seule condition ? C'était suspect. Très suspect.

— Tu vas quand même lui dire, c'est ça ? supposai-je avec la boule au ventre.

— Non.

— Pourquoi ?

— Pas le temps d'en parler ici, on peut y aller ?

L'impatience dans sa voix me fit me lever. J'avais confiance en mes Ombres quand il s'agissait du travail, mais dans ma vie privée c'était autre chose. Chacun de mes hommes faisait des comptes rendus à mon père sur le moindre de mes actes et jamais personne ne m'avait couverte. Réussir à lui faire confiance n'était pas une mince affaire, mais avais-je réellement le choix ?

On sortit dans la rue et il me fit monter en silence dans sa voiture aux vitres teintées. Comment la soirée avait-elle pu tourner ainsi ? me demandai-je tristement en bouclant ma ceinture.

Je ne cessais de regarder Théo, qui démarra rapidement pour me ramener dans ma prison dorée. Dans ma vie, même quand tout allait bien, il y avait toujours une ombre qui planait au-dessus de ma tête… Sans mauvais jeu de mots.

Est-ce que l'histoire allait se répéter ? Devais-je trouver un moyen de prévenir Evan qu'il était en danger ?

Tout ne dépendait que d'un seul homme. Un homme que je ne connaissais pas assez pour savoir si je pouvais lui faire confiance.

8

Durant le trajet du retour, la tension était telle dans la voiture que j'avais l'impression qu'elle épaississait l'air. J'observais Théo fixement : je devais le faire parler, trouver un moyen de savoir s'il allait tout raconter. J'avais le sentiment d'être une enfant impuissante, complètement dépendante du bon vouloir de cet homme.

Je finis par craquer et tentai une approche :

— Pourquoi travailler pour mon père ?

Théo garda le silence, toujours concentré sur la route. Il semblait réfléchir à ce qu'il pouvait me répondre, comme s'il avait peur de faire une erreur. Il n'avait pas confiance en moi. Jamais je n'avais mis une de mes Ombres en défaut devant mon père, mais Théo devait craindre que je le dénonce. Au fond, il ne connaissait que June : celle qui ne riait jamais, la fille du grand boss, celle qui était dangereuse et sans pitié… du moins, en apparence.

— Pour l'argent, répondit-il finalement.

— Et pourquoi étais-tu dans les quartiers nord ?

Il resta silencieux si longtemps que je crus qu'il ne répondrait pas.

— J'habite là-bas.

— Vraiment ? ! Dimitri est au courant ?

C'était une question idiote, mon père était au courant de tout. J'étais stupéfiée par cette nouvelle. Car s'il y avait bien une règle de son code d'honneur que mon père ne transgressait jamais, c'était de ne pas copiner avec les gens du quartier nord. Peu importait qui s'y trouvait, pour lui, ils étaient du mauvais côté de la barrière. Du côté de l'ennemi. Qu'il accepte qu'un de ses hommes vive là-bas était pour le moins surprenant.

— Il le sait, répondit-il en me lançant un regard étrange. Pourquoi appelles-tu ton père par son prénom ?

Pour la première fois, il semblait ouvert à la conversation.

— Il est Dimitri Callini avant d'être mon père… Je n'aime pas ses affaires et il le sait.

J'ajoutai ce dernier détail sans trop savoir pourquoi. Mon père n'ignorait pas que, si j'avais eu le choix, jamais je n'aurais travaillé dans son réseau. J'avais toujours été claire sur ce que je pensais de ses activités.

Théo eut une moue un peu surprise, puis se concentra de nouveau sur la route, le visage impassible. Il fallait qu'on continue de parler, je manquais d'éléments pour déterminer s'il était digne de confiance.

— Comment sais-tu que l'homme avec qui j'ai passé la soirée habite les quartiers nord ?

Il semblait ennuyé par mes questions, mais je m'en fichais. Je ne voulais qu'une chose et j'allais m'assurer que j'obtiendrais ce que je désirais : son silence.

— Simple supposition.

Il avait beau s'efforcer de garder un visage neutre, je compris tout de même :

— Tu le connais, c'est ça ?

— Peut-être bien.

— Tu comptes rapporter à mon père ce qu'il s'est passé ce soir ?

— Tu peux arrêter de poser toutes ces questions ? Elles me tapent sur les nerfs. Et, non, je ne dirai rien.

— Pourquoi ?

Je voyais que sa patience commençait à s'émousser et qu'il fatiguait : c'était bon signe.

— Parce que… je n'ai aucune idée des conséquences que ça aurait sur Evan si ton père l'apprenait. Et puis, peut-être que je me trompe, mais je crois que tu n'es pas comme Dimitri. Tu as fini ?

— Non. Une dernière question : est-ce qu'Evan est ton ami ?

S'il connaissait son prénom, alors c'était peut-être le cas, et j'avais besoin de savoir ce qui était en jeu.

— Est-ce que c'est vraiment important ?

— Oui.

— Alors, oui. Evan est un ami.

Il me lança un regard qui indiquait clairement que je devais arrêter avec mes questions. À présent que j'avais ce que je voulais, je reportai mon attention sur l'immensité de la mer que nous longions, brillante au clair de lune.

Théo s'arrêta avant la zone de surveillance en bas de la colline.

— Je ne reprends mon service qu'après-demain. Ce serait suspect si je me pointais ce soir, alors je te laisse faire le chemin restant.

J'opinai et descendis de la voiture, bien contente de pouvoir rentrer seule. Je réussis à me faufiler discrètement par la cuisine sans être aperçue. C'était l'avantage d'avoir grandi dans cette maison : j'en connaissais les moindres recoins, ainsi que les failles. La villa semblait calme, pourtant je savais que du monde grouillait ici et là. Sans trop tarder, je remontai dans mes quartiers, soulagée de ne croiser personne.

Lorsque j'entrai dans ma chambre, et que j'allumai la lumière, je sursautai en voyant une silhouette étendue sur mon lit.

— Vic ? dis-je, la main posée sur mon cœur. Qu'est-ce que tu fais ici ?

Pendant un instant, j'avais cru qu'un membre de ma famille m'avait prise au piège.

Victoria se redressa sur mon lit, et fronça les sourcils.

— Devine la surprise que j'ai eue quand j'ai su que tu étais malade et que je suis venue te voir pour m'assurer que tu allais bien… alors que tu n'étais pas là !

Je la rejoignis et m'assis à côté d'elle.

— Je suis désolée. Je voulais sortir sans qu'aucune Ombre ne me suive.

— Je comprends, Lilas. Mais préviens-moi la prochaine fois, je suis restée dans ta chambre pour faire croire que tu étais malade, comme Dalila me l'a dit, mais c'est la dernière fois ! Je ne me suis jamais autant inquiétée que ce soir ! Et fais attention à toi, conclut-elle en passant une main dans mes cheveux. Sortir ainsi n'est vraiment pas prudent.

— Je sais, mais ce n'était que pour la soirée.

Je lui souris, mon cœur se gonflant d'amour pour cette femme qui ne me devait rien, mais qui se pliait toujours en quatre pour moi. Elle me rendit mon sourire, puis étouffa un bâillement. En comprenant qu'elle avait dû s'ennuyer, toute seule dans ma chambre, j'ajoutai :

— Je t'aime, Vic.

— Moi aussi, ma chérie. (Elle s'étira, et me regarda en haussant un de ses sourcils.) Alors ? Qu'as-tu fait, ce soir ?

Je lui avouai alors que j'avais retrouvé Evan, l'ami d'enfance que je croyais disparu. Victoria était la seule personne que j'avais mise au courant de son existence : lorsque je l'avais cru mort, elle m'avait aidée à remonter la pente et à continuer à vivre alors que plus rien ne me rattachait à ce monde. Je lui avais tout raconté, notre rencontre, nos projets de fuite et la déchirure de sa disparition.

— C'est génial, dit-elle sans conviction.

— Je sais ce que tu penses, Vic. Ça va être compliqué de cacher Evan à Dimitri, mais... Cette histoire n'est pas vouée à perdurer.

— Tu vas arrêter de le voir ?

— Il le faut. Le simple fait de me connaître le met en danger... Mais en même temps, je n'ai pas été aussi heureuse depuis tellement longtemps...

— Quoi que tu décides, sois prudente. Et bien que je te souhaite d'être heureuse, je pense que plus tu t'attacheras à ce Evan et que tu le fréquenteras, plus ce sera compliqué. Protège ton cœur, et ne fais rien d'irréfléchi, pour toi comme pour lui.

— Je sais...

Le lendemain, je rencontrai le directeur de la banque privée où avait eu lieu l'explosion. Lors du rendez-vous, il chipota beaucoup, transpira à grosses gouttes mais convint malgré tout que ça aurait pu être pire si les hommes de mon père n'avaient pas été sur place pour assurer la protection de l'établissement. En l'observant, j'avais compris que cet homme était influençable : il faisait une cible de choix pour Logan et ses sbires.

En sortant de mon rendez-vous, j'ordonnai aux Ombres de me conduire à la Dimca Compagnie où je retrouvai Mano. Je lui transmis ma valise, mais aussi les informations que j'avais récoltées. Si je n'avais pas une once de violence en moi et que je méprisais ce trafic clandestin, j'étais néanmoins perspicace et une très bonne observatrice. Mon instinct me disait que cet homme pouvait nous trahir et il était important que mon oncle le sache. En partant, je passai voir Caroline que je trouvai dans une des salles de bains. Elle se lavait les mains, pleines de sang, dans un lavabo.

— Tout va bien ? demandai-je, le ventre noué.

— Non, c'est la troisième fille qui clamse entre mes mains. Fait chier !

Les passeurs, en grande majorité des femmes, savaient que leur mission pouvait leur coûter la vie. Mais les Callini leur garantissaient la protection ainsi qu'une sécurité financière conséquente, et cela suffisait à les convaincre. Je devais avouer que, s'il y avait une chose positive, c'était qu'une fois entré dans le cercle des Callini vous étiez sûr de ne manquer de rien : mon père s'assurait que la vie de sa « famille » soit parfaite ou presque. Le problème c'est que, une fois intégré à la famille, on n'en ressortait pas… Ou en tout cas, pas vivant. La rémunération que ces mules touchaient était équivalente au risque qu'elles prenaient et leur faisait partiellement oublier le danger qu'elles encouraient. Ces personnes s'inséraient ou ingurgitaient des sachets de drogues en tout genre, pour réussir à passer les douanes. Malheureusement, il arrivait que les sachets ne tiennent pas le coup face au système digestif du corps humain et que le sujet décède d'une overdose foudroyante.

Je ne voulais pas imaginer ce que Caroline avait dû faire pour essayer de récupérer la drogue.

— Merde, il faut vraiment que j'arrête de m'attacher à ces filles, marmonna-t-elle, visiblement émue. Et je n'ai aucune idée de comment honorer cette putain de commande ! Il est hors de question que je sacrifie une autre fille.

— Je croyais que les nouveaux sachets étaient plus épais…

— Ils tiennent, mais là c'est différent, les sachets doivent traverser tout le transit. Avant, ce n'était pas trop grave car les doses restaient limitées mais, avec la nouvelle formule, si un sachet éclate, c'est la mort assurée. Il faut que j'appelle mes frères pour faire le ménage.

— Tu veux que je le fasse ? proposai-je. Appeler tes frères, je veux dire.

— Non, ne t'en fais pas. Je sais que tu n'aimes pas rester ici, alors file, ça va aller.

Elle me fit un sourire rassurant, mais je vis tout de même combien elle était affectée par ce qu'il venait de se passer. Je n'insistai pas plus et remontai au rez-de-chaussée pour enfin quitter cet endroit aux relents de mort.

Caroline avait choisi de travailler avec les mules, car elle prenait plaisir à discuter avec les passeurs, partager leurs histoires et leurs rêves de nouvelle vie. Mais lorsqu'un drame survenait, elle était en première ligne. Je me demandais comment elle arrivait à le supporter. Je savais que ma cousine appréciait l'argent et le pouvoir de notre famille : elle était fière d'être une Callini, mais elle avait encore un cœur. De mon côté, rien que l'odeur du sang me donnait envie de vomir.

Une fois à l'air libre, je respirai profondément, comme pour effacer toute trace de ce qui venait de se produire, puis montai en voiture pour rentrer à la maison accompagnée de mon escorte habituelle. Ce ne fut qu'en soirée que je pus vraiment souffler et, sans trop savoir pourquoi, je me laissai guider par l'envie de voir Evan. S'il ne m'avait pas menti, alors il se trouverait sur la plage, près des rochers.

J'avais conscience que je choisissais la solution de facilité, et égoïste, mais dans cette atmosphère de mort, j'avais besoin d'une bouffée de vie. Besoin de le voir, lui. Je quittai alors la maison, filant en douce, sans que personne ne m'aperçoive.

Combien de temps encore pourrais-je supporter cette vie ? Le travail que j'effectuais me pesait déjà et je savais que ce n'était que la première étape de la stratégie de mon père pour me préparer à entrer un jour dans le cœur de ses affaires : les négociations, l'agrandissement du territoire, les règlements de comptes, et toutes ces autres choses qu'il effectuait pour que son business tourne et s'étende de plus en plus. Je me tenais le plus loin possible du cœur des ténèbres et pourtant, cela me rendait déjà malade.

Ma tête semblait sur le point d'exploser quand j'arrivai sur la plage déserte. Je retirai mes chaussures et laissai le sable froid s'infiltrer entre mes doigts de pied. Cette fraîcheur était la bienvenue. Je m'installai à proximité de l'eau, derrière une barrière de rochers, à l'abri des regards, puis laissai mes yeux s'évader quelque part au loin sur la mer. Loin d'ici et loin de cette existence.

Il vint s'asseoir près de moi quelques minutes plus tard, me ramenant sur terre. Evan ne dit pas un mot pendant un moment.

— Je suis désolé pour hier. J'ai eu une urgence, je t'assure que jamais je ne serais parti comme un voleur autrement.

— Tu ne me dois rien, Evan.

Je l'entendis soupirer, puis ajuster sa position pour me faire face. Je n'arrivais pas à croiser son regard. En moi, il y avait déjà tant de signaux contradictoires : je voulais être avec lui, mais il était préférable de rester à distance. Je l'aimais, mais cet amour était toxique. Pourtant, quand je le regardais dans les yeux, toutes mes convictions s'effondraient.

Je sentais… je *savais* que j'avais besoin de lui dans ma vie. Même si je n'en avais pas le droit.

— Tu m'en veux ? s'enquit-il en cherchant à capter mon regard.

— Pas du tout.

— Alors pourquoi est-ce que j'en ai l'impression ?

— Comment ça ?

— Tu m'as dit que je ne te devais rien, alors qu'au contraire je te dois des explications.

Je finis par affronter son regard.

— Ce que je veux dire, Evan, c'est que tu as ta vie et que rien ne te retient auprès de moi.

— Donc tout va bien, tu ne m'en veux pas ? (J'acquiesçai.) Dans ce cas, tu accepteras un deuxième rencard, pour me faire pardonner du premier que j'ai foiré.

Je souris tristement et secouai la tête.

— Il ne vaut mieux pas.

Il attrapa ma main qu'il cala entre les siennes, un pli soucieux se formant entre ses yeux.

— C'est ça dont je te parlais. Tu es sûre que tu ne m'en veux pas ?

— Non ! Je t'assure que je comprends que tu aies dû partir. Je ne t'en veux pas, je te le promets.

— Alors quoi ?

— Ce n'est pas toi. C'est juste que je pense sincèrement qu'il serait mieux pour nous deux de ne pas trop se fréquenter.

— Pourquoi ?

— Parce que.

— Tu as conscience que ce que tu dis n'est pas une réponse acceptable, n'est-ce pas ?

Je lui adressai un sourire triste.

— Fais-moi confiance, c'est mieux ainsi.

— Je n'ai pas envie d'écouter ton conseil. Selon moi, c'est un très mauvais conseil.

— Ah oui ?

Il acquiesça, sérieux.

— Je pense que tu m'aimes toujours, et que tu as peur.

— Tu te trompes, niai-je, le cœur battant. Ce serait plus prudent de rester loin l'un de l'autre.

— Regarde-moi, princesse. (J'obtempérai.) Maintenant, dis-moi que tu ne m'aimes pas. Dis-moi que tu ne veux pas être avec moi, que tu préfères continuer ta vie comme elle était avant qu'on se retrouve, et *je te jure* que je te laisserai tranquille. Je ne veux pas te forcer à quoi que ce soit, mais je viens juste de te retrouver, je ne veux pas à nouveau te perdre. Alors dis-moi.

— Evan, je… Il ne faut pas.

— De quoi tu as peur ?

— Laisse tomber.

— Dis-moi ce qui te retient et je ferai disparaître tes craintes. Tu n'as aucune raison d'avoir peur d'être avec moi.

Il semblait si sincère et convaincu… Et c'était déjà tellement difficile de lui dire non… Comment lui avouer la menace qui pesait sur lui ?

— Ce n'est pas ça. Je dis juste qu'il est préférable qu'on ne se fréquente pas.

— Mais ce n'est pas ce que tu veux, devina-t-il.

— Non.

Je me rendis compte que j'avais perdu la partie quand il me sourit. Je n'aurais pas dû lui avouer la vérité. J'aurais dû mentir, et lui faire croire que c'était ce que je voulais. Que je ne l'aimais pas.

— Princesse, on a encore plein de choses à rattraper…

— Pourquoi ? le coupai-je. Pourquoi est-ce que tu tiens tant à me voir ?

— Parce que depuis que je t'ai rencontrée, il y a onze ans, tu es la seule personne avec qui je me sens bien.

J'ouvris la bouche sans savoir quoi répondre. Me voyant perdue, il embrassa le bout de mes doigts rapidement et reprit :

— Tu es au courant de ce qu'a été ma vie. Même si, aujourd'hui, je sais que je vais avoir de quoi manger le soir, rien n'a vraiment changé. Cette vie… elle ne m'épargne pas, et quand tu es là, tout semble s'apaiser. Comme si rien n'avait d'importance. Lilas, tu es mon havre de paix. J'aimerais sincèrement me rattraper, et t'inviter pour un second rencard. Je voudrais vraiment que tu voies que je peux être un homme correct, et non un imbécile qui te plante en fin de soirée.

Bouleversée, je ne cessai de le fixer avec l'envie de me glisser entre ses bras. Était-ce possible que deux êtres puissent ressentir exactement la même chose l'un pour l'autre ?

— D'accord, soufflai-je, malgré moi.

Un immense sourire fleurit sur son visage et je fus fascinée par la transformation qui s'opéra. Le voir heureux me remplissait d'une sensation apaisante.

Il me tendit son téléphone portable pour que j'enregistre mon numéro. Mes doigts hésitèrent au-dessus du clavier. Une fois qu'il saurait comment me contacter, je ne pourrais plus le fuir. Mon cœur se tordait de douleur, la peur me rongeait, je savais que c'était une mauvaise idée, et pourtant… Égoïstement, j'indiquai un à un les chiffres qui allaient nous relier l'un à l'autre.

Quel genre de personne sacrifiait l'autre pour son bonheur personnel ? Un monstre. Peut-être qu'au fond j'étais exactement comme mon père, ou quelque chose de proche.

Evan écarta ses bras et ses jambes, et tout naturellement, comme avant, j'y pris place.

— J'espère qu'un jour tu oseras t'ouvrir à moi pleinement, me dit-il doucement.

Il n'attendit pas de réponse, et remplit bientôt le silence par des anecdotes de sa vie passée, des blagues et des confessions.

Jamais il ne me forçait à lui parler, à lui donner des détails ou autre. Il respectait mon silence, même si je savais que cela le blessait.

Mon Dieu, me dis-je en fermant un instant les yeux. *Jusqu'où vais-je le briser ?*

9

L'avantage d'habiter près de la mer, c'est de pouvoir se sentir en vacances quelle que soit la période de l'année. Si j'adorais faire des grasses matinées, l'aube restait mon moment préféré. S'installer sur le sable encore froid tandis que les premiers rayons de soleil commençaient à darder, voir les couleurs du paysage changer avait quelque chose de fascinant. Les plages étaient toujours désertes à cette heure et la plénitude que je ressentais alors m'aidait à affronter la journée.

Mon père étant en voyage d'affaires, je bénéficiais d'un peu plus de liberté et j'avais pu m'échapper. Savourant le frottement du sable sous mes pieds, je m'assis près des rochers et observai l'infini réconfortant de la mer.

Un peu avant que neuf heures ne sonnent, je descendis du rocher sur lequel j'étais perchée, puis remontai tranquillement la plage, Théo non loin de moi. Je m'arrêtai puis le dévisageai. Il s'arrêta aussi. Le visage impassible, mon Ombre me regardait comme je le faisais, les yeux plissés par le soleil.

— Tu n'en as pas marre de toujours me suivre ? demandai-je en venant me placer en face de lui. Ce n'est pas comme si je courais un risque, ici. Tu ne t'ennuies pas ?

— Peu importe, répondit-il, stoïque. Je fais mon job.

— C'est ridicule.

Je marchai rapidement sur le sable, comme pour le fuir, même si je savais que cela ne servait à rien. Respirant profondément, je m'arrêtai de nouveau et me frottai les yeux. Je venais ici pour me détendre, pas pour devenir une boule de nerfs ambulante.

— Je suppose que tu es au courant qu'avec Evan vous allez droit dans le mur, me dit-il, toujours d'un ton monocorde.

Je me tournai vers lui avant de répondre :

— Il n'y a rien entre lui et moi.

— Il ne sait même pas qui tu es vraiment.

Je l'affrontai du regard en fronçant les sourcils.

— Et toi ? Sais-tu qui je suis ?

— Tu es la fille de Dimitri Callini.

Grinçant des dents, je secouai la tête.

— Pour toi, c'est tout ce qui me définit, mais Evan ne me voit pas ainsi et, en toute sincérité, ça fait du bien. Je te rappelle également que tu n'as aucun droit de t'immiscer dans mes affaires. Tu es mon garde du corps, pas mon conseiller, alors reste à la place qui t'a été attribuée.

Je détestais lui parler ainsi, mais je détestais encore plus qu'on se mêle de ma vie. Mon père avait déjà bien trop d'emprise sur elle, je ne voulais pas que l'un de ses pions se mette en plus à y fourrer son nez.

Théo ne semblait pas vexé, c'était comme s'il s'en fichait.

— Tu ne sais pas dans quoi tu mets les pieds, June.

— Tu le sais, toi ?

Un tic nerveux passa sur son visage, le premier signe d'agacement depuis le début de cette conversation. Je me remémorai toutes les fois où j'avais remarqué ce tic et en déduisis qu'il était agacé quand il n'avait pas le dernier mot.

— Tu as rendez-vous avec lui, tout à l'heure ?

— On doit se revoir, mais on n'a pas encore fixé la date.

— Il ne l'a donc pas encore fait, mais il va t'inviter.

— Comment tu peux savoir ça ? Il t'a parlé de moi ?

— En long et en large, oui. J'ai aussi compris que tu étais cette fille qu'il côtoyait plus jeune. Même s'il est indéniable que tu as un effet positif sur lui et qu'il semble… mieux, toi et moi savons que ta vie finira par le tuer.

Je soupirai : une part de moi était d'accord avec lui. Mais l'autre part, elle, avait besoin de croire qu'une relation était possible.

— En attendant que tu prennes une décision vous concernant, reprit-il, je te promets que je ne m'en mêlerai plus si, de ton côté, tu me promets que chaque fois que tu iras le voir, ou que tu voudras sortir en douce pour n'importe quelle raison, tu m'appelleras. Peu importe si je suis en service ou non. Je te le redis : s'il t'arrive quelque chose, c'est nous qui en paierons le prix. Et j'aimerais vraiment éviter ça. Est-ce que c'est un marché équitable pour toi ?

Je me demandais s'il plaisantait, car cette porte de sortie qu'il m'offrait me paraissait bien trop belle. À la vue de son visage sérieux, je compris que c'était une véritable proposition.

— J'accepte, à condition que tu restes à très grande distance.

— De toute façon, si Evan me voyait, il comprendrait automatiquement qui tu es. June, tu ferais mieux de ne pas aller plus loin avec lui.

— Je croyais que tu ne t'en mêlerais plus ?

Un miracle se produisit quand je vis le coin de sa bouche se retrousser en un sourire étrange et bancal.

— Disons que c'était le dernier conseil.

J'acquiesçai puis me détournai pour rentrer à la maison en réfléchissant à tout ça.

Si je ne voulais pas de conseil, Théo venait d'exposer à voix haute ce que je redoutais : qu'Evan découvre la vérité à propos de ma famille. Si je continuais de le fréquenter, il me faudrait lui dire la vérité, même si cela condamnait notre relation.

Je laissai ce problème de côté : j'aurais besoin d'être concentrée pour mener à bien les négociations de cette journée.

Après avoir rencontré des Italiens avec qui nous faisions affaire relativement souvent, je récupérai leurs trois valises remplies d'argent lorsque la transaction fut validée. Ne pouvant faire passer cette grosse rente sur le compte de l'entreprise, je me rendis au casino pour échanger cet argent contre des jetons. Deux de mes Ombres allèrent sur deux tables différentes et jouèrent une micro-somme qui ne représentait pas cinq pour cent de ce que je venais de moissonner, puis ils revinrent une fois leur partie finie. J'échangeai à nouveau les jetons contre un chèque. À présent que l'argent était blanchi et traçable, nous pouvions l'encaisser pour ensuite l'injecter dans le compte de l'entreprise sans être inquiétés.

Sur le chemin du retour, je consultai mon téléphone, où je vis un message d'Evan. Je souris et, instantanément, j'oubliai ce que je venais de faire.

Tu veux bien me rejoindre en fin d'après-midi à la crique des Rocheuses ?

Je répondis que je serais présente sur place pour seize heures, puis me tournai vers mon chauffeur. Le reste de mes Ombres se trouvant dans deux autres voitures, je pouvais parler en toute tranquillité avec Théo.

— Comment on s'organise ?

— Je m'arrange pour qu'aucun autre garde ne vienne. Ton

père n'est pas encore rentré, ce sera donc facile, les gars ont confiance parce qu'ils savent que je suis efficace. Tu prendras ta voiture et je te suivrai à distance.

Je plissai les yeux, en me demandant s'il avait réfléchi à cette stratégie depuis plusieurs jours. J'opinai finalement, sachant que c'était la meilleure solution.

— June ? (Théo attendit d'avoir mon attention pour poursuivre :) Ne me fais jamais faux bond. Un pas de travers, et le marché s'annule.

C'était logique. Je ne répondis rien, tout en enregistrant cette information. De toutes les manières, il n'était pas dans mon intérêt de le trahir.

Une fois revenue à la villa, je pris le temps de me changer, puis gagnai ma voiture. Je sortis doucement de la propriété et repérai dans le rétroviseur le SUV de Théo derrière moi. Je lui envoyai un message pour m'assurer que personne ne nous suivait et, ayant reçu sa confirmation, j'accélérai alors. Théo resta à une distance respectable, plus encore lorsqu'on arriva dans les bouchons.

La crique se trouvait à l'autre bout de la ville et j'arrivai légèrement en retard. Je me garai sur le premier emplacement libre, et vis dans mon rétroviseur que Théo continuait sa route. Je ne savais pas où il allait prendre position, mais ça faisait aussi partie de son job : se rendre invisible.

À quelques places de la mienne se trouvait Evan. Des lunettes de soleil sur le nez, il était appuyé contre sa voiture, les mains dans les poches. Il sourit en me voyant, puis ouvrit son coffre.

— Je n'ai pas pensé à te dire de prendre un maillot de bain, dit-il en saisissant un sac avant de refermer son coffre.

— Tu m'as donné rendez-vous près d'une crique, alors par précaution j'en ai mis un. Qu'est-ce qu'il y a, là-dedans ?

Je jetai un coup d'œil curieux au sac, mais il le fit passer dans l'autre main pour le soustraire à ma vue.

— Encore un peu de patience. On y va ?

J'acquiesçai et le suivis en direction d'une zone boisée, avant qu'il ne prenne des escaliers menant à la crique en contrebas. Lorsque les arbres qui nous entouraient se firent plus rares, je m'arrêtai et observai l'endroit. Je n'y avais encore jamais mis les pieds, même si je connaissais l'existence de cette crique. À cette heure, nous étions seuls sur la micro-plage. Son eau bleu foncé indiquait qu'il y avait très vite une certaine profondeur. Sur la dernière marche, je retirai mes chaussures et appréciai la chaleur du sable sous mes pieds. Je suivis Evan jusqu'à un ponton en bois qui longeait la barrière rocheuse.

— Quand est-ce que tu vas me dire ce qu'il y a dans ce sac ?

Il déposa finalement l'objet de ma curiosité au sol et en sortit un tuba.

— J'aimerais qu'on fasse de la plongée. Tu m'as avoué n'en avoir jamais fait, alors je te propose d'accomplir ensemble une autre de tes premières fois.

Son allusion à notre nuit à Tahiti me troubla mais j'ignorai ce détail.

— Ce n'est pas dangereux près des rochers ?

— Non. Justement, derrière ces rochers, l'eau est moins profonde et il y a des coraux. Il fait beau et la mer est calme, c'est donc le bon moment. J'aurais bien voulu t'emmener en bateau, mais la liste d'attente était beaucoup trop longue.

— Et comme tu es impatient…

Il rit et ne put que confirmer.

— Partante ?

J'acquiesçai à mon tour sans cesser de sourire. Evan retira alors son T-shirt, dévoilant son torse couvert de tatouages. Je ne me gênai pas pour le reluquer, profitant qu'il était occupé. Quand il quitta ses chaussures, il finit par être alerté par mon inactivité et me lança un regard amusé.

— Tu as besoin d'aide ?

Je venais de me faire prendre en flagrant délit... Je me détournai alors pour cacher ma gêne – même si je n'avais aucun regret – puis me déshabillai à mon tour.

Une fois fait, je me tournai dans sa direction. Evan plia consciencieusement ses vêtements qu'il posa sur le sac, puis me tendit un masque, le regard toujours aussi rieur. Je contemplai la chose en plastique, presque horrifiée.

— Si tu ne protèges pas tes yeux, le sel de la mer va les irriter.

J'attrapai le masque sans rien dire, dubitative, tandis qu'il déposait des palmes près de moi.

— J'espère que tu n'as pas trop grandi des pieds et que tu fais toujours la même taille, continua-t-il avant de s'asseoir au bord du ponton pour mettre les siennes.

J'étais surprise qu'il se souvienne de ma pointure. Je l'imitai alors et vins m'asseoir à ses côtés pour enfiler mes propres palmes. Puis je passai alors l'horrible objet rectangulaire qu'il appelait masque et dont la lanière en caoutchouc m'arracha la moitié du crâne. Evan observait le moindre de mes gestes, et il pinça les lèvres.

— Je t'interdis de te foutre de moi, prévins-je.

Il n'en fallut pas plus pour qu'il éclate de rire.

Je soupirai et voulus me moquer de lui quand il enfila son propre masque, mais je jurai intérieurement, car lui ne ressemblait pas à un poisson-chat : il réussissait à garder tout son charisme, même avec cet accoutrement. Grognant contre l'injustice de la vie, j'attrapai mon tuba et entrai dans l'eau.

On fit le tour des rochers, nous éloignant un peu de la côte pour éviter d'être pris dans les petits remous. Je m'habituai assez rapidement aux palmes, même si c'était plutôt étrange de ne pas vraiment sentir l'eau sur mes pieds. Quand on arriva à l'endroit où Evan voulait m'emmener, il m'indiqua de mettre mon tuba. Je l'imitai, et enfonçai ma tête dans l'eau.

Sous les rayons du soleil qui filtraient jusque loin sous la mer, un autre monde s'ouvrit à mes yeux. Des coraux de couleurs rouge et jaune se mouvaient au rythme des courants. J'étais émerveillée, longeant lentement la côte et essayant de graver les décors qui s'étendaient sous moi dans ma mémoire. Evan plongea sous l'eau et s'enfonça plus profondément, donnant de puissants coups de palmes. Je remontai à la surface, enlevai mon tuba, pris une grande respiration et le suivis. Grâce aux palmes, je le rejoignis rapidement, et regardai les poissons s'enfuir sur notre passage. On ne tarda pas à remonter pour prendre une grande bouffée d'air.

— C'est magnifique ! m'exclamai-je, essoufflée.

Evan me sourit, les yeux plissés par le soleil.

— On y retourne ?

On replongea à plusieurs reprises, et à chaque fois que mes yeux rencontraient le monde sous-marin, je me sentais toujours aussi émerveillée.

Au bout d'un certain temps, je me rendis compte qu'Evan ne semblait pas s'intéresser à ce qui l'entourait, mais me regardait moi. Il commença à me taquiner sous l'eau, avant de remonter à la surface. Il enleva son masque, et secoua la tête pour chasser les gouttes d'eau qui lui coulaient dans les yeux.

— On va bientôt manquer de lumière, me dit-il en observant le ciel.

Effectivement, le soleil se couchant de l'autre côté, nous étions déjà à l'ombre depuis un moment.

Il m'aida à monter sur le ponton après avoir refait le tour des rochers. On se débarrassa de tout notre attirail et on prit place sur le sable.

— Cette première fois était une réussite, lui signalai-je une fois installée.

— Mieux que la première de la première ?

Je souris en comprenant de quoi il voulait parler, puis haussai les épaules.

— Peut-être... Tu ne le sauras jamais.

Evan se retint visiblement de sourire puis redevint sérieux. Il me regarda vraiment, faisant naître en moi une vive chaleur. Je détournai le regard, puis me levai et entrai dans l'eau pour retirer le sable qui couvrait une partie de mon corps. Je sentais qu'il luttait pour garder une distance entre nous ; si j'étais tout à fait honnête, je devais avouer que j'avais moi aussi très envie de me rapprocher de lui. De sentir ses mains sur ma peau nue. Sa chaleur contre mon corps. Ma raison me disait de rester loin de lui, pour qu'il ne lui arrive rien. Mais un autre sentiment, celui-là même qui alimentait mon affection pour lui, m'enjoignait de ne pas le laisser m'échapper.

Evan me rejoignit, se lovant contre mon dos et posant ses mains sur mes hanches. J'attrapai ses mains et enroulai ses bras autour de moi. Il me serra contre lui et posa son menton sur mon épaule ; tous deux silencieux, nous savourions ce moment. Les mots étaient inutiles. Tout était dit, d'une certaine manière.

Je voulais cet homme. Je le voulais tellement que j'étais incapable de le tenir à distance. De le protéger de mon amour. Et de moi-même.

10

Les jours se succédèrent, nos rendez-vous secrets également, et je me rendis compte que j'avais retrouvé le sourire. Mon monde ne se résumait désormais qu'à Evan, à nos moments ensemble qui me faisaient me sentir vivante. Je ne me souvenais plus de la dernière fois où je m'étais sentie aussi bien.

Si je continuais le travail que je faisais pour mon père, la présence d'Evan réussissait à me sortir du brouillard que représentait ma vie. En fin de journée, on se rejoignait souvent à la crique, qui était devenue notre nouveau lieu de rencontre. Notre second repaire. On finissait souvent par grignoter des cochonneries sur la plage, étendus au soleil, sans forcément se baigner. Pendant ces quelques heures, je n'étais plus June Callini, l'alias qui incarnait la fille du narcotrafiquant le plus dangereux du Sud. J'étais juste Lilas, fille de personne.

J'étais moi, et c'était agréable.

J'avais arrêté de culpabiliser vis-à-vis de ce que je lui cachais quand j'avais compris qu'Evan avait ses propres secrets, et ses propres démons. Je le sentais, il y avait une part sombre de sa vie qu'il me taisait.

Avec Théo, si la relation n'était pas au beau fixe, un marché était un marché et il tenait parole. Il ne disait rien, gardant pour lui toutes les réflexions que laissaient néanmoins deviner les traits de son visage.

Le vendredi, je ne pus honorer mon rendez-vous quotidien avec Evan. Je devais rencontrer les Italiens à nouveau, cette fois-ci pour la visite de courtoisie qui faisait généralement suite à la précédente transaction. La plupart des négociations étaient gérées en direct par mon père ou bien son frère, sauf quand cela concernait les Italiens. La famille Bonassoli avait de très mauvaises relations avec Dimitri, et pour cause : Diego Bonassoli était le père de ma mère. Autrement dit, mon grand-père maternel. Depuis le décès de Miléna, ce dernier refusait de faire affaire avec mon père, pour la simple et bonne raison qu'il le tenait responsable de la mort de ma mère ; un homme devait protéger sa femme, et Dimitri avait échoué. Même si un accident de voiture était un coup du sort, j'étais persuadée que Diego se serait fait une joie de supprimer son gendre en représailles. Malheureusement, je faisais partie de l'équation, et il avait visiblement jugé utile que j'aie un père dans ma vie. Ce n'était qu'un peu après mes dix-huit ans, quand mon père avait commencé à me former, que mon grand-père avait repris contact avec moi. Depuis, j'étais l'interlocutrice privilégiée des Italiens, que cela concerne mon grand-père ou son second.

Installé dans le salon de notre villa comme s'il était en terrain conquis, Diego irradiait de son habituelle force tranquille. Mon grand-père discutait avec moi avec légèreté tandis que nous étions entourés par ses hommes de main. Ses cheveux grisonnants, son corps menu qui devait autrefois être robuste et sa barbe blanche lui conféraient l'aura d'un sage. Pourtant, je savais que ce n'était qu'une image. S'il était très intelligent, son apparence inoffensive et bienveillante était factice : pour survivre dans ce milieu, il avait dû être capable du pire. Son regard était néanmoins plus humain que celui de mon père et chaque fois qu'on se voyait il mettait un soin tout particulier à être souriant, comme s'il craignait de m'effrayer s'il me montrait son vrai visage. Je n'étais pas dupe ; pour autant, je l'appréciais.

Le soleil tombait déjà dans le ciel quand je regardai rapidement mon téléphone pour répondre aux multiples messages d'Evan. Mon geste n'échappa pas à mon grand-père.

— La petite est donc amoureuse.

— Non, Diego, assurai-je en rangeant l'objet. Ce sont les affaires.

— Ne me mens pas, Lilas. Les affaires ne donnent pas le sourire. Pas chez nous.

Je ne cherchai pas à nier davantage ; je savais que je ne craignais rien : les relations extrêmement tendues de Diego avec mon père m'assuraient un certain silence. Plus je rendais la vie pénible à mon père et plus mon grand-père jubilait.

— Et moi qui espérais te ramener auprès de la famille Bonassoli, reprit-il en finissant son verre.

— Tu sais que Dimitri a d'autres projets me concernant.

— Qui ne semblent pas être les mêmes que les tiens.

Un sourire en coin étira ses lèvres.

— Détrompe-toi, le contredis-je tout de même. Je me rangerai à sa décision.

— C'est exactement ce que ta mère disait, avant de choisir Dimitri contre mon avis. Fais attention, petite, tu avances sur un terrain miné et dangereux. Si tu penses que ta vie et ton cœur t'appartiennent, ce n'est qu'une illusion.

Diego se leva et, comme une armée, ses hommes de main se mirent en mouvement aussi. Lorsqu'il s'arrêta devant moi et que je me levai pour lui faire face, je sentis mon ventre se nouer.

— Petite… Ton père ne te considère pas comme je considérais ta mère. Pour moi, ma fille passait avant tout, mais pour Dimitri tu n'es qu'un pion.

Il me pinça le menton gentiment et me fit un sourire qui se voulait rassurant, mais qui ne l'était pas du tout.

— Je ne suis pas idiot, Lilas. Si ce garçon que tu fréquentes compte vraiment pour toi, alors pose-toi deux questions : es-tu prête à tout, y compris à le perdre lui, pour cette relation ? Et : en vaut-il la peine ?

Les réponses, je les avais déjà. Je restai silencieuse : Diego n'attendait aucun retour de ma part.

L'entrevue avec mon grand-père m'accompagna toute la fin de journée. En croisant un peu plus tard Dalila, ma belle-mère, je n'eus même pas la force de me chamailler avec elle, tant j'étais préoccupée. Je restai ensuite un long moment dans ma chambre, les yeux rivés sur le plafond blanc dénué d'imperfections. Il était probablement temps de révéler la vérité à Evan. Je n'avais pas le droit de continuer à lui cacher qui j'étais. Pour avancer une bonne fois pour toutes, je le laisserais choisir pour nous. Je lui envoyai un rapide texto pour lui donner rendez-vous, puis écrivis également à Théo. Une vingtaine de minutes plus tard, je me rendais au bord de la plage en bas de la colline. Comme d'habitude, cachée par les grands rochers, j'attendis patiemment, le regard perdu sur la mer.

Quand Evan arriva finalement, mon ventre se tordit de douleur. Je savais que la fin de notre histoire signerait le début de ma chute. Je ne pouvais plus retourner à ma vie d'avant. Pas sans lui.

Il avait apporté un sac rempli de nourriture type fast-food, mais j'avais l'estomac bien trop en vrac pour manger.

— Qu'est-ce qu'il y a ? me demanda-t-il.

— Rien.

— Quelque chose me dit qu'au contraire tu as très envie de me parler.

Mal à l'aise et agacée qu'il devine si bien ce qu'il se tramait dans ma tête, je m'agitai sur place sans répondre.

— On a passé des années à traîner ensemble, continua-t-il en riant. Ne m'en veux pas de connaître chacun de tes regards.

— C'est quand même chiant.

— Allez, dis-moi.

Mon ventre se noua un peu plus. Je ne savais pas comment amener le sujet. Puis je tentai :

— J'ai une question... Si tu avais le choix entre côtoyer une personne que tu affectionnes mais dangereuse pour toi ou continuer ta vie telle qu'elle était avant de rencontrer cette personne, en toute sécurité, qu'est-ce que tu choisirais ?

— La sécurité.

J'acquiesçai sans le regarder. C'était logique. Peut-être qu'il n'avait pas compris le fond de ma question et que je parlais de nous. Sa réponse laissait en tout cas présager le pire.

Il continua sans paraître voir mon tourment intérieur :

— Je choisirais la sécurité dans n'importe quelle situation. Ce serait stupide de fréquenter quelqu'un qui pourrait mettre ma vie en danger, non ? Sauf si cette personne c'est toi.

Je relevai la tête vers lui et vis la sincérité dans son beau regard sombre.

— Pourquoi ? m'enquis-je doucement. Si ma simple présence pouvait menacer ta vie, tu devrais rester à distance, Evan.

— Jamais. Je te choisirai toujours, princesse. Au-delà de tout ce qu'on a traversé ensemble, je suis toujours persuadé qu'encore aujourd'hui on est le pilier l'un de l'autre. Je connais chacune de tes expressions, je sais comment t'énerver, comment te faire rire, comment te faire rougir aussi. Je peux parfois anticiper ce que tu vas dire, parce que contrairement à ce que tu as cru au début : non, nous n'avons pas changé. Nous avons juste grandi.

— Pourquoi, quand je t'écoute, j'ai l'impression que tout est simple ?

Et pourquoi ma gorge était soudainement si serrée ?

— Parce que c'est le cas. Tu es toujours celle qui réussit à rendre mon existence plus gaie. Tu as le même impact positif sur moi. Et s'il y a une chose que j'ai longuement regrettée, c'est de ne pas avoir vécu notre histoire pleinement. Aujourd'hui, je sais ce que je veux et je refuse de répéter les mêmes erreurs ; alors, oui, je préfère une vie de dangers à tes côtés, plutôt qu'une vie en sécurité.

— Tu devrais choisir la sécurité, Evan, dis-je en secouant la tête vivement. Ma vie… c'est le chaos ! Il n'y a que du noir autour de moi.

Voyant que je me laissais envahir par la peur et les regrets, il demanda :

— Qu'est-ce qui t'effraie autant, Lilas ?

— Avant, la seule chose que je redoutais, c'était mon père et les décisions qu'il m'imposait, mais aujourd'hui… J'ai peur que tu disparaisses. Encore une fois.

Le jour où je l'avais cru mort avait été le pire de ma vie. La douleur était encore bien présente et je savais que je ne le supporterais pas une seconde fois.

— Tu ne m'as jamais perdu.

— Je l'ai pourtant cru et j'ai cru mourir en même temps que toi.

— Mais je suis là, bien vivant !

Evan passa un doigt sous mon menton pour que je le regarde. Il poursuivit :

— Tu n'as pas à avoir peur. Ni à penser aux catastrophes qui pourraient nous arriver. C'est juste toi et moi, comme ça l'a toujours été.

— Choisis la sécurité, s'il te plaît.

— Je te choisis, toi. Avec tout ce que ça comporte. Je m'en fous du reste.

Je cachai mon visage derrière mes mains. Les phrases se bousculaient dans ma tête, mais je n'arrivais pas à prononcer les mots qui révéleraient mon secret. De quels dangers il était question, et toutes les conséquences que ça pourrait avoir. C'était au-delà de mes forces. J'avais beau tenter de reculer, j'avais beau fermer les yeux et emmurer mes émotions, je savais que je me mentais et que j'avais besoin de lui. J'étais incapable de le tenir à distance.

Il devait tout savoir. Je me devais de lui dire.

Mais je ne voulais pas le perdre. Il me fallait choisir entre une mort hypothétique de la main de mon père et l'abandon par l'homme que j'aimais. Foutu égoïsme, foutue peur.

— Prenons un bain de minuit, dit-il en rangeant les restes de nourriture dans le sac.

— Quoi ?

— On ne l'a jamais fait. Ce sera une autre première fois.

— Il n'est même pas minuit, protestai-je en tâchant de me concentrer sur ses mots et non sur mes peurs.

Il se pencha dans ma direction et m'embrassa sur le bout du nez.

— J'essaie de te distraire et de te changer les idées. Je n'aime pas te voir aussi mal, alors arrête de penser et suis-moi.

Il se leva et retira son haut.

Bon sang ! Théo était dans les parages, et je priai intérieurement pour qu'il n'assiste pas à ce spectacle.

— Evan… On ne va pas se baigner maintenant ? ! Et nus !

— Pourquoi pas ?

— Pour des tonnes de raisons.

— Cite-m'en unc ?

— Les poissons.

Il ne put s'empêcher d'éclater de rire, même si je vis qu'il essayait de se retenir.

— Alors, regarde-moi me baigner nu et me faire dévorer par les poissons.

Il me lança son pantalon après l'avoir retiré et je détournai les yeux pour lui laisser un semblant d'intimité.

— Tu as le droit de me regarder, princesse.

Je secouai la tête.

— N'as-tu aucune pudeur ?

— Pas avec toi, non. Je crois qu'aujourd'hui on est au-delà de ça…

Le bruit de l'eau me fit comprendre qu'il était réellement en train d'entrer dans la mer. Quand il fut immergé jusqu'à la taille, il me cria que je pouvais regarder, qu'il était visible et je ne pus m'empêcher de rire quand il mima une attaque de poisson. Reprenant son sérieux, il tendit sa main dans ma direction.

— Viens me rejoindre.

Je pensai une nouvelle fois à Théo et à ce que je m'apprêtais à faire. Je priai intérieurement pour que mon Ombre ait l'obligeance de se retourner, et me forçai à ne plus y penser.

Quand Evan comprit que j'allais le rejoindre, il garda sa main tendue, puis ferma les yeux, respectant mon besoin d'intimité. Je souris, attachai mes cheveux châtains et me déshabillai en un temps record, avant d'entrer dans l'eau froide beaucoup moins rapidement.

Je restai à côté de lui après avoir attrapé sa main, puis me baissai pour mettre mes épaules dans l'eau. Il faisait nuit ; tout était silencieux et on ne voyait presque rien à part les quelques nuages qui passaient devant la lune, avec en fond le bruit des vaguelettes qui s'échouaient sur le sable. Je découvrais que plonger au cœur de cette étendue sombre était beaucoup plus apaisant que de la contempler.

Evan s'approcha et m'observa silencieusement. Je sentis l'air se charger d'électricité ; peut-être à cause de la proximité de nos corps nus. Peut-être parce que je savais qu'Evan désirait plus.

— J'ai froid, on sort ? dis-je pour échapper à la situation.

Il comprit mon trouble et s'éloigna un peu.

— Tu n'auras pas l'occasion de faire des bains de minuit tous les jours. Tu ne veux pas en profiter un peu ?

Au clair de lune, je voyais les gouttes d'eau glisser sur son torse. Il avait raison : j'avais tout intérêt à profiter de la vue.

— Cinq minutes, accordai-je.

Il se remit accroupi, puis leva les yeux en direction du ciel avant de demander :

— On nage un peu pour se réchauffer ?

— Non. Je préfère rester ici, je ne sais pas ce qui rôde plus loin.

Il me sourit malicieusement en me répondant :

— Des gros poissons aux dents pointues. Ils vont d'abord glisser le long de tes jambes. (Il fit des remous à l'aide de ses mains.) Puis, ils vont sentir ta chair tendre, et croquer ici.

Il me pinça la cuisse ; je sursautai et battis des jambes pour m'éloigner. Il me suivit, nageant au ras de l'eau, content de son petit jeu.

— Ensuite, continua-t-il, les plus gros poissons vont sentir l'odeur de ton sang et ils t'attraperont le pied.

Il ouvrit grands les yeux et disparut sous l'eau.

— Evan !

Je reculai rapidement en éclatant de rire quand je sentis ses mains autour de mes chevilles. Il me tira jusqu'à lui puis remonta à la surface. Il rigola quand je l'éclaboussai, puis remit une de mes mèches en place, et me pinça le lobe de l'oreille. Je regardai le tatouage qui descendait sur ses côtes et le touchai du bout des doigts.

— Pourquoi y a-t-il des chiffres par endroits ?

Je retirai mes doigts, mais il m'attrapa la main pour la reposer sur lui.

— Ce sont des années, expliqua-t-il. Des années qui ont marqué ma vie.

Je voulus l'interroger encore mais, étant plutôt avare de détails sur ma propre vie, je n'osais en demander davantage sur la sienne. Il s'approcha à côté de moi, son visage tout près du mien. La fameuse tension revint. Posant un bras sur ma poitrine pour la cacher, je me relevai.

— J'ai froid, je sors.

Il fit de même et, lorsque je m'éloignai de lui, il enroula son bras autour de ma taille, m'arrêtant dans mon élan.

— Ne t'en va pas, s'il te plaît.

Il me fit tourner vers lui et me regarda avec ses yeux d'un bleu nuit. L'intensité de leur éclat me retourna le ventre. Lorsqu'il se rapprocha de moi, mon cœur s'affola, mais je n'avais pas envie de résister. Sa main droite glissa de mon ventre à ma hanche, et la gauche vint caresser ma joue.

— Je ne sais pas contre quoi tu te bats, mais ça ne sert à rien.

Je ne voulais pas continuer de lui mentir ; il ignorait tout de la fille qu'il s'apprêtait à embrasser. Et pourtant… je mourais d'envie malgré tout de savourer l'instant.

Il se pencha et frôla mes lèvres des siennes, comme pour demander mon accord, avant d'incliner son visage pour approfondir son baiser. Ses douces lèvres trouvèrent les miennes avant de rencontrer ma langue. J'en oubliai ma nudité, et posai mes mains sur son torse avant de les nouer autour de son cou. Collant ma poitrine contre la sienne, je l'entendis prendre une grande inspiration. Soudain, je découvrais combien j'avais eu envie de son contact. Et le sentir de nouveau sur ma bouche fut comme une délivrance ; j'étais libérée de cette tension douloureuse que je nous infligeais. Il colla son front contre le mien en souriant, puis m'embrassa sur la joue et s'aventura vers mon cou, qu'il mordilla, tandis que ses mains remontaient le long de mes côtes… quand une sonnerie retentit, qui le figea.

— Je suis désolé, je dois répondre, dit-il en soupirant.

Je me baissai de nouveau pour me cacher dans l'eau, alors qu'il en sortait sans même frissonner. Je pus sentir l'inquiétude dans sa voix lorsqu'il répondit et, après avoir raccroché, il se frotta les yeux avant de me lancer un regard désolé, tout en s'habillant rapidement.

— J'ai une urgence. Je dois vraiment y aller.

J'acquiesçai, comprenant qu'il ait des secrets, mais ressentant tout de même une vive curiosité. Qui pouvait l'appeler à cette heure-ci ? Pourtant, je savais que je n'avais pas le droit de lui demander des réponses.

— Tu viens avec moi ?

Haussant les sourcils, surprise, je finis par acquiescer. Si j'étais incapable de lui dévoiler ma vie, lui semblait prêt à me faire entrer dans la sienne.

11

En montant dans la voiture d'Evan, je ne pus m'empêcher de regarder plusieurs fois autour de nous, craignant qu'un membre du clan des Callini ne me voie. Tandis que la route défilait, je sentis une légère angoisse m'envahir ; j'appréhendais de connaître ses secrets. Plusieurs suppositions tournaient dans ma tête, mais aucune d'elles ne me plaisait.

— Arrête d'être anxieuse, princesse.

— Où est-ce qu'on va ?

Il me prit la main et la serra dans la sienne.

— Je vais te présenter mon frère.

Dans la nuit tardive, la circulation était inexistante ; on prit quelques rues et des grands axes déserts pour filer en direction du nord. Quand il entra dans le parking de l'hôpital, mon humeur descendit de plusieurs crans. Je m'étais attendue à beaucoup de choses, mais pas à ça.

Evan coupa le moteur et se tourna vers moi, tandis que mes yeux restaient figés sur le grand bâtiment qui se dressait face à moi.

— Mon petit frère, Teddy, souffre de la leucémie, m'expliqua-t-il. Il a fait une rechute il y a une semaine. C'est pour ça qu'on est là.

Mon cœur se serra et je ne sus quoi dire. Je n'avais jamais

été confrontée à ce genre de situation ; dans mon monde, les gens mouraient vite et généralement d'une balle dans la tête. Je ne savais absolument pas comment réagir.

Evan descendit de voiture et je le suivis, courant presque pour tenir sa cadence ; il était pressé et je ne voulais en aucun cas le ralentir. Les portes de l'hôpital étant fermées, Evan sonna pour appeler le garde de nuit, qui lui ouvrit en le saluant de la tête.

Je notai avec tristesse qu'il avait apparemment l'habitude de le voir. On prit un ascenseur et mon cœur se serra encore davantage lorsqu'on pénétra dans le service pédiatrique. Les dessins enfantins et les couleurs vives recouvrant les murs me rappelèrent que Teddy n'était qu'un petit garçon ; bien trop jeune pour devoir affronter cette maladie. Il aurait dû ne connaître que l'insouciance, la naïveté et la joie de l'enfance ; s'imaginer vivre dans un monde magique et plein de belles aventures. Au lieu de cela, il était coincé dans un hôpital, cloué au lit par la souffrance de son petit corps.

Evan s'arrêta devant une porte derrière laquelle des gémissements se faisaient entendre.

Je ne voulais pas entrer. J'avais peur. C'était ridicule, son petit frère n'était qu'un enfant, mais je n'avais jamais été confrontée à la maladie, et cela me terrifiait. Me reprenant, je pris sur moi lorsque Evan me tendit un masque blanc ainsi qu'une sorte de grande blouse bleue et des gants.

— Enfile ça, me souffla-t-il. Il est en chambre stérile.

Je m'exécutai, le cœur compressé dans un étau. Une fois équipé, Evan entra et s'installa au chevet de son petit frère. Refermant la porte derrière moi, je restai appuyée contre cette dernière, une boule à l'estomac. La pièce était plongée dans une semi-obscurité et seule la petite lumière orangée au-dessus du lit l'éclairait un peu. L'infirmière murmura quelque chose à

Evan, qui acquiesça et s'allongea sur le lit près de son petit frère, puis elle se dirigea dans ma direction pour sortir. Je m'écartai pour lui laisser le passage, et restai collée contre le mur sans faire le moindre bruit, ni le moindre geste.

Pâle comme un fantôme, Teddy semblait perdu dans son grand lit médicalisé. Son petit corps maigrelet était connecté à des machines par tout un tas de perfusions et de fils. Il portait un bonnet en polaire et s'agrippait au T-shirt d'Evan comme si sa vie en dépendait. Le silence, pesant, n'était entrecoupé que par les hoquets du petit garçon et les bips réguliers d'une des machines.

Je restai immobile, regardant Evan qui commença à chuchoter à son oreille si doucement que je ne distinguais aucun mot. Je détournai la tête, sentant des picotements dans mes yeux. La vie était vraiment injuste.

Les murmures d'Evan cessèrent et je croisai le regard fatigué de Teddy. Ses yeux étaient du même bleu que ceux d'Evan. À n'en pas douter, ils étaient frères.

— C'est elle ? demanda-t-il d'une voix éraillée.

Evan tourna son regard vers moi et ses yeux se plissèrent, m'indiquant qu'il souriait sous son masque. Son petit frère chuchota quelque chose, ce qui les fit rire. Ils échangèrent quelques mots, puis Evan le serra contre lui et resta un moment dans cette position, sans rien dire. Immobile, j'avais peur de faire le moindre geste, de briser le silence chargé en émotion.

À présent, je comprenais mieux la signification des mots tatoués sur sa peau. Evan et Teddy étaient liés par quelque chose de bien plus fort que le sang de leur mère. Evan finit par détacher les bras de son petit frère accrochés à lui et se leva tout doucement. Il garda la main posée sur la joue de Teddy un instant avant de déposer un baiser sur son front. Il se tourna vers la porte et je le vis retenir un soupir blessé avant de me faire un signe de tête pour que je sorte avec lui.

Je lançai un dernier regard au petit garçon qui s'enfonçait déjà dans le sommeil, puis je sortis de la chambre et enlevai mon masque.

— Il fait souvent des cauchemars quand il est à l'hôpital, murmura Evan, les yeux dans le vague. Il n'y a que moi qui réussisse vraiment à le calmer. Ses parents adoptifs l'ont vite compris, et c'est pour cette raison que les médecins m'appellent. Chaque fois, il réclame son « frère super-héros ».

— Je suis désolée, Evan.

— Tu n'y es pour rien. La vie n'épargne personne.

— Mais il est si jeune !

Evan garda le silence, ne pouvant que consentir à mes mots.

— Il ne fait pas de cauchemars lorsqu'il est chez lui ?

— Non. Jamais.

Je gardai le silence, ne sachant pas quoi ajouter. Je me sentais inutile, et c'était un sentiment très frustrant. Il me pinça la joue avant de me prendre dans ses bras, appuyant son menton sur ma tête et me serrant ainsi contre lui pendant plusieurs minutes. Je le laissai faire, comprenant qu'il en avait besoin.

— Est-ce qu'il pourra guérir ?

— Il est jeune et combatif. Les médecins sont très confiants, et je le suis aussi. Je refuse qu'il en soit autrement. Il a un lourd traitement mais… ça ira. Je prie chaque jour pour que ça aille.

S'il gardait la face, je vis néanmoins dans son regard la douleur et la crainte de perdre la seule famille qu'il ait jamais eue. Je savais à quel point l'absence de sa mère et d'un cadre familial l'avait marqué. Il s'était senti seul, sans attaches, sans repères, mais aujourd'hui je discernais une souffrance bien plus marquée dans ses yeux à l'idée de perdre le cadeau du ciel qu'était son petit frère.

— Je vais aller voir la famille de Teddy, m'annonça-t-il, toujours serré contre moi. Tu veux venir ?

Je me tournai en direction de l'endroit où il regardait. Le couple qui s'occupait de Teddy discutait avec le médecin de garde. Aussitôt, je reconnus ses cheveux poivre et sel, ses lunettes carrées et son visage sévère : il s'agissait d'un des médecins qui travaillaient pour le compte de mon père. Je sentis mes entrailles se tordre. Il m'avait toujours vue grimée et avec une perruque, mais il y avait un risque non négligeable qu'il reconnaisse mon visage. Je leur tournai vivement le dos et secouai la tête en direction d'Evan.

— Je ferais probablement mieux de rentrer. Occupe-toi de ton petit frère et, si tu as besoin de moi, envoie-moi un message et je m'arrangerai pour te retrouver où que tu sois.

— OK. Tu veux que je te ramène ?

— Ne t'en fais pas, je vais appeler un taxi.

Voyant qu'il allait protester, je le devançai :

— Tout ira bien, Evan. Je vais simplement rentrer, pendant que tu prends soin de Teddy. Il a besoin de son grand frère.

— D'accord, alors écris-moi quand tu es rentrée.

Il se pencha et effleura mes lèvres tendrement. Ce geste était si naturel que je ne comprenais pas pourquoi j'avais autant résisté. Il déposa ensuite un baiser sur mon front, puis défit son étreinte et s'éloigna. J'enlevai l'équipement de protection puis filai dans les couloirs d'un pas rapide. Sur le parking éclairé, je retrouvai la voiture de Théo dans le coin le plus sombre. Je montai à l'intérieur en silence et bouclai ma ceinture avant d'appuyer ma tête contre la vitre. Mon Ombre ne démarra pas, me fixant un moment, mais je l'ignorai.

— Tu comprends pourquoi il vaut mieux lui éviter d'autres ennuis ? me dit-il d'une voix monocorde.

— Je comprends.

— Bien. Ton père revient dans une semaine. Et tu sais comme moi que les choses ne pourront pas être pareilles. Tu crois qu'il va s'écouler combien de temps avant que vous vous fassiez surprendre ? Ou qu'Evan apprenne qui tu es par ses propres moyens ?

Je lançai un regard à Théo ; son expression était tellement impénétrable que j'eus la certitude que mon père envoyait mes Ombres en stage de perfectionnement du visage impassible. Je savais que Théo avait raison mais je n'avais aucune envie d'en discuter avec lui ce soir.

Il mit le moteur en route et sortit du parking. J'étais fatiguée, mon esprit était totalement embrouillé. J'avais l'impression que, quoi que je décide, quel que soit le choix que je ferais, quelqu'un en souffrirait.

Je retournai voir Teddy le surlendemain. Evan se tenait au chevet de son petit-frère. Si celui-ci était toujours pâle, son regard paraissait moins flottant ; sa voix était plus assurée. Je discutai avec lui, découvrant ses rêves de petit garçon. Puis j'abordai le sujet des cauchemars qu'il faisait la nuit, à l'hôpital. J'attrapai alors mon sac et en sortis un attrape-rêves en corde blanche. De grandes plumes claires pendaient gracieusement, précédées de petites perles en nacre. Il avait été accroché dans ma chambre depuis le décès de ma mère. C'était Victoria qui me l'avait offert, et l'objet m'avait aidée à traverser mes nuits lorsque les cauchemars ne cessaient de venir me hanter.

Teddy s'extasia devant l'objet et me remercia chaleureusement ; j'avais l'impression de lui offrir un magnifique trésor. Puis, caressant les plumes de l'attrape-rêves, il demanda :

— C'était quoi, tes cauchemars ?

Je n'avais jamais vraiment parlé de mes rêves, sauf à Victoria. Evan nous observait, silencieux, et je pouvais sentir sa curiosité. Alors, je décidai de répondre :

— Quand j'avais à peu près ton âge, ma maman est décédée. La nuit, je rêvais que mon père la tuait devant moi.

— Ton père a tué ta mère ? ! s'exclama-t-il, ses yeux bleus brillant de surprise.

— Non ! (Je lui souris et fronçai les sourcils.) C'était juste un cauchemar, mais il me terrifiait.

En réalité, il m'arrivait parfois de me demander si mon père n'était pas derrière l'accident de voiture. Dimitri n'était pas quelqu'un de bien, et j'imaginais toujours le pire venant de lui ; pour autant, je pensais qu'il avait sincèrement aimé sa femme…

À mon retour de l'hôpital, je me sentais heureuse de la joie qu'avait manifestée le petit frère d'Evan devant mon attrape-rêves, je savais qu'il appartenait désormais à un petit garçon très courageux. Et puis, il fallait croire que partager ce morceau de mon passé avec Teddy m'avait permis de gagner sa confiance, car après cette confession il avait semblé plus détendu. C'était comme si, à présent, je faisais moi aussi partie du cercle fermé et sélect composé de Teddy et Evan.

Mais je m'en voulais.

Chaque jour, chaque heure, le poids de mon secret pesait un peu plus lourd sur mon cœur, et Théo s'assurait que je n'oublie pas les conséquences de mon égoïsme et ma lâcheté. Evan me faisait confiance et je savais qu'en me taisant je le trahissais. Il me faisait entrer dans sa vie quand, de mon côté, je lui cachais entièrement la mienne. Je sentais qu'il croyait en nous et voulait aller de l'avant, pour construire un nouveau rêve ensemble. Le retour de mon père approchait, et avec lui, la fin de ces quelques semaines de liberté et d'évasion. Dorénavant, il me serait plus compliqué de sortir en douce pour retrouver Evan, même si Théo couvrait mes arrières. J'aurais donné cher pour avoir le pouvoir de ralentir le temps.

Face à mon miroir, mes yeux marron aux reflets verts semblaient m'accuser silencieusement. Ce soir, Evan m'avait invitée à un bal costumé sur un bateau. Je savais que c'était l'une des dernières échappées que je pouvais me permettre et j'aurais voulu que cette nuit dure éternellement.

— Tu es superbe, me dit Victoria, derrière moi.

Je la remerciai en croisant son regard dans le miroir. Victoria m'avait accompagnée faire les boutiques pour dénicher cette robe noire magnifique ; elle épousait mes formes jusqu'à mes hanches, avec un joli décolleté en dentelle. La jupe se divisait en plusieurs couches de soie et de mousseline qui bougeaient avec une fluidité surprenante. Une légère traîne achevait de rendre cette robe splendide.

— Assieds-toi là, m'enjoignit Victoria en me désignant la coiffeuse.

Elle entreprit de démêler et peigner mes cheveux tandis que je me perdais dans mes pensées. J'observai son reflet dans la glace et remarquai qu'elle avait l'air inquiète.

— Tout va bien, Vic, la rassurai-je. Ce n'est qu'une soirée. Masquée, qui plus est.

— Non, ma chérie. C'est bien plus qu'une soirée.

— Comment ça ?

— Tu l'aimes. Plus les jours passent et plus je vois à quel

point cet homme te fait rayonner. J'ai peur que cet amour te consume, Lilas.

— Me consume ?

— Te fasse courir à ta perte. Que quelqu'un en paye le prix. Que ce soit toi ou lui. Je t'ai ramassée à la petite cuillère quand tu as pensé qu'il était mort. J'ai cru que je n'arriverais pas à te redonner le goût de vivre. Si ça devait se reproduire… Je me fais du souci pour toi…

— Vic, soufflai-je, le cœur serré.

— Tu m'as posé une question, je te réponds.

Elle haussa les sourcils, me défiant de la contredire, ce qui fit naître un sourire sur mes lèvres. Je le perdis cependant très vite.

— Les choses sont différentes aujourd'hui, assurai-je. Cette fois, je compte vraiment lui dire la vérité.

— Tu es sûre que ça ne te mettra pas en danger ?

— Evan ne ferait jamais rien qui puisse me nuire. J'en suis certaine.

Elle me sourit à nouveau, mais je savais qu'elle peinait à me croire.

— Je n'ai qu'à te regarder pour savoir que tu es heureuse. Ne m'en veux pas de m'inquiéter. J'ai simplement peur que toute cette histoire te fasse souffrir.

— Il n'y a qu'une personne responsable de mes souffrances, et ce n'est pas Evan.

— Je le sais, mais n'oublie pas qu'un jour ou l'autre ton père l'apprendra. Et tu dois également prendre en considération le fait que Dimitri a bien l'intention de te trouver un mari à son goût.

Je grimaçai sans répondre ; Victoria avait raison.

Elle s'affaira quelques minutes encore sur mes cheveux puis poussa un soupir satisfait devant ma coiffure. Je regardai son œuvre dans le miroir : elle avait relevé la moitié de ma chevelure châtaine en un demi-chignon sophistiqué. En dessous, elle avait bouclé légèrement les mèches les plus longues et réalisé quelques tresses. C'était magnifique. Elle tendit le bras puis me donna le masque en dentelle qui allait recouvrir la moitié supérieure de mon visage.

— Tu es parfaite et, comme ça, personne ne te reconnaîtra, c'est certain.

— Merci, Vic. Il faut que je réussisse à sortir maintenant…

— Je vais t'aider. Théo t'emmène et reste avec toi ? C'est sûr ?

— Oui, certain.

— Très bien. Je vais me débrouiller pour attirer tout le monde dans le jardin, alors surveille par ta fenêtre. Amuse-toi bien, mais surtout : fais attention à toi, ma fille.

— Promis.

Une fois que je fus installée dans la voiture, Théo démarra sans faire de commentaire et fila en direction du port. Je n'avais trouvé aucune information sur le Net, et Evan m'avait seulement indiqué l'endroit et l'heure. Il m'avait ensuite précisé qu'il avait lui-même été invité à cette soirée par des gens avec qui il travaillait.

Quand Théo se gara le long de la jetée et qu'il mit son propre masque, je compris que la surveillance ne s'arrêterait pas sur le quai ; il comptait monter à bord avec moi.

En marchant en direction du paquebot, il me demanda :

— Tu sais où tu mets les pieds, ce soir ?

— Je ne connais que le minimum.

— Je n'aime pas beaucoup ça.

— Qu'est-ce qu'il pourrait se passer ?

— Quelqu'un pourrait te reconnaître.

Je m'arrêtai et lui désignai mon visage couvert.

— Qui pourrait me reconnaître ? Je suis maquillée, et loin

de ressembler à la personne que je suis quand je travaille sur les affaires des Callini.

— On n'est jamais trop prudent.

— S'il y a le moindre souci, on s'en ira.

Il acquiesça, un peu rassuré, puis me tendit discrètement une arme que je refusai.

— On n'est jamais trop prudent, répéta-t-il.

— Arrête d'imaginer le pire, Théo. Ce n'est qu'une soirée ! Ne deviens pas paranoïaque.

Il m'observa et comprit que je ne céderais pas. Il rangea alors l'arme et ne dit plus un mot jusqu'à ce que nous montions à bord par une passerelle.

Son inquiétude m'avait tout de même contaminée et je pris sur moi pour la refouler. Cette soirée était juste l'occasion de passer un moment normal avec Evan. De faire comme si, le temps de quelques heures, nous étions un couple comme tous les autres.

12

Après avoir donné le carton d'invitation à l'entrée, Théo me fit comprendre qu'il garderait ses distances et je me retrouvai seule, au milieu d'une marée humaine. On nous invita à rejoindre la salle de réception, où tout semblait démesuré. La décoration était aussi luxueuse que somptueuse, et où que mes yeux se posent j'étais émerveillée. La pièce ressemblait à un gigantesque casino, avec des tables de jeu et des machines à sous. Un bar avait été installé tout au fond, et les barmen offraient un impressionnant spectacle tout en préparant les cocktails, faisant voler avec grâce et adresse les bouteilles. Des banquettes de repos en velours rouge étaient disposées tout autour du bar, où certains avaient pris place pour discuter et boire confortablement. Un immense lustre de cristal était suspendu au plafond et une musique d'ambiance se superposait au brouhaha des conversations mondaines. Tout le monde était déguisé, de façon plus ou moins complexe ; c'était la première fois que je me retrouvais dans ce genre de soirée et je savourais cette expérience. J'avais presque la sensation d'être une invitée normale.

Je récupérai mon téléphone dans mon sac et envoyai un texto à Evan pour lui signaler ma présence. J'entrepris de faire le tour de cette grande salle avant de sortir sur le pont. L'air marin emplit mes poumons, puis je contournai le jacuzzi inoccupé pour me rendre vers une grande fontaine, dans un coin moins fréquenté. Je me perdis dans la contemplation du rythme des jets, jusqu'à ce que ceux-ci se muent en un unique rideau d'eau. Cela dura quelques secondes, puis tout s'arrêta, le flot cessant d'un coup.

De l'autre côté, un homme vêtu d'un costume blanc m'observait. Evan semblait tout droit sorti d'un film historique des années 1920. Les mains derrière le dos, il me regardait avec curiosité, comme s'il me voyait pour la première fois. C'était déstabilisant et excitant à la fois.

Les jets d'eau reprirent leur danse, interrompant notre échange de regards. Je contournai la fontaine et il en fit de même, puis me tendit sa main que j'attrapai. Les manches de sa veste étaient retroussées, laissant entrevoir ses tatouages. Il me regarda de haut en bas, et il n'y eut pas besoin de mots : ce qu'il voyait lui plaisait et j'en fus ravie. J'étais tout aussi charmée par sa tenue ; ce soir, il était particulièrement séduisant. Paradoxalement, même s'il était tout de blanc vêtu, il émanait de lui une impression encore plus sombre que d'habitude. Peut-être était-ce parce qu'il avait l'air de sortir tout droit d'un film de bandits dans lequel il aurait tenu le rôle du méchant.

— Tu as réussi à venir, me dit-il avant de m'embrasser.

J'acquiesçai, puis passai mon bras sous le sien avant de le suivre jusqu'au pont supérieur. La vue sur le port et la ville était splendide.

Un peu trop splendide.

Merde ! À quel moment avions-nous quitté le port pour aller en mer ?

— Nous ne devions pas rester à quai ? m'enquis-je en essayant de ne pas laisser transparaître mon inquiétude.

— Ce n'est que pour quelques heures. On sera revenus bien avant ton couvre-feu, je te le promets.

Je lui faisais confiance, mais mon inquiétude refusa de disparaître tout à fait. On s'installa sur un banc et, s'il ne faisait pas froid, la brise légère me fit tout de même frissonner.

— Il y a beaucoup de monde, remarquai-je en observant les groupes de personnes discutant un peu partout.

— On devrait tout de même pouvoir être assez tranquilles, ce soir, me dit-il en déposant un baiser sur mon épaule nue.

— Qui sont ces gens ?

Je le sentis sourire contre ma peau. Il savait que ma curiosité devait être assouvie avant que je ne lui offre toute mon attention. Il suivit alors mon regard et haussa les épaules.

— Ce sont principalement des collaborateurs. Des commerciaux, des responsables de site comme moi, des négociateurs, des directeurs... Ce genre de soirée permet d'établir de nouveaux contacts et d'entretenir son réseau.

— Tu ne devrais pas aller les saluer et discuter avec eux ?

— Pour quoi faire ?

— Tu viens de me dire que c'était le but de cette soirée.

— Pour eux, oui. Mais pas pour moi ; ce sont eux qui ont besoin de moi. Je suis venu ici pour passer du temps avec toi dans un endroit différent de ce qu'on peut connaître. Et j'espère que tu passeras une bonne soirée.

— C'est bien parti, acquiesçai-je en souriant. J'ai l'impression d'être une fille normale. Banale.

— Tu es loin d'être banale.

Il me fixa un moment comme s'il hésitait à me poser une question, alors je l'encourageai :

— Qu'est-ce qu'il y a ?

— Je viens de penser à une chose dont tu as parlé il y a

peu de temps à mon frère. Je sais que tu ne veux pas évoquer ta famille, mais par rapport à ta mère…

— Il n'y a pas grand-chose à dire, répondis-je en haussant les épaules.

— C'est la toute première fois que je t'entends parler d'elle. Je me demandais si tu voulais bien m'en dire plus ?

L'espoir que je lus dans son regard me toucha.

— Que veux-tu savoir ?

— Quand est-elle décédée ? Je sais que tu l'avais déjà perdue quand on s'est rencontrés, mais tu ne m'en as jamais dit plus.

— Elle a eu un accident de voiture quand j'avais six ans.

— Elle te manque ?

Ses questions n'étaient pas anodines. Lui aussi avait perdu sa mère, bien que plus tard. Je sentais qu'il avait besoin de savoir si nous vivions le deuil de la même façon.

— En toute franchise, pas vraiment. C'est triste, mais je n'ai pas de réels souvenirs ; je n'en ai que des bribes qui viennent peut-être seulement de mon imagination. Dès ma naissance, j'ai été confiée à des gouvernantes, ça explique sans doute pourquoi nous n'avions pas encore construit de lien fort. Je crois que c'est ma nounou qui a pris cette place dans ma vie. Elle est comme une mère pour moi.

— Tu as une *nounou* ? Encore aujourd'hui ?

Je ris en comprenant combien cela pouvait paraître étrange.

— Oui, Victoria vit toujours avec moi. Elle est très importante pour moi.

Il me sourit en acquiesçant, puis passa un bras autour de mes épaules et me serra contre lui.

— Merci.

Je ne répondis rien, j'étais contente d'avoir pu livrer cette partie de mon intimité. C'était sûrement le moment de lui dire la vérité, mais il me devança :

— Tu étais déjà montée sur un paquebot ?

— Non, jamais. Sur un yacht, oui, mais jamais sur un plus gros bateau.

— Une autre première fois.

Il sourit de nouveau, en me fixant intensément. Chaque fois qu'il me regardait ainsi, le film de nos retrouvailles à Tahiti se jouait dans mon esprit. Essayant de chasser ces images qui n'avaient pas leur place à cet instant, je me levai.

— Tu me fais une visite guidée ?

Il rit en se moquant ouvertement.

— C'est fou comme tu as l'art de fuir les situations qui te mettent mal à l'aise.

— Je ne fuis pas.

— N'oublie pas que quoi que tu puisses penser, je te connais, princesse. Il me manque encore quelques morceaux de puzzle, mais tes petits stratagèmes n'ont aucun secret pour moi.

Il me fit face et posa ses mains sur mes hanches, puis continua :

— Tout comme tu es la seule à me connaître vraiment.

— Je suis sûre que beaucoup de gens ici te connaissent.

— Pas comme toi. Ils n'ont qu'une vision faussée et parcellaire.

— Et à moi, que montres-tu ?

— Tout. Je te montre celui que je suis, profondément. Tu es la seule personne à qui je dévoile cette partie de moi. Les autres ne voient que l'image qu'ils méritent et qui reflète leur propre noirceur. C'est peut-être pour ça qu'ils me diabolisent.

Il se pencha et m'embrassa.

— Définitivement, cette soirée est parfaite, murmurai-je.

Evan entreprit ensuite de me faire visiter les lieux. Je l'avais en partie fait à mon arrivée, mais c'était toujours plus agréable avec lui à mes côtés. Les gens le saluaient, avec du respect ou de la crainte dans le regard. Cela attisa ma curiosité, mais quand je posai la question, il haussa seulement les épaules en déclarant :

— J'ai la réputation d'être intransigeant et dur en affaires.

Je n'insistai pas mais compris qu'il ne me disait pas tout.

On s'arrêta à une table de craps, où il m'expliqua les règles. Je feignis de ne rien comprendre, quand bien même j'avais l'habitude de me rendre au casino. Quand il eut terminé son explication, il me proposa de lancer les dés, ce que je finis par faire. Je fis un total de six, au lieu du sept nécessaire pour gagner, et me tournai vers Evan en haussant les épaules.

— C'est le masque, mentis-je en riant. Il m'a empêchée de voir ce que je faisais.

Evan rit et voulut me le retirer, mais je l'arrêtai.

— C'est une soirée déguisée, alors je le garde.

Je ne voulais prendre aucun risque. Evan replaça son chapeau Homburg en acquiesçant, puis me plaqua contre la table de craps. Face à moi, il souriait lascivement.

— Voyons si, à défaut d'avoir de la chance pour toi, tu me portes chance, à moi.

Il récupéra les dés, passa un bras dans mon dos pour me serrer contre lui, puis m'embrassa avant de jeter les dés. Je ris en le voyant tenter de regarder le résultat d'un œil.

— Alors ? demandai-je. Tu as gagné ?

— Absolument pas.

On éclata de rire, puis on mit de côté les tables de jeu pour continuer notre visite. Le temps fila à toute allure tandis que nous discutions et plaisantions. Dans notre bulle rien qu'à nous, nous profitions de cette soirée magique, à l'écart des secrets et des problèmes. J'avais la sensation d'être dans une autre vie, dans une autre époque, à mille lieues de ma réalité. Dans une existence parfaite.

— Excusez-moi, monsieur Rodrigues ?

Je tournai la tête en direction de l'homme qui interpellait Evan et baissai immédiatement mon visage, feignant de tousser.

— Je reviens, soufflai-je.

Je m'excusai rapidement, la tête toujours baissée, puis filai en direction des toilettes, le cœur battant à cent à l'heure.

Cet homme petit, au crâne presque entièrement dégarni et qui transpirait toujours beaucoup trop… Il s'agissait du directeur de la banque du centre-ville. Celui avec qui je faisais affaire. Si j'étais presque méconnaissable ainsi vêtue, les cheveux détachés et avec un masque qui recouvrait la moitié de mon visage, je ne pouvais pas prendre le risque de rester en sa présence l'air de rien, à attendre qu'il finisse par me reconnaître.

Je respirai profondément en arrivant devant le couloir menant aux toilettes. Je me retournai pour voir si je m'étais assez éloignée et aperçus Evan, dominant de sa haute taille le banquier qui semblait se ratatiner sur lui-même. C'était comme si ce dernier prenait des pincettes pour parler à Evan, évitant à tout prix de le contrarier. Il agissait de la même manière qu'il le faisait avec moi, comme s'il craignait pour sa vie.

« Ils me diabolisent », m'avait dit Evan.

En effet, je pouvais le constater de mes propres yeux.

Qu'avait donc pu faire Evan pour que les gens le craignent à ce point ?

Je m'appuyai contre le mur, essayant de me faire toute petite, quand un homme vint s'adosser au mur d'en face. Il me toisa du regard et je fis la même chose.

— On devait rester au port, siffla Théo sous son masque.

— Je ne savais pas qu'on partirait en mer. Vu l'heure qu'il est, on ne devrait pas tarder à revenir à quai.

— Bordel, Lilas, as-tu la moindre idée d'où on est ?

Je fronçai les sourcils, ce qui lui indiqua que la réponse était négative. Théo jura, visiblement furieux sans que je comprenne pourquoi.

— Il y a plus d'une vingtaine d'indics et de conseillers de Logan ici. Tu comprends un peu mieux où est-ce qu'on est tombés ?

— Dans le nid de l'ennemi, soufflai-je en sentant le sang quitter mon visage.

— J'aurais dû me renseigner, j'aurais dû le savoir, et toi aussi, continua-t-il, le reproche pointant dans sa voix. J'étais sûr que tout ça allait mal finir.

— Comment on aurait pu savoir ? On n'avait aucune information, Théo ! Et puis on est dans le sud de la ville, Logan ne devrait pas avoir la mainmise sur le port ou sur un bateau.

— Pourtant, c'est le cas. On n'aurait jamais dû venir. Maintenant, il faut prier pour que tout se passe bien et que personne ne te reconnaisse d'ici à ce qu'on accoste.

Il faisait soudainement trop chaud. Je soulevai d'une main mon masque pour essuyer la transpiration qui perlait sur mon front. À mon tour de trop transpirer.

— Qu'est-ce qu'on fait ? demandai-je en me sentant prise au piège.

— Je te l'ai dit : on prie. Je ne pourrai jamais te protéger face à une vingtaine d'hommes armés, parce que je t'assure qu'ils le sont. (Théo soupira et secoua la tête.) À partir de maintenant, c'est fini les conneries. Tu lui dis tout, June. Tout !

— Appelle-moi Lilas.

— Est-ce que tu te rends seulement compte du pétrin dans

lequel on s'est fourrés ? Parce que, la dernière chose qui devrait compter en ce moment, c'est bien la manière dont je t'appelle !

— Mon pseudo est plus connu que mon prénom, au cas où tu l'aurais oublié.

Son visage fermé se contracta et son œil eut un tic nerveux quand il comprit que j'avais raison. Il acquiesça et se mit à marmonner :

— Tout ça parce que j'ai bien voulu te couvrir… Tout ça pour que tu aies une vie « normale ».

— Tout va bien, Théo. On a passé les trois quarts de la soirée sans problème, il n'y a pas de raison que ça dégénère maintenant.

J'étais loin de penser ce que je disais. Parce que je savais que, s'il y avait ici des hommes de main de Logan, alors aucun d'eux n'hésiterait à me tuer s'ils me reconnaissaient.

Je fronçai soudainement les sourcils et relevai le visage en direction de mon Ombre.

— Pourquoi Evan se trouverait dans une soirée avec tant d'alliés de Logan ?

— Qu'est-ce que j'en sais ?

— C'est ton ami.

— Et c'est ton mec.

— Tu marques un point.

Je me tournai en direction de la grande salle, où Evan discutait toujours avec le banquier.

— Et que fait le directeur de la banque ici ? Tu crois qu'il fait alliance avec Logan ?

— J'en sais rien, c'est pas mon problème, c'est celui de ton père. Le mien, actuellement, c'est de te ramener chez toi en vie et le plus vite possible.

Je lui lançai un coup d'œil et acquiesçai. Ce n'était pas le moment de faire des suppositions, il fallait surtout trouver un moyen de sortir d'ici.

— On n'a qu'à s'enfermer dans les toilettes.

— Il y a beaucoup trop de monde.

— Alors j'emmène Evan sur le pont.

— C'est l'endroit où j'ai repéré la moitié des hommes de Logan.

— Comment tu arrives à les repérer ?

— Ils ont un tatouage.

J'acquiesçai rapidement quand je vis Evan, seul, se tourner pour me chercher du regard. Je lissai ma robe sans jeter un seul coup d'œil à mon Ombre.

— Il vaudrait mieux que tu te fondes dans la masse, Théo, prévins-je. Evan vient par ici.

Théo disparut aussitôt. Quand Evan arriva près de moi, ses sourcils étaient légèrement froncés en signe d'inquiétude.

— Tout va bien ?

— Oui, répondis-je en souriant. J'avais besoin de boire un peu d'eau. Dis-moi, on revient à terre quand exactement ?

Ses épaules s'affaissèrent un peu et il sembla soudainement déçu.

— D'ici quelques minutes, dit-il en regardant sa montre. Je suis désolé que tu veuilles déjà rentrer.

— Non ! Non, ne pense pas ça. Je te promets que j'ai passé une des meilleures soirées de ma vie et je te remercie vraiment pour ce moment.

Son sourire n'atteignit pas ses yeux : il ne me croyait pas. Alors je me mis sur la pointe des pieds et l'embrassai. Quand je croisai à nouveau son regard, je repris :

— Je te jure que c'est la vérité. Je le referais cent fois les yeux fermés, tant que je suis avec toi. Mais je dois te parler d'une chose très importante. Il faudrait qu'on trouve un endroit moins fréquenté.

J'étais très nerveuse et les mots étaient sortis de ma bouche à une vitesse inédite.

— Pourquoi tu sembles aussi stressée ? Lilas… Qu'est-ce qu'il se passe ?

Sur ma droite, un homme me fixait, le même qui fixait Théo quelques minutes plus tôt lorsqu'on discutait. Je détournai les yeux, mais quand je revins sur lui, il m'observait toujours. C'était mauvais. Il finit par baisser la tête et s'éloigner. C'était encore plus mauvais. Je connaissais ce regard. Je savais ce qu'il voulait dire…

— Il faut que je quitte ce bateau, dis-je doucement en regardant à nouveau Evan. Et vite.

— Pourquoi ? Quelqu'un t'a importunée ? Dis-moi qui c'est et je m'en occupe. Tu ne crains rien ici, pas avec moi, je peux te le jurer.

— Lilas, on se casse.

Je sursautai en entendant la voix de Théo dans mon dos.

— Oh ! mon Dieu, chuchotai-je en comprenant que tout était en train de mal tourner.

Je regardai mon Ombre, ses yeux scannaient les alentours, nerveux. Même si son visage était caché par son masque, je savais qu'il était inquiet.

— Théo ? devina Evan, visiblement sous le choc. Putain, mais qu'est-ce que tu fous là ?

Les deux amis se défièrent du regard, mais Théo tourna son attention dans ma direction, puis m'attrapa le bras.

— On y va, maintenant !

Evan l'écarta et se plaça entre mon Ombre et moi. Mon cœur accéléra ses battements ; un esclandre à ce moment précis était le pire qui pouvait arriver. Evan était tendu, prêt à n'importe quel combat.

— Ne la touche pas, prévint-il d'une voix sombre et menaçante.

— Il faut qu'on s'en aille, répéta Théo. Tout de suite.

— C'est quoi ton putain de problème ? s'énerva Evan. Et comment tu la connais ?

Parce que je ne suis pas celle que tu crois, pensai-je, la gorge douloureuse.

S'il n'avait pas encore compris, ça ne saurait tarder.

— Je suis désolée, Evan, dis-je doucement.

Je le contournai et suivis Théo. Evan ne dit pas un mot et je n'osais me retourner pour le regarder : je savais qu'il ne tarderait pas à comprendre. Avant que nous tournâmes dans un couloir inconnu, je m'arrêtai et lançai un dernier regard à Evan.

Il fronçait les sourcils en me scrutant et je pus voir l'instant exact où il comprit que je n'étais pas la fille d'un quelconque homme d'affaires fortuné, mais celle de l'homme le plus puissant du Sud. La fille du monstre qui avait détruit sa mère. De celui qui avait fait de lui un orphelin, baladé de famille d'accueil en famille d'accueil. Que je l'avais trahi en lui cachant la vérité.

Dans son regard, après l'incompréhension, vinrent la colère et la douleur. Je sentis mon sang se glacer, et tournai la tête pour ne plus avoir à affronter son accusation muette.

Théo me pressa de le suivre, et je m'exécutai.

Evan me détestait à présent. Il me haïssait, mais je me haïssais encore plus de ne pas lui avoir dit la vérité lorsqu'il en était encore temps.

13

J'avais beau essayer de me concentrer sur le présent, qui n'était pas des plus réjouissants, mon esprit se repassait inlassablement l'expression de colère d'Evan. Mon cœur semblait emprisonné dans une cage de ronces et mon cerveau dans un brouillard permanent.

Est-ce que tout était définitivement terminé ?

La seule réponse qui me venait était *oui*.

Je suivais Théo comme un automate, dans un état second. Je finis malgré tout par me secouer et jetai un coup d'œil à mon Ombre dont la main effleurait nerveusement l'arme cachée sous sa veste. Le voir ainsi soucieux et tendu renforça ma nervosité. Longeant un long couloir emprunté par le personnel du bateau, Théo m'entraîna dans les cuisines.

— Vous n'avez rien à faire là, jeunes gens, nous dit le chef en nous barrant le passage.

— La ferme, grogna Théo en le repoussant sans ménagement.

On traversa la vaste pièce à toute vitesse puis le garde-manger, où Théo prit soin de refermer la porte après mon passage.

— Cette fois-ci tu vas prendre ça, me dit mon Ombre en me tendant une arme que je saisis tout en détestant le poids qu'elle pesait dans ma main.

— Il faudra forcément repasser par le pont principal pour sortir, remarquai-je.

— Je suis sérieusement en train de penser à sauter par-dessus bord.

— Tu plaisantes ? Il doit y avoir plus de vingt mètres de hauteur.

Théo ne releva pas et regarda à travers le hublot qui donnait sur l'extérieur. Je m'en voulais de nous avoir mis dans une telle situation. Je retirai mon masque et me frottai le visage dans l'espoir de pouvoir tout effacer, quand bien même je savais que cela m'était impossible.

— On est dans le port, m'informa-t-il. Il ne va pas falloir trop traîner. Il vaut mieux qu'on sorte en même temps que la foule plutôt qu'en dernier, car alors ils pourraient nous tirer comme des lapins.

Rassurée qu'il ne pense plus à sauter par-dessus bord, je me mis à faire les cent pas. Quel autre choix nous restait-il ?

La porte de la réserve s'ouvrit et, instinctivement, je levai le bras, prête à faire feu sur n'importe quel danger ; Théo fit de même. Un canon apparut face au mien.

— Evan, dis-je doucement en sentant l'adrénaline courir dans mon corps.

Il me fixait, le visage fermé et les mâchoires serrées. J'étais incapable de deviner ses pensées ou ses intentions, mais il m'était insupportable de continuer à le braquer de mon arme, alors je baissai le bras. Voyant qu'il ne bougeait pas, je levai le visage, le défiant de tirer. Mes jambes tremblaient, parce que je lisais dans ses yeux qu'il était capable d'appuyer sur la détente, même si je n'arrivais pas à déterminer s'il pouvait avoir la force de tirer sur moi.

— Baisse ton arme, mon pote, grogna Théo.

Le regard d'Evan glissa vers lui, et je me tournai légèrement pour pouvoir jeter un coup d'œil à mon Ombre.

— Je savais que tu travaillais pour Dimitri, marmonna Evan, de la colère dans la voix. Mais… Putain, je t'ai tout raconté sur Lilas et, toi, tu ne m'as rien dit ?

Je fermai un instant les yeux, me disant que sa colère n'était pas dirigée contre la bonne personne. J'étais la seule responsable, Théo n'y était pour rien. Evan fit un pas, puis deux, en direction de Théo, une aura menaçante grandissant autour de lui. Les deux amis se firent face, tels deux tanks prêts pour la charge finale.

— Que toi tu travailles pour l'homme qui a pourri ma vie est une chose, mais… Merde !

Evan baissa son arme en continuant de fusiller son ami du regard. Il se passa ensuite une main sur les yeux, comme s'il avait l'espoir d'effacer toutes les images de cette soirée, puis s'appuya contre une étagère en secouant la tête, soudainement las.

— Allez-vous-en, tous les deux.

Evan évitait nos regards. C'était comme s'il n'avait plus la force d'affronter ceux qui l'avaient trahi ; comme s'il craignait de ne pouvoir se contenir. Toutefois, aucun de nous ne bougea. Je fis alors un pas dans sa direction sans trop savoir pourquoi, mais m'arrêtai aussitôt devant son regard meurtrier.

Blessée et perdue, je demandai :

— Pourquoi tu es armé ?

Evan m'observa, comme s'il ne savait pas s'il devait me répondre. Son visage m'indiquait clairement que je n'avais aucun droit de poser des questions. Pourtant, il finit par rétorquer :

— Je sais parfaitement où je me trouve. Voilà pourquoi.

— Et pourquoi tu es là exactement ?

— Pour les affaires, je te l'ai dit.

— Des affaires qui concernent Logan ?

— Non. Et tu n'as aucun droit d'être suspicieuse quand toutes ces années tu m'as caché ton nom de famille. Quel crétin je suis. J'aurais dû le deviner.

Il avait raison. Ce n'était pas parce que je lui avais caché la vérité qu'il le faisait aussi. J'étais la seule fautive dans cette histoire. Je me tus alors, comprenant qu'il avait raison. Théo regarda à nouveau par le hublot et demanda :

— Pour sortir rapidement, on fait comment ?

— Tu longes la coursive extérieure sur la droite jusqu'au pont principal. Une fois là-bas, il faudra descendre sur le pont inférieur pour atteindre la nacelle qui t'amènera à la sortie.

Théo acquiesça sans le remercier, puis me fit un signe de tête autoritaire. Il fallait y aller. Je passai devant Evan, profitant une dernière fois de sa proximité. En croisant son regard, je ne sus dire s'il était en colère contre moi, déçu ou triste. Il ne dit pas un mot et je me raccrochai à ses yeux bleu nuit.

À son tour, il me fit un signe de tête.

— File, dit-il simplement. Ce n'est pas prudent pour toi de rester ici.

— Je peux compter sur toi pour garder le silence au sujet de son identité ? demanda Théo.

— S'ils ne sont pas déjà au courant de tout, alors oui. Va-t'en, Lilas, et remets ton masque. Tu n'es pas en sécurité avec moi.

Je suivis Théo à l'extérieur et remis le masque, en me repassant cette dernière phrase. Que voulait-il dire ? Si Evan ne travaillait pas pour Logan, alors pourquoi ne serais-je pas en sécurité avec lui ? Parce qu'il avait certaines affaires avec l'ennemi de mon père ? Ou parce qu'il savait que, si les hommes de Logan voulaient des renseignements, il pourrait les leur donner ? Je ne comprenais rien, mais j'aurais tout le temps de réfléchir si je sortais vivante de ce bateau.

Deux commis de cuisine fumaient leur cigarette, appuyés contre la balustrade, mais aucun d'eux ne nous prêta attention. Il faisait sombre, on ne voyait pas grand-chose de ce côté-ci, mais je pus tout de même remarquer que nous étions bien à quai. Les lumières du pont principal étaient visibles, mais encore bien trop loin à mon goût.

Quand finalement le pont fut presque atteint, je redonnai mon arme à Théo. N'ayant aucun moyen de la dissimuler, il était plus prudent de faire profil bas. On se glissa ensuite dans la foule pour descendre sur le pont inférieur, puis on arriva à la sortie.

Théo pressa le pas et, pour ne pas me faire distancer, je me mis à trottiner. Mon cœur cognait dans ma poitrine, même si nous étions enfin à terre et en marche vers la voiture.

— Cours jusqu'à la voiture, me dit-il soudainement en me donnant les clés. Fonce et ne te retourne pas.

Je ne cherchai pas à regarder en arrière, ou à voir ce qui l'avait alerté. Mes Ombres étaient là pour me garder en vie, je leur faisais donc confiance. Si Théo me disait de courir, alors je ne posais pas de question, je me fiais à son jugement. Dans le cas présent, je supposai que les hommes de Logan étaient à nos trousses.

Je soulevai ma robe et filai à toute allure le long de la route en direction de la voiture ; l'adrénaline pulsait dans mes veines. La distance me parut bien trop longue. Les quelques personnes qui se trouvaient sur mon chemin s'écartèrent sans faire de réflexion.

J'entendis au loin quelques râles masculins. Théo était toujours derrière et je compris qu'il était resté pour ralentir les hommes de Logan. Pouvais-je réellement partir sans lui ?

Alors je fis ce que je ne devais pas faire. Je me retournai. Au même moment, un homme surgi de nulle part me bâillonna la bouche à l'aide de sa main et me souleva de terre brutalement. Des cris de surprise et de peur s'élevèrent autour de nous, mais je savais que personne ne me viendrait en aide.

Me débattant dans les bras d'un colosse, je me figeai en voyant Théo à quelques mètres, une arme braquée sur la tête. Dans les yeux de mon Ombre, je vis la honte. Je compris qu'il estimait avoir échoué à me protéger, mais tout ceci était arrivé uniquement à cause de mon égoïsme. C'était parce que j'avais voulu préserver Evan de la vérité, ou plutôt… parce que j'avais eu peur de lui révéler mon identité, que nous nous retrouvions dans cette situation. Jamais Evan ne m'aurait emmenée ici s'il avait su qui j'étais.

Arrêtant de me débattre, je regardai partout autour de nous, espérant trouver une issue, en vain. Personne ne savait où nous nous trouvions. Personne ne viendrait nous aider.

Un véhicule s'arrêta sur le bord de la route. L'homme qui tenait Théo en joue fit un signe de tête dans ma direction.

— Fais-la monter dans la voiture et débarrasse-toi ensuite de lui, dit-il en désignant Théo. Il ne nous servira à rien.

Je soufflai un « non » presque inaudible et me débattis de plus belle, mais une violente gifle me rendit plus docile, tant elle m'étourdit. L'homme me fit entrer dans la voiture sans ménagement, puis referma derrière moi, restant à l'extérieur près de la portière.

— Laissez-le partir, il n'a rien à voir avec moi ! demandai-je au chauffeur.

L'homme resta silencieux ; l'instant suivant, un coup de feu retentit. Puis très vite un second, et un troisième. Figée sur mon siège, je sentis mes os se glacer, mon cœur se comprimer douloureusement. J'ouvris la bouche sans savoir quoi dire. Dans ma tête un brouillard compact semblait s'installer, ne me permettant plus de réfléchir correctement. Le seul sentiment qui émergeait encore était la culpabilité. Théo venait-il d'être tué à cause de moi ?

L'homme au volant regarda dans le rétroviseur et jura en se tortillant pour récupérer son arme. Soudain un autre bruit assourdissant résonna.

Je me recroquevillai un instant, puis compris rapidement que le chauffeur venait d'être tué. Saisissant l'occasion, je me jetai sur la portière et descendis de la voiture. Deux hommes se trouvaient à terre, visiblement sans vie. Je ne m'attardai pas sur cette vision sanglante qui allait sûrement me hanter un long moment. Je scrutai les environs, guettant un potentiel danger, mais la seule chose que je vis fut Evan. À quelques mètres de moi, le visage fermé, il s'approcha et soupira en arrivant à ma hauteur.

— Ne reste pas ici, me dit-il en passant une main sur ma joue. File, Lilas. Dépêche-toi.

Je me perdis dans son regard, malgré le désastre qui s'était joué autour de nous. J'y trouvai un certain réconfort, auquel je m'accrochai. Peut-être pour ne justement pas voir la réalité en face, mais elle me rattrapa très vite.

— Théo…

— Je suis là, dit l'intéressé de l'autre côté de la voiture.

Le soulagement m'envahit quand je vis mon Ombre en vie. Evan passa un bras autour de mes épaules pour m'apporter un appui et une présence réconfortante. J'aurais aimé me laisser aller plus encore contre lui, mais il finit par me pousser doucement en direction de son ami.

— Rentre chez toi, Lilas. D'autres hommes risquent d'arriver, ou peut-être la police. Ce n'est pas le moment de traîner dans le coin.

— Il a raison, confirma Théo en observant Evan avec reconnaissance. Allons-nous-en d'ici. Si la police arrive, ton père sera au courant. Si ce sont les hommes de Logan qui débarquent… Disons que je ne veux pas jouer à la roulette russe.

— Et toi ? demandai-je en faisant face à Evan.

— Ça ira. Ne t'en fais pas pour moi, je sais me débrouiller.

J'acquiesçai, puis fis ce qu'ils me demandaient tous les deux et partis avec Théo. Je trouvai une dernière fois le regard d'Evan et, même si je m'éloignais de lui, la connexion, elle, était intacte. Il n'y avait pas besoin de mot, son regard réussissait à me donner la force d'avancer.

Regardant autour de nous d'un œil attentif, mon Ombre nous guida rapidement jusqu'à la voiture. Le soulagement m'envahit quand Théo mit le moteur en route et nous emmena loin du carnage.

Qu'est-ce qu'il s'était passé au juste ?

L'adrénaline faisait encore effet et, malgré les images des cadavres et des flaques de sang, j'étais comme détachée de ce qui venait de se produire. Je n'arrivais pas à être triste pour ces hommes : je savais que, si ça n'avait pas été eux, alors ça aurait été Théo, Evan et moi.

Je n'étais pas indifférente, non, mais pour survivre dans ce monde de violence, j'avais dû apprendre à monter une muraille assez haute et épaisse pour ne pas me laisser atteindre. C'était ça ou sombrer dans la folie. Et je ne voulais en aucun cas que cette dernière option devienne mon avenir.

Mes jambes ne cessaient de trembler. Je fixais la route sans vraiment la voir et refusais de fermer les yeux, au risque que les images morbides ne viennent m'assaillir.

— Est-ce que ça va ? demandai-je finalement pour combler le silence.

— Oui.

Je n'allais pas aller loin avec ce genre de réponse.

— Je suis désolée.

— Tu peux l'être, oui.

Je soupirai, me sentant un peu plus mal, mais poursuivis :

— Que va-t-il arriver à Evan ? Il sait qui je suis et les hommes de Logan sont au courant qu'il a passé la soirée avec moi…

— Ne t'en fais pas, Evan est malin, il s'en sortira.

— Tu es sûr ?

— Oui.

— Je suis vraiment désolée pour ce soir. Tu aurais pu… À cause de moi.

— Oui, ou parce que je n'ai pas su évaluer la situation assez tôt. Mon job c'est de te maintenir en vie, mais c'est Evan qui nous a sauvés toi et moi. Je n'ai pas été à la hauteur. On est tous les deux responsables, Lilas. Mais je peux te garantir une chose : ça ne se reproduira pas.

— Tu n'as pas à t'en vouloir.

Il ne répondit rien, restant concentré sur la route. J'avais encore besoin de parler, pour expier, pour ne pas penser, pour avoir l'impression de faire quelque chose… Mais quand je voulus à nouveau prendre la parole, Théo me coupa :

— Stop, Lilas. Je sais que ça ne va pas et que tu aimerais parler dans je ne sais quel but, sauf que je ne suis pas Evan, et je n'aime pas les longs discours.

— C'est marrant, parce que tu viens d'en faire un.

Ce n'était pas vraiment drôle, puisque la situation ne s'y prêtait pas, mais le voir se renfrogner me satisfit.

Je me calai au fond du siège et pris conscience que, ce soir, une page s'était tournée. Pas forcément une page qui clôturait une histoire, mais un chapitre certainement. J'avais peur d'écrire le suivant. Je n'étais pas sûre de la direction dans laquelle ma vie allait aller, mais je savais que je ne pouvais plus revenir en arrière.

— Et merde, grogna Théo en ralentissant non loin de la villa.

En regardant devant moi, je compris le problème. Un nombre incalculable de SUV étaient garés près de la maison. Des hommes se trouvaient à l'extérieur, comme s'ils montaient la garde. Et c'était exactement ce qu'ils faisaient.

Cette effervescence ne pouvait signifier qu'une seule chose…

Mon père était de retour.

14

— Je ne suis pas censé être en service, me dit Théo en lançant un coup d'œil inquiet aux nombreuses voitures présentes.

— Je pourrais toujours rentrer incognito…

— En robe de soirée ? Et tu comptes faire ça comment ?

— Tu n'imagines pas toutes les failles que cette maison comporte. Si elle est bien protégée, j'en connais les moindres recoins. De toute façon, ils doivent déjà nous avoir repérés, rentrer incognito n'est donc plus une option.

Théo ralentit plus encore, un peu trop pour que cela ne paraisse pas suspect. Il ouvrit la fenêtre, sortit son arme de sa veste et la manipula sans que je voie ce qu'il trafiquait.

— Laisse-moi gérer avant de vouloir tirer sur tout le monde, repris-je quand il entra dans la propriété. Je vais dire en partie la vérité et indiquer que tu as simplement fait ton job.

Théo s'arrêta sur l'allée de graviers qui faisait face à une villa illuminée comme rarement, puis il tourna son visage dans ma direction.

— Il faut que je sache : est-ce que je suis un homme mort ?

— Je ne vais pas te trahir, Théo. On a passé un marché et je tiens toujours parole. Je ne peux pas garantir la réaction de Dimitri, mais je te promets que je ne veux pas te voir mourir. Alors on va faire au mieux.

Je regrettai de ne pas avoir pris de vêtements de rechange. J'avais manqué de discernement et, à présent, j'allais devoir utiliser mes plus grandes qualités d'actrice.

Je sortis de la voiture, redevenant June, l'héritière froide et arrogante. Plusieurs hommes se trouvaient autour de la villa, qui me faisait penser à cet instant à un château défendu par l'armée. Théo reprit son rôle également et suivit mes pas. J'avais le cœur battant, non pour moi, mais pour mon Ombre, qui clairement se retrouvait dans une mauvaise position. Une fois de plus, tout ceci arrivait par ma faute.

Les hommes dans la cour s'écartèrent sur mon passage sans rien dire. Je ne faisais pas attention à eux, pourtant leur présence m'étouffait. Mes Ombres avaient une certaine pesanteur quand ils étaient présents, mais les hommes de mon père, plus nombreux, plus menaçants et définitivement mauvais, avaient quelque chose d'hostile et d'agressif. Fini les journées tranquilles et calmes. Dorénavant, des hommes grouillaient de tous les côtés, à croire que le danger se trouvait à l'intérieur de la propriété et non à l'extérieur.

En m'approchant de l'entrée, je remarquai quatre des hommes appartenant à la garde rapprochée de mon père, puis sur les marches menant au perron, je vis ce dernier assis, une cigarette roulée entre les mains. Je m'arrêtai alors pour affronter mon géniteur, que je n'avais pas vu depuis plus de deux mois. Les yeux dans le vague, il feignait de ne pas se soucier de ma présence, pourtant je savais qu'il m'attendait.

Mon père paraissait toujours jeune ; malgré les années, il n'avait pas pris une ride, à l'exception de celles se trouvant près de ses yeux. Il avait les mêmes cheveux châtains que moi, mais la ressemblance s'arrêtait là. Les traits de son visage étaient bruts, son regard noir, tantôt mauvais, tantôt malicieux, il semblait toujours être en pleine partie d'échecs, réfléchissant inlassablement au meilleur pion à avancer. Il était très intelligent et cherchait toujours à avoir un coup d'avance sur ses adversaires, ce qu'il réussissait la plupart du temps.

— Tu es très belle, ma fille, dit-il sans jamais me regarder.

Je ne relevai pas et attendis le bon moment pour parler. Il tira longuement sur sa cigarette et recracha la fumée avec la même lenteur, avant de finalement croiser mon regard. Il me fixa un moment, puis plissa les yeux, et se leva pour me surplomber de sa grande taille. Il attrapa mon menton entre ses doigts et tourna mon visage vers lui. Un demi-sourire se dessina sur sa figure.

— La soirée a été mouvementée, il faut croire.

Je me souvins de la gifle qu'on m'avait administrée et compris que je devais en avoir gardé une marque.

Dimitri finit par se rasseoir sur les marches, puis me fixa un moment avant de lâcher :

— Tu as trente secondes.

C'était le moment.

— J'ai entendu parler d'une soirée masquée sur un paquebot sur le port et j'y suis allée en douce, même si je savais que ce n'était pas prudent. Théo a repéré ma fuite et m'a suivie. Une fois sur place, je me suis rendu compte qu'il y avait des hommes de Logan, les choses se sont gâtées, on m'a reconnue et ça a dégénéré.

Mon père fronça les sourcils subtilement. Il jeta un coup d'œil à mon Ombre, puis me fit un signe de tête.

— Continue.

Bien. J'avais son attention, mais je me sentais toujours aussi nerveuse.

— Trois hommes m'ont attrapée, pour ensuite me faire

monter dans une voiture. Théo est arrivé à temps et les a tués, puis il m'a ramenée.

Mon père se leva et se plaça devant Théo, qui resta de marbre, même si je pouvais ressentir sa nervosité.

— C'est vrai ?

— Oui, répondis-je. C'est la vérité.

— Ce n'est pas à toi que je m'adresse.

Je me tendis. J'aurais dû savoir qu'il ne s'arrêterait pas à mon explication. Je me rendis compte que Théo pouvait parfaitement craquer et tout raconter à mon père, mais dans ce cas cela ferait de lui un homme mort. Lui, mais aussi Evan, qui était son ami. J'écartai donc cette inquiétude et attendis, le corps tendu.

— C'est la vérité, monsieur, déclara Théo.

— Combien d'hommes as-tu eus ?

— Trois, monsieur.

Mon père acquiesça et attendit un instant en silence ; c'était une de ses techniques pour faire craquer les menteurs. Une technique très efficace.

— Montre-moi ton arme.

Théo fit ce qu'il demandait. Mon père retira le chargeur et je paniquai : il n'avait tiré qu'une seule fois. Je sentis les battements de mon cœur s'accélérer. Quand mon père verrait que son chargeur était quasi plein, il le viderait sans regret sur Théo.

Dimitri regarda le chargeur, puis le replaça en un seul geste. Je m'apprêtai à intervenir pour le défendre, mais il lui rendit simplement son arme. Je compris que Théo avait vidé son chargeur juste avant d'entrer dans la villa.

— Tu apprécies ma fille ? lui demanda Dimitri.

— Je ne la connais pas vraiment, mais oui. Les choses s'arrêtent cependant là.

— Tu n'es donc pas amoureux d'elle ?

— Non, monsieur.

Dimitri acquiesça en réfléchissant, puis haussa les épaules.

— J'aurais presque préféré que ce soit le cas. Ça m'aurait assuré que tu continues à mettre ta vie en danger pour protéger la sienne, mais ça veut aussi dire que tu es loyal. Bravo pour ces trois imbéciles qui travaillent dans le mauvais camp. On ne touche pas à la famille Callini et encore moins à ma fille. Tu seras récompensé, mon garçon. Je vais m'arranger avec les forces de l'ordre pour faire passer cette histoire pour un simple règlement de comptes. Tu peux y aller.

— Merci, monsieur.

Théo s'en alla et je ne repris ma respiration que lorsqu'il fut dans sa voiture. Une fois que je fus certaine que mon père n'allait pas le descendre sur un coup de tête, je me détendis un peu.

Dimitri me fit à nouveau face.

— On a donc un problème.

— Lequel ? demandai-je.

— Des hommes de Logan sur mon territoire.

— Cette soirée était à son initiative. Je ne sais pas si le bateau lui appartient. Par contre, le banquier du centre-ville était présent, mais j'ignore pourquoi. C'est la seule personne que j'ai reconnue.

Mon père sourit et secoua la tête.

— Je me demandais quand est-ce qu'il retournerait sa veste. Je vais m'en occuper. Un petit rappel à l'ordre s'impose.

Je m'en voulus de mettre cet homme dans une mauvaise posture pour me couvrir. Je voulais juste faire diversion et rendre mon compte rendu plus solide.

Mon père haussa les sourcils et pencha un peu la tête.

— Autre chose ?

— Non.

— Bien. Alors maintenant, dis-moi qui t'a amenée là-bas.

— Quoi ?

— Je veux savoir comment tu es allée là-bas.

— Par mes propres moyens

— Non, quelqu'un t'a emmenée. C'est qui ?

— J'ai appelé un taxi.

— Si je regarde tes appels, je pourrai voir le numéro d'un taxi ?

— Oui, mentis-je avec détermination.

Mais je sentais son scepticisme.

— Qui as-tu rejoint ?

— Personne. Je voulais juste vivre une soirée « normale ».

Dimitri soupira. Il ne me croyait pas.

— Qui que soit cette personne, je la trouverai. Et si les morts ne restent pas morts, je m'assurerai personnellement qu'ils ne se relèvent plus jamais. Tu entends ?

Faisait-il référence à Evan ? Comment pouvait-il savoir qu'il était encore vivant ?

— Oui, répondis-je simplement.

Dimitri me fixa un moment, comme s'il se demandait si je lui mentais ou non, puis il acquiesça.

— Lilas, tu as vingt-cinq ans mais ça ne veut strictement rien dire, alors oublie tes rêves de liberté. Je te pensais plus intelligente que ça, surtout si ton histoire est vraie. Peut-être que tu as été bien trop couvée et que tu vois encore le monde comme une enfant, mais il faut que tu comprennes que tes désirs ne sont que des fantasmes irréalisables. Sortir en douce n'est pas une option dans notre monde. En plus de te mettre stupidement en danger, c'est ton garde qui aurait pu être tué, tout comme tes autres gardes restés ici, pour ne pas avoir assuré ta sécurité. Je n'hésiterai pas à les supprimer et tu le sais, alors ne me teste pas. Tu ne veux pas être responsable de leur mort, n'est-ce pas ?

— Effectivement.

— Bien. On reparlera de ça demain.

Comprenant qu'il me congédiait, je ne me fis pas prier et me dirigeai vers l'entrée, mais il m'arrêta.

— Lilas… Je sais que cette vie n'est pas celle que tu aurais voulue, mais ne deviens pas mon ennemie. Ne me fais pas la guerre, parce que tu perdrais à tous les coups. Suis les règles, et tout ira bien. N'oublie pas que cet empire est aussi le tien.

J'acquiesçai sans dire le fond de ma pensée. Entrer dans ce genre de débat ne servait à rien, je l'avais trop de fois fait inutilement. Au lieu de quoi je rentrai, ignorant ostensiblement Dalila, qui avait tout écouté depuis le seuil de la porte.

Elle était le genre de femme qui se voulait raffinée. De ses chaussures hors de prix à ses tailleurs impeccables, en passant par ses soutiens-gorge trop petits pour sa poitrine refaite, tout était calculé pour que son apparence soit irréprochable et affiche son statut social. Ses cheveux châtains étaient toujours ramenés en arrière dans un chignon sans défaut, et ses ongles étaient ornés du vernis le plus rouge qui puisse exister. En mettant la main sur mon père, Dalila avait juste vu une belle occasion de passer de « princesse des garces » à « reine des garces ». Au fond, elle était parfaite pour mon père : tous deux étaient aussi assoiffés de pouvoir.

— Pauvre petite fille gâtée qui voudrait avoir une vie normale…, geignit-elle ironiquement. Idiote.

— La ferme, vieille harpie.

Ce fut la seule satisfaction que j'eus : entendre la surprise feinte de cette femme opportuniste. Je filai en direction du premier étage, pour m'enfermer dans ma chambre. Je n'avais plus la force de me battre, j'étais épuisée.

Victoria arriva au moment où je me débattais rageusement pour faire descendre la fermeture qui se trouvait dans mon dos. Je voulais me débarrasser au plus vite de mes vêtements, comme si cela pouvait me permettre d'éloigner en même temps les souvenirs de cette soirée.

— Laisse-moi faire.

Sa douce voix me calma et je me laissai faire en me concentrant pour ne pas pleurer. Comment cette nuit magnifique avait-elle pu finir aussi mal ? Dans la colère, le sang et la peur ?

— Qu'est-ce qu'il s'est passé ?

— Le désastre, Vic.

Quand la fermeture fut descendue, je me changeai rapidement et finis par la rejoindre sur mon lit. Allongées toutes les deux au-dessus des couvertures, je lui relatai les événements de la soirée.

— Effectivement, ce n'est pas très joli. Peut-être qu'il fallait s'y attendre, Lilas. Ce que je veux dire, c'est que ta vie n'est pas comme celle de tout le monde. *Tu* n'es pas comme tout le monde.

— Je le sais bien. J'aurais aimé que le nom que je porte puisse disparaître juste le temps d'une soirée. J'y croyais. Peut-être que Dalila a raison et que je ne suis qu'une fille gâtée qui demande la lune.

Vic eut un rire nerveux et secoua la tête.

— Tu ne peux pas dire dans la même phrase « Dalila » et « raison ». Tu n'es pas une fille gâtée, tu n'as jamais abusé de l'argent que tu as, ni fait de caprices. C'est tout à fait normal de vouloir une vie simple, surtout quand, toi, tu n'as pas demandé à entrer dans l'univers de ton père, ni à porter le lourd fardeau des Callini. Cette prison dorée t'a gardée éloignée de la vraie vie depuis bien trop longtemps et, aujourd'hui, tes désirs et tes envies te rattrapent.

Victoria passa une main dans mes cheveux, et comme toujours, cela m'apaisa immédiatement.

— Tu es à un âge où tu devrais être en train de t'accomplir en tant que femme, reprit-elle. Trouver ta voie, découvrir le monde, faire des rencontres… D'ailleurs, comment est-ce qu'Evan l'a pris quand il a su ton identité ?

— Pas très bien. Ce n'est pas moi qui lui ai dit, je suppose que ça n'a pas aidé. On n'a pas pu en parler et je ne sais pas si on en aura l'occasion. Il doit me détester.

— Qui pourrait te détester ?

Je souris à travers mes larmes et secouai la tête.

— Tu n'es pas objective.

— Je l'admets. Mais pourquoi te détesterait-il ? Tu lui as caché ton nom de famille pour de bonnes raisons. Premièrement par mesure de sécurité, ensuite parce que tu ne portes pas n'importe quel nom. Il peut le comprendre, j'en suis certaine.

Je m'accrochai à ses paroles en y mettant tout l'espoir qu'il me restait. Malgré tout, mon côté pessimiste continuait de tout voir en noir.

— S'il ne me déteste pas, il doit être en colère contre moi. Tu connais les épreuves qu'il a dû traverser, et indirectement, c'est à cause des Callini.

— Je t'arrête, Lilas. Tu n'es pas responsable des choix que font les gens. Chacun supporte son propre lot de malheur et tu n'as pas non plus une vie facile. Je suis sûre qu'Evan a conscience de cela.

— Même si je ne l'ai pas choisi, je suis la fille de Dimitri, et ce n'est pas rien.

Elle soupira, comprenant que je restais sur mes positions.

— Il a rencontré la vraie Lilas, celle que tu es vraiment. Et ça, c'est beaucoup.

Je ne pus qu'acquiescer. J'avais cependant peur que cela ne soit pas suffisant.

— J'étais juste Lilas, Vic. C'était tellement bien de ne plus être l'héritière des Callini.

Mes yeux me picotèrent, alors je les frottai en étalant le mascara sur ma peau. Je m'en fichais.

— Je suis convaincue qu'il y a une solution.

Je voulus fermer les paupières, mais les images des cadavres me vinrent en tête. Tout ça parce que j'avais aspiré à une soirée normale. Je me sentais coupable.

— C'est sûrement mieux que tout s'arrête là, au final. Ça évitera pas mal de soucis.

Et de morts.

— Dieu a un plan pour chacun d'entre nous, me souffla-t-elle doucement. Parfois, le destin nous oblige à passer par un drôle de chemin, pas toujours évident. Il faut simplement avoir confiance en la vie.

— Est-ce que c'est un message codé ? Parce que, dans ce cas, je ne le comprends pas.

— Aie juste confiance en la vie, conclut Victoria.

Le silence s'installa pendant un long moment. Je réfléchissais à mille choses à la fois pour tenter d'oublier cette soirée. Je refusais de fermer les yeux, car les images qui défilaient sous mes paupières étaient monstrueuses ; pourtant, elles étaient le reflet de la réalité que je venais de vivre. Mon cœur était douloureux, j'avais l'impression qu'un gouffre affreux était apparu à sa place. Il était tard et je me sentais épuisée, alors je ne dis plus un mot et tentai de me détendre pour dormir. Heureusement, le contrecoup de toute cette agitation finit par me rattraper.

En me réveillant le lendemain matin, un mal-être lancinant enserrait tout mon corps. Les images de la veille tournaient en boucle dans ma tête, inlassablement, et ma nuit avait été agitée. J'avais la sensation de n'avoir dormi que quelques minutes, tant je me sentais fatiguée. Je restai une bonne partie de la matinée allongée dans mon lit à regarder le plafond blanc, comme si je pouvais y trouver une source de réconfort. J'avais une tonne de choses à faire, mais les affaires des Callini attendraient. Je finis tout de même par réussir à traîner ma carcasse jusqu'à la salle d'eau pour y prendre une douche brûlante, restant un très long moment sous le jet.

En pensant à Evan, je ne cessais de me répéter que c'était mieux ainsi, mais je n'arrivais pas à m'en convaincre. C'était pourtant ce que j'avais souhaité : qu'il continue sa vie sans moi, qu'il soit à l'abri de la menace que je représentais, mais… pas comme ça.

La matinée puis le début d'après-midi défilèrent avec lenteur ; j'errais dans les méandres de mes pensées. J'étais bien décidée à rester dans mon lit toute la journée mais, quand on frappa à ma porte, je compris que je n'aurais pas ce luxe.

— Sors de cette chambre, Lilas, et rejoins-moi en bas.

Un ordre, pas une demande, me dis-je en me levant.

J'entendis les pas de mon père s'éloigner dans le couloir. C'était mauvais. Dimitri ne venait que rarement me chercher jusque dans ma chambre. La conversation qui suivrait n'allait pas me plaire.

Je descendis au rez-de-chaussée d'un pas traînant, puis

traversai le salon pour rejoindre la terrasse, où le soleil tapait. Mon père était assis sur une chaise longue ; les pieds pourtant posés à plat au sol, il étudiait des photos dispatchées sur le siège. Je pris place sur la chaise d'à côté, et attendis.

— On a appris récemment que Logan marquait ses hommes comme du bétail.

— Comment ça ?

Il me tendit des photos et me montra :

— Ils ont tous des tatouages. Ce sera plus simple de les reconnaître, surtout que ceux-ci se trouvent sur l'avant-bras, donc ils sont assez visibles. Je me suis dit que ce serait une bonne chose de te montrer ces clichés.

Deux cercles qui s'entremêlaient. Le motif me faisait penser à des menottes, ce qui était sûrement voulu. Mon père me fixa longuement. Je ne savais pas ce qu'il cherchait à provoquer chez moi, mais il allait être déçu.

Je lui rendis les photos et soutins son regard, attendant la suite. S'il m'avait convoquée, ce n'était pas uniquement pour me parler de cette histoire de tatouages.

Il finit par reprendre :

— Mon voyage d'affaires en Russie a été enrichissant.

Je l'écoutai attentivement, soucieuse de ce qu'il allait m'annoncer.

— Je suis allé là-bas pour entretenir nos relations, mais aussi pour conclure une nouvelle transaction. On a passé un très bel accord, et je suis sûr qu'il te conviendra aussi. Tu te souviens de notre arrangement pour tes vacances ?

— Oui, soufflai-je.

— Parfait. Parce que la famille Pavelevitch serait ravie de t'accueillir. Le fils, Yuri, est quelqu'un de bien, droit dans ses bottes, et un bon élément pour les affaires. Une alliance entre nos deux territoires seraient très profitable…

Je décrochai de ses paroles et me perdis à nouveau dans mes pensées. Je savais qu'un jour ou l'autre j'allais devoir épouser un homme choisi par mon père. À l'époque, résignée à ne plus jamais aimer, je m'étais pliée à sa volonté, promettant de suivre sa décision. Depuis, j'avais retrouvé l'homme que j'aimais, j'avais découvert l'excitation et la beauté de l'amour. Depuis, j'avais perdu le seul être qui faisait battre mon cœur à cause de mes mensonges. Au fond, peut-être que cela devait se finir ainsi.

15

Je tins bon le reste de l'après-midi, gérant de la paperasse pour l'entreprise Dimca. Quand mon père s'en alla pour un énième rendez-vous, j'attendis quelques minutes, puis quittai moi aussi la propriété en douce. J'avais besoin de marcher, de respirer ; cette maison était beaucoup trop étouffante.

À l'exception de ces dernières semaines, j'avais été pendant sept ans une fille exemplaire, docile et obéissante. Une fille qui avait abandonné l'idée d'une potentielle liberté, et même de vivre. J'avais mis mon existence entre parenthèses, oubliant mes désirs et portant le poids de ma lignée. Je n'avais jamais pu suivre de cours dans une école, ni faire d'études supérieures, mon monde se limitait à la villa, au siège de la Dimca et aux affaires des Callini. Je ne connaissais rien de la vraie vie. Dimitri m'avait demandé d'oublier ce rêve, mais il était réapparu en même temps qu'Evan. Avec lui, je découvrais ce que c'était que d'être vivante.

Je descendis jusqu'à la petite plage toujours déserte ; après tout, il n'y avait pas trente-six endroits où je pouvais me rendre sans être en danger. Avec la soirée de la veille, je me rendais compte combien ma vie était puérile. Si on me confiait des tâches d'adulte, j'étais toujours considérée comme une enfant qu'on cachait aux yeux du monde, à la place de qui on décidait.

Le chant des mouettes et le bruit des vagues s'échouant sur le sable me vidèrent un peu l'esprit, mais je me figeai en arrivant près des rochers.

Evan était là.

J'observai son profil tourné vers la mer, sans savoir quoi faire. Mon cœur battait si fort que j'eus envie de prendre mes jambes à mon cou, mais je ne voulais plus fuir.

J'attendis un instant pour tenter de deviner ce qu'il se passait dans sa tête. Son regard absorbé par la nuit qui descendait doucement à l'horizon, il ne semblait pas en colère, mais c'était sûrement parce qu'il ne m'avait pas encore vue. Désormais, pour lui, je n'étais plus Lilas. J'étais une Callini.

Je pris mon courage à deux mains et grimpai sur le premier rocher. Le mouvement attira son attention ; je continuai mon ascension des rochers et vins m'installer près de lui. Quand nos regards se croisèrent, mon cœur se serra : il me regardait comme une étrangère, comme s'il ne me connaissait pas. Avec froideur et distance, comme la veille au soir.

J'avais réfléchi à mille discours dans le cas où cet instant se produirait et pourtant, mon cerveau semblait s'être emmêlé les pinceaux, sans savoir par où commencer.

Ce fut lui qui se lança :

— Tu es qui au juste ? Lilas, ou June ?

— Lilas, répondis-je instantanément.

— Tu m'as menti.

— Non, je ne t'ai pas menti, mais oui, je t'ai caché…

— Ne joue pas sur les mots, s'il te plaît.

Je pris une longue inspiration, comprenant sa colère.

— D'accord. Il faut quand même que tu comprennes que depuis que tu m'as expliqué pour ta mère… j'ai su que, si tu connaissais mon identité, tu me détesterais.

— Tu as joué pendant tout ce temps ?

— Quoi ?

— Est-ce que tu as joué un rôle avec moi ?

— Bien sûr que non !

— Tu me connais, n'est-ce pas ?

— Oui.

— Alors comment as-tu pu penser que je te détesterais en découvrant ton nom de famille ?

Je voyais qu'il contenait sa colère.

— J'ai pensé à tout te dire un million de fois.

— Mais tu ne l'as pas fait. On a tout traversé ensemble ou presque. Et aujourd'hui, j'ai l'impression d'avoir en face de moi une inconnue. Je t'en veux, Lilas, parce que tu ne m'as pas fait confiance.

— Oui, je t'ai caché des choses… parce que, égoïstement, en ta compagnie, je n'étais pas la fille de Dimitri Callini. J'étais juste moi et ça faisait un bien fou. Je n'ai jamais fait semblant avec toi et j'ai toujours été juste… moi-même. Ma famille ne devrait pas avoir d'importance, Evan.

— Sauf que les Callini ne sont pas n'importe qui.

Je ne pus qu'acquiescer. Je comprenais sa colère ; je savais aussi qu'elle enflerait quand je lui parlerais des projets de mariage de mon père. Mais peut-être qu'aujourd'hui ça n'avait plus d'importance.

— Ma vie est comme une pièce de théâtre dans laquelle je n'ai aucune réplique, dis-je en tournant mon regard vers la mer quelques instants, avant de me raccrocher au sien. Ce que je veux dire, c'est que ma vie entière est dirigée par mon père. Ma relation avec toi, c'était la seule chose qui m'appartenait. Tu m'acceptais, tu m'as donné ton amitié, ta confiance, et jamais tu n'as eu un seul a priori sur moi. Si je t'avais dit qui j'étais réellement, surtout quand nous étions plus jeunes et que tu nourrissais une haine certaine contre mon père, peux-tu vraiment me garantir que ça n'aurait rien changé entre nous ?

— Je ne sais pas.

Je hochai la tête en guise de remerciement pour sa franchise. Le silence s'installa et, chacun de notre côté, on se perdit dans nos pensées. Je n'avais aucune idée de ce qu'il adviendrait de nous par la suite. C'était à lui de décider ; il avait le choix, ce que je n'avais pas.

— Je suppose que c'est le juste retour du bâton, me dit-il, las. J'ai fait des choses pas très correctes par le passé, le karma me rattrape. Si la vie est un jeu, alors j'ai perdu, Lilas.

— Je ne me sens pas du tout victorieuse non plus.

— Tu ne comprends pas…

Si, je comprenais qu'il cherchait à me dire qu'il rendait les armes. Malgré ce que j'avais pu lui faire, malgré le danger et les risques, il ne pouvait changer ce que son cœur ressentait.

— Au contraire, le coupai-je. Et je suis dans le même cas que toi, Evan.

— Est-ce que je dois te croire ?

Je fronçai les sourcils, mon cœur se serrant. Qu'il me reproche de lui avoir caché des informations était une chose, mais qu'il pense que je lui avais menti sur toute la ligne en était une autre.

— Tu sais parfaitement que je dis la vérité. Ne remets pas tout en question. J'avais mes raisons de te cacher mon identité et tu as reconnu que ça aurait pu changer notre relation.

Il m'observa un moment en silence. C'était comme s'il ne savait pas où il en était. J'étais totalement perdue aussi. Je m'en voulais ; pire, au fond de moi, j'avais toujours su que ça se terminerait comme ça.

Je me promis cependant que, quand cette relation prendrait

fin, je ferais tout pour qu'Evan ne soit pas fâché contre moi. Je resterais ici jusqu'au bout de la nuit s'il le fallait.

Après quelques minutes de réflexion, il finit par reprendre la parole.

— Tu étais la seule personne qui ne m'avait jamais trahi.

— Je ne t'ai pas trahi.

— Pourquoi c'est ce que je ressens alors ? Toute ma vie j'ai été trompé, poignardé dans le dos. J'ai dû faire des choses dont tu n'as pas idée pour pouvoir m'en sortir et arriver où je suis aujourd'hui. Quand j'étais avec toi, c'était comme si j'étais un autre homme. Comme quelqu'un de neuf, de bien, qui n'avait pas besoin de se protéger et se méfier. Mais depuis hier… Je me pose des milliers de questions.

— Tu as le droit de me les poser, ces questions.

— Bien sûr, puisque aujourd'hui il n'y a plus de secret…

— Ça ne te dérangeait pas vraiment depuis tout ce temps.

— Parce que je n'avais pas imaginé que tu pouvais être une Callini.

— Est-ce que ça change vraiment quelque chose ?

— Ça change tout, Lilas.

J'eus l'impression de percuter un mur à pleine vitesse. Evan avait dit que le problème c'était que je lui avais caché la vérité ; visiblement, il n'y avait pas que ça. D'une voix que j'espérais détachée, je demandai :

— Est-ce que ça change ta vision de moi ?

— D'une certaine manière, oui.

— De nous ?

— Lilas…

Il dut sentir combien ses réponses me faisaient mal au cœur, car il parut s'adoucir un peu.

— Evan, réponds-moi, s'il te plaît.

J'en avais besoin.

— Je ne suis pas con, Lilas. Je sais parfaitement que ton père ne m'accueillera jamais à bras ouverts, alors ça change tout. Je suis un mec du Nord et, pire encore, je ne lui apporterai jamais plus de pouvoir. Je ne lui servirai à rien. Je ne le connais peut-être pas personnellement, mais tout le monde sait comment il fonctionne. Si ton père était au courant de mon existence, il n'hésiterait pas à m'éliminer, n'est-ce pas ?

J'opinai, incapable de répondre à voix haute. Je l'observais tandis que, progressivement, toutes les pièces du puzzle s'assemblaient dans son esprit et qu'il comprenait ce qu'il s'était passé.

— Laisse-moi deviner, reprit-il. Ton père voulait me tuer, et non pas me parler, quand on a voulu s'enfuir, pas vrai ?

— Oui.

— J'étais celui qui aurait dû se trouver dans la voiture. Au lieu de ça, j'étais en retard et c'est mon ami qui… Merde.

La culpabilité s'infiltra dans son regard. Ce sentiment que je connaissais parfaitement pour l'avoir ressenti pendant sept années en le croyant mort. Je savais que rien de ce que je pourrais dire ne lui enlèverait ce poids et je détestais me sentir impuissante. Je changeai de sujet :

— Pourquoi tu nous as sauvés, Théo et moi, hier ?

— Tu aurais préféré que je vous laisse mourir ?

— Non, mais tu savais qui j'étais.

— Ce n'est pas pour autant que je veux te voir morte. Jamais !

— Tu avais déjà tué avant, n'est-ce pas ?

J'avais retourné ce qu'il s'était passé la veille un million de fois dans ma tête, et si je me doutais qu'Evan n'était pas un tueur, je pouvais cependant reconnaître la main d'un tireur aguerri.

— Comme je te l'ai dit, j'ai dû faire des choix difficiles pour m'en sortir.

— Et ça ne te fait rien ?

Il dirigea son regard dans ma direction et cessa de faire tourner le caillou qu'il avait en main au creux de sa paume.

— Tu penses que je suis un monstre ?

— Non, bien sûr. Désolée pour cette question.

— Je ne suis pas comme eux, continua-t-il en cherchant dans mon regard la compréhension. Hier soir, c'était eux ou toi et, si c'était à refaire, je le referais. Tu ne comprends pas combien tu es importante pour moi, Lilas. Mais, non, ça ne me fait pas rien. Malgré tout… Même si je suis prêt à tout pour te protéger… (Il soupira.) Notre vie sera compliquée si on reste ensemble, mais pas à cause de toi… À cause de moi.

Je fermai les yeux en comprenant. Je ne pouvais pas lui demander de rester, de se battre pour nous, même si je mourais d'envie de lui hurler que je l'aimais. Ce que j'avais tant redouté était sur le point d'arriver. Je décidai de jouer cartes sur table : le temps des mensonges était révolu.

— Tu as raison. Et il y a autre chose : mon père a prévu de me marier prochainement. J'aurais aimé qu'il en soit autrement.

Dans ses yeux, je pus voir la stupéfaction puis une profonde douleur, qui semblèrent le submerger.

— Je suis désolée.

— Et tu vas accepter ? Sans rien dire ?

— Je n'ai pas voix au chapitre, Evan.

Il jeta au loin le caillou, avec rage, puis emprisonna son crâne de ses mains, comme s'il voulait effacer mes dernières paroles de sa tête. Les manches de sa veste se relevèrent, laissant apercevoir les écritures de ses tatouages, ainsi que les deux cercles de flammes entremêlés. Soudain, le sang quitta mon visage.

J'ouvris la bouche, pourtant rien n'en sortit.

C'est impossible, me dis-je.

16

— C'était ça…, murmurai-je, sous le choc, avant de tendre la main vers l'un de ses tatouages. Tu es marqué.

Evan me lança un rapide coup d'œil en remontant les manches de sa veste. Il tendit ses bras devant lui et observa les tatouages qui indiquaient son appartenance au clan de Logan, masqués partiellement par les flammes. Mon Dieu, cela voulait dire que mon père savait pour Evan.

— Mais… tu m'as affirmé que tu ne travaillais pas pour lui, continuai-je, au ralenti, la tête lourde de pensées confuses.

— C'est vrai.

— Alors pourquoi tu portes sa marque ? !

— Je t'ai dit que j'ai dû faire des choses horribles pour m'en sortir… Eh bien, ceci en fait partie.

À mon tour, je me pris la tête entre les mains. Comment en étions-nous arrivés là ?

— Pourquoi ?

— J'ai toujours dû me battre pour trouver de quoi manger, avoir de quoi acheter le strict nécessaire, Lilas. Alors, quand un ami m'a proposé un job facile, je n'ai pas hésité. J'avais dix-sept ans à cette époque et je suis devenu un petit dealer. Ça ne me rapportait pas énormément parce que je ne le faisais pas à plein temps, seulement quand j'en avais besoin…

— Je n'ai pourtant jamais vu ces anneaux avant qu'on se retrouve à Tahiti, dis-je sans comprendre.

— Le marquage n'arrive pas quand on est en bas de l'échelle.

Je levai les yeux vers le ciel en y observant la noirceur s'installer, à l'image de cette conversation. Evan reprit doucement :

— Quand on a commencé à parler de s'en aller, j'ai dealé de plus en plus : je voulais avoir suffisamment de côté pour t'offrir une nouvelle existence, loin d'ici. Je savais que c'était de l'argent sale, mais je ne voulais pas que tu perdes le standing auquel tu étais habituée, que tu regrettes d'être partie et d'avoir abandonné ta belle vie.

— Ma belle vie ? répétai-je avec un rire sans joie.

— Je te rappelle que je ne savais pas vraiment qui tu étais.

Je gardai le silence, sachant qu'il n'avait pas tort.

— J'ai finalement tout arrêté quand j'ai cru que tu n'étais pas venue le jour du départ, et que j'ai vu que tu ne venais plus ici les jours suivants. Quelques mois après, j'ai appris que ma mère était enceinte, puis tout a changé quand elle est décédée. J'avais un nouveau but, une raison d'avancer : m'occuper de Teddy. Alors, j'ai cherché du travail, un logement, mais ça prenait bien trop de temps et je ne voulais pas laisser mon petit frère n'importe où.

Evan secoua la tête, puis croisa mon regard en poursuivant :

— J'ai résisté un moment avant de me tourner vers les gens qui pouvaient m'apporter rapidement une existence confortable. Je connaissais les conséquences mais quand j'ai vu que toutes les portes que je tentais d'ouvrir pour me construire une vie stable et normale restaient closes et qu'une première famille douteuse a pris en charge Teddy… j'ai franchi le pas.

Il ne cessa de me fixer, comme s'il attendait le moment où j'allais exploser, lui reprocher ses choix et lui dire combien il avait été stupide. Je l'écoutais, stupéfaite de découvrir toutes ces parties sombres de sa vie, comprenant ce qu'il avait traversé. Mais surtout, je regrettais de ne pas avoir été présente pour lui. Comment pouvais-je le juger ? Les choses étaient telles qu'elles étaient et on ne pouvait pas revenir en arrière, mais j'avais l'impression tenace d'un énorme gâchis.

— Finalement, je suis allé voir Logan, poursuivit-il. J'étais jeune, il ne m'a pas pris au sérieux, mais il a vu dans mon regard l'un des moteurs les plus puissants : le désespoir. Il m'a testé, me donnant des petites missions : transaction d'armes, deal, mais ce n'était pas assez. Une fois qu'il a été sûr que je n'étais pas là simplement pour prouver je ne sais quoi à je ne sais qui, que j'étais vraiment prêt à tout, Logan m'a proposé un job qui m'assurerait assez d'argent pour les dix prochaines années. Et garantirait un véritable avenir pour mon frère.

Evan se perdit dans ses pensées.

— Qu'est-ce que tu as dû faire ?

— Menacer, torturer, tuer.

Il me fixa, d'un regard vide, comme s'il avait revêtu un masque. Je tentai de ne rien laisser paraître mais j'étais triste et horrifiée.

C'était ça que j'avais senti, instinctivement, lorsque je l'avais reconnu à Tahiti. Cette aura noire qui l'entourait. Je savais que quelque chose avait changé en lui.

— Dis quelque chose, m'intima-t-il froidement.

— Combien ?

— Beaucoup.

Sa réponse, courte et tranchante, me fit comprendre qu'il s'attendait sûrement à voir apparaître dans mes yeux ce qu'il pouvait lire chez les autres : de la peur.

— Je ne vais pas te juger, si c'est ce que tu crains. Et ne crois pas non plus que je vais m'enfuir en courant, terrifiée par tes actes. Je suis une Callini. J'ai vu des vendettas organisées par mon père sans pouvoir les compter. Je ne vais pas te dire que ce que tu as fait est bien, mais je ne serai pas celle qui te fera la morale.

— J'avais une liste de noms, Lilas. J'ai vu la peur dans le regard de chacun d'entre eux. J'étais le bourreau de Logan, une machine à terroriser et à tuer.

Mon cœur se serra et, à l'idée de ce qu'il avait fait, mon corps se tendit. Il avait commis des actes atroces et porterait toute sa vie le sang de ses victimes sur son âme, mais je connaissais qui il était vraiment. Et je pouvais voir combien il était hanté par son passé malgré la muraille qu'il avait mis en place.

— J'ai vu ce que les gens peuvent faire quand ils sont désespérés, dis-je lentement. De quoi ils sont capables aussi.

— Est-ce que tu comprends ce que j'ai fait ?

Je fronçai les sourcils.

— Ne me prends pas pour une idiote, Evan, je comprends parfaitement. Mais je n'aurai pas peur, ni ne serai dégoûtée de toi. Est-ce que, toi, tu comprends ça ?

Il resta muet un instant avant d'acquiescer.

— Pourquoi ne pas m'en avoir parlé ? repris-je.

Il eut un bref rire sans joie.

— Tu penses que j'en suis fier ?

— Non.

— Je ne voulais pas que tu saches combien j'étais tombé bas après toi.

Sans savoir quoi dire, je l'observai en essayant d'assimiler ces informations. Il avait craint que je me détourne de lui à cause de son passé, comme j'avais craint qu'il m'abandonne s'il connaissait mon nom.

— On avait tous les deux nos raisons de garder nos secrets.

Evan parut se détendre légèrement, même si son expression était toujours aussi hantée.

— Et je n'ai toujours pas la garde de mon frère. Je pense que je ne l'aurai jamais.

— Pourquoi ?

— L'État se doute que j'ai un lien avec Logan et mon casier n'est plus vierge. Logan est doué pour tout faire disparaître quand il s'agit des preuves, mais ils savent et, quoi que je puisse tenter, ils me mettront des bâtons dans les roues. En finissant mon contrat, j'ai compris que j'avais fait tout ça pour rien.

Je ne savais pas quoi dire, mais il semblait ne pas attendre de réponse de ma part, car il continua :

— Quand je suis parvenu au bout de cette liste, je suis tombé malade. Ma mission était accomplie et je savais que je ne pouvais plus continuer sur ce chemin. Mes nerfs ont lâché et j'ai pensé devenir fou, mais j'ai réussi à prendre sur moi…

Je l'écoutais me parler de ce qu'il avait traversé, de ses faiblesses, sans bouger, presque sans respirer. Jamais il ne s'était tant ouvert à moi.

— … Une fois sur pied, je suis retourné voir Logan et je lui ai dit que je m'en allais. Il m'avait promis que je serais libre une fois la liste terminée mais, ce jour-là, il a changé d'avis. Il me voulait avec lui, mais j'ai refusé. Sachant qu'il m'avait fait une promesse, Logan a accepté à regret de me laisser partir, mais il y a posé des conditions.

Evan me montra ses avant-bras.

— Le tatouage ? Mais si ta mission était finie, quel intérêt ?

— À ses yeux, je lui appartiens toujours, ce tatouage est la preuve que je suis dans son clan. Tout le monde dans le nord de la ville sait qui je suis, ce que j'ai fait, et ils pensent tous que, aujourd'hui encore, je continue.

— Mais il ne peut pas te forcer à travailler de nouveau pour lui ?

— Il peut tout, Lilas. Mais il aime se dire que les gens l'apprécient et ont besoin de lui, pas l'inverse. Il ne se rabaissera pas à me forcer, cela équivaudrait à dire que lui a besoin de moi.

— Et pour ton frère ?

— Logan n'est pas au courant de son existence, sinon il l'aurait déjà utilisé. Il pense que je n'ai aucune attache. Et il faut que cela reste ainsi. Je limite mes visites et je suis très prudent ; je ne peux pas révéler que j'ai un petit frère, ça ferait de lui une cible. Tu vois, même si je pouvais obtenir sa garde, ce serait trop dangereux. Il est bien plus heureux en restant loin de moi. Avec sa famille d'adoption qui l'aime.

Je réfléchis un instant, puis fronçai les sourcils.

— La soirée sur le bateau, c'était une soirée de Logan ?

— Oui, du moins, organisée par ses hommes.

— Pourquoi m'y avoir invitée alors ? T'afficher avec moi faisait de moi une cible toute désignée.

— Je ne savais pas que tu étais la fille de Dimitri, Lilas. J'ai toujours été entouré de filles, Logan et ses hommes savent très bien que je ne m'attache pas et qu'elles n'ont pas d'importance. Cela fait longtemps qu'ils n'y prêtent plus attention.

— Mais pourquoi aller à cette soirée si tu ne travailles plus pour lui ?

— Pour entretenir les apparences. Logan a fait de moi une sorte de figure monstrueuse, une menace permanente qui convainc ses associés de se tenir à carreau. Il me laisse tranquille si je nourris l'illusion que je bosse toujours pour lui.

— Il n'a pas d'autre bourreau ?

— Si. Environ cinq ou six. Mais il les garde pour les gros bonnets. J'étais celui qui côtoyait les gens. Quand j'arrivais dans une boulangerie, les personnes présentes ne savaient pas si j'allais simplement acheter une baguette de pain ou leur briser les os.

Je me contractai en entendant ces mots et en imaginant ce qu'il avait pu faire. Evan le vit et grimaça.

— Je suis désolé. Je n'aurais pas dû dire ça.

— Ça va, fis-je rapidement pour qu'il ne se referme pas. Tu n'as pas eu de problèmes, hier ?

— Non. Tout le monde pense que c'est Théo qui a éliminé les hommes sur le parking. Te concernant… J'ai été interrogé. Longtemps.

Je le fixai en tâchant de mettre mes sentiments de côté. Il me fallait savoir la vérité et surtout s'il me mentait.

— Qu'est-ce que tu as dit ?

— Que je ne te connaissais que depuis quelques heures. Que mon unique but avait été de t'en mettre plein la vue pour t'attirer ensuite dans mon lit. Que tu disais t'appeler Clara et que tu habitais loin d'ici. Mais ce n'est pas toi qu'ils ont reconnue.

Je haussai les sourcils, surprise.

— Ah non ?

— Non, c'est Théo.

— Je ne comprends pas.

— Logan et ses hommes savent que Théo travaille pour ton père. Jusqu'ici ils évitaient de l'approcher, sachant qu'au moindre problème la guerre avec les Callini éclaterait et la ville serait à feu et à sang. Tant que Théo ne mettait pas le nez dans les affaires de Logan, chacun faisait sa vie. Quand ils l'ont repéré hier à la soirée, ils l'ont suivi et l'ont vu te parler. C'est là qu'ils ont compris que tu n'étais pas n'importe qui.

— Théo est en danger ?

— Il va bien, ton père a assuré ses arrières en lui donnant une maison pas très loin d'ici, d'ailleurs.

J'acquiesçai, pas vraiment rassurée. Tout devenait bien plus compliqué que prévu. Il y avait tant de choses que j'aurais aimé faire autrement, tant de choses que j'aurais voulu changer, en commençant par la vie d'Evan. J'aurais aimé qu'il ne vive jamais ceci. Ses mauvais choix l'avaient amené à devenir celui qu'il était aujourd'hui. Peut-être que finalement, avec tout ce que nous avions commis, nous avions mérité cette sentence. Peut-être que nous n'avions pas le droit au bonheur.

Quand je finis par croiser son regard, il s'autorisa à bouger, et passa derrière moi, puis m'encercla de ses bras. Je fermai les yeux en m'appuyant contre lui. Mon cœur semblait me remercier tant le soulagement de le sentir contre moi était grand. Un silence lourd, rempli de nos secrets dévoilés, du poids qui nous écrasait, planait entre nous.

La nuit était définitivement installée et seul le bruit de l'eau nous parvenait aux oreilles. Je me laissai aller contre Evan, en colère contre la vie. Rien n'avait vraiment de sens.

— Qu'est-ce qu'on va faire, maintenant ? finis-je par dire, les yeux perdus dans la noirceur de la nuit.

— C'est la question que je me pose depuis hier soir. Mais si je n'ai pas la réponse, je sais néanmoins qu'il est hors de question que je te regarde te marier à un autre homme. Sauf si c'est ce que tu désires.

— Ce n'est pas le cas.

Il resserra ses bras autour de moi et posa son menton dans le creux de mon épaule. Lui aussi semblait trouver du réconfort dans cette étreinte.

— Ça va être compliqué, dis-je. Peut-être même impossible.

— Je vais trouver une solution. Je ne veux pas te perdre encore une fois.

Dans mon dos, je le sentis hésiter. Il ouvrit la bouche plusieurs fois, comme pour dire quelque chose, mais rien ne vint, puis au bout de quelques secondes il m'embrassa dans le cou et murmura :

— Si tu venais à te marier, alors j'aurais définitivement tout perdu, Lilas.

Je frémis : je savais que mon père obtenait toujours ce qu'il voulait. J'avais peur de l'avenir, et plus encore d'un futur sans Evan.

— Ça veut dire que nous… tout est OK ? m'enquis-je.

— Je t'en veux autant que tu peux m'en vouloir. Tu as une vie que tu n'as pas choisie et même si j'aurais préféré que tu me dises tout avant, je t'accorde que les choses auraient pu être différentes si tu l'avais fait. De mon côté, je suis désolé de ne pas avoir été franc, je me répétais que ça ne comptait pas puisque je ne travaillais plus pour Logan, mais je me rends compte combien cela pèse sur nos vies désormais.

— Tu te souviens quand je t'ai demandé de choisir la sécurité ?

— Mon choix n'a pas changé.

— Réfléchis tout de même.

— Je sais parfaitement où je mets les pieds et dans quoi je m'embarque. Je ne sais pas encore comment on va faire, mais je sais que c'était toi avant, et c'est toujours toi aujourd'hui. Ça a toujours été toi, Lilas, et je ne veux pas qu'il en soit autrement à l'avenir. On va se battre pour être libres.

— Je n'ai pas le droit de te demander ça.

— Tu ne m'as rien demandé, princesse.

— Je veux me battre aussi, mais j'ai l'impression que les cartes sont jouées d'avance et que quoi qu'on puisse faire mon père trouvera toujours un moyen de gagner.

— Je vais trouver une solution. Fais-moi confiance.

— Je te fais confiance. Seulement… je t'ai cru mort une fois, Evan. Je ne pourrai pas affronter ça une deuxième fois.

Il garda le silence en me serrant contre lui. Il savait que j'avais raison, les conséquences que cela pouvait avoir aussi. Après quelques secondes, il reprit :

— Fais-nous gagner du temps.

J'acquiesçai en silence, même si je n'avais aucune idée de comment faire. Je sentis mon téléphone vibrer et vis un message de Théo :

Code noir. Rentre vite.

— Merde, lâchai-je.

— Quoi ? C'est quoi le code noir ?

— Un membre de ma famille est mort. Les Callini sont sur le pied de guerre. Je dois y aller.

Je me relevai, suivie de près par Evan. Il me fit face, puis me prit le visage entre ses mains avant de m'embrasser avec force.

— Reste chez toi, ou loin de tout ce qui peut ressembler de près ou de loin aux hommes de Logan, dis-je doucement. Ou de mon père.

Il eut un sourire amusé.

— Tu t'inquiètes pour moi ?

— Tu me poses vraiment cette question ? Bien sûr que oui !

— Alors, sois rassurée, je sais parfaitement me débrouiller.

— Ne fais rien d'imprudent.

Il m'embrassa à nouveau et me serra brièvement contre lui.

— Je te promets de ne rien faire de stupide. Pas alors que j'ai enfin l'impression d'avoir toutes les pièces du puzzle qui te représente. Je n'ai pas l'intention d'abandonner la partie, Lilas.

— La vie est un jeu, hein…

— Mais à partir de maintenant, on est dans le même camp, dit-il en passant un bras autour de ma taille pour me rapprocher de lui. Toi et moi, contre le reste du monde.

— C'est un peu cliché, non ? dis-je en riant doucement.

— Un peu, je l'avoue. Mais je tuerai tous ceux qui essaieront de se mettre entre nous.

— Rassure-moi, tu plaisantes ?

Il eut un sourire hésitant, puis haussa les épaules. Je compris alors qu'il était sérieux. Comme pour effacer ces derniers mots, il m'embrassa, puis me libéra.

— File, princesse.

Je sentis qu'il avait envie de me retenir, qu'il avait envie de plus, mais les prochaines heures seraient sombres et une tempête couvait à la villa. Alors, après un dernier sourire, je grimpai sur les rochers et filai à toute allure pour rejoindre cette famille que je n'avais pas choisie.

17

Les deux jours suivants, beaucoup de sang coula.

Le cousin de mon père ainsi que quelques-uns de ses hommes avaient été pris en embuscade et tués par le clan de Logan. Si mon père adorait les chasses à l'homme, je vis que la perte d'un de ses « nobles » – comme il appelait les grosses têtes dirigeantes de son clan – le toucha. L'exécution d'un Callini était un coup dur pour lui : on s'en prenait à son sang. De mon côté, je n'étais pas particulièrement affectée par cette mort.

Je passai le premier jour avec la famille du défunt pour préparer un enterrement royal, mais aussi pour rassurer l'épouse en deuil sur la place qu'elle continuerait d'avoir au sein des Callini. Cette femme avait été élevée selon les règles de la famille et ne vivait que pour la gloire du clan. Elle proclamait haut et fort que ses fils se chargeraient de la vendetta quand ils seraient en âge de le faire. Mon père m'avait dit d'en prendre de la graine, car il savait que je ne bougerais jamais le petit doigt pour le venger, lui.

Si je n'avais jamais adhéré au concept de la mafia et de « La famille avant tout » ou « Tuer des milliers des leurs pour sauver un des nôtres », c'était grâce à Victoria. Elle avait grandi elle aussi auprès des Callini, mais elle avait réussi à résister au lavage de cerveau qu'était l'éducation familiale. Tout au long de mon enfance, elle m'avait appris à garder l'esprit clair et questionner les valeurs de ma famille.

La seconde journée, je la passai devant les informations à la télé, qui relataient le règlement de comptes qui avait fait huit morts le matin même, tous d'une même famille. Finalement, les jeunes garçons n'auraient pas besoin de venger leur père, car le mien s'en était chargé. Je discutai avec Evan au téléphone, et cela atténua un peu le manque que j'éprouvais.

Le jour qui suivit, je n'eus pas d'autre choix que de me rendre à l'enterrement. Mon père tenait aux apparences et mon absence aurait été perçue comme un affront.

Je rentrai de cette journée infiniment lasse. Lasse de cette vie, où tout me paraissait extrême et démesuré. Je m'entretins longuement avec Victoria, qui s'inquiétait pour moi et voulait s'assurer que j'allais bien.

Je pris une douche rapide, et arrivais dans ma chambre quand mon téléphone vibra pour m'annoncer un appel. Je décrochai tout en bâillant.

— Je t'ennuie déjà ? me dit Evan, son intonation me laissant penser qu'il souriait.

— Tellement que je m'endors à peine j'entends ta voix.

— Je dirais plutôt que tu as très peu dormi.

— À qui la faute ?

Il rit doucement en sachant qu'il était en grande partie responsable de mes courtes nuits.

— J'ai envie de te voir.

— Moi aussi, soupirai-je en me laissant tomber sur mon lit.

— Tu me rejoins ?

— Sur la plage ?

Je tendis l'oreille, et entendis le vent souffler.

— J'y suis.

— Je ne sais pas si c'est vraiment prudent.

— Je peux tout aussi bien venir te rejoindre…

Je m'esclaffai avant de me rendre compte qu'il semblait sérieux.

— Tu es fou ?

— Non. Tu réussis bien à sortir en douce, je pourrais donc probablement entrer sans me faire remarquer. J'ai vraiment envie de te voir.

— Moi aussi, mais… il faudra attendre demain. Ce soir, je pourrais être appelée à tout moment, même si le pire est passé.

— Être appelée ? Pour quelle raison ?

— Mon père me tient à l'œil. Il se doute que je cache des choses. Il pourrait inventer n'importe quoi pour s'assurer que je suis là.

— Et qu'est-ce qui change demain ?

— Il part en déplacement, ce sera plus simple.

Il garda le silence un instant puis répondit, d'une voix où perçait la déception :

— OK. Alors une autre nuit au téléphone ?

— Une autre nuit au téléphone est plus prudent, en effet.

— D'accord. Je te rappelle dans quelques minutes dans ce cas. Ça te va ?

Je confirmai et raccrochai. Profitant de ce laps de temps, j'enfilai un pyjama léger ; il faisait une chaleur étouffante. Je sortis sur mon balcon, qui donnait sur le grand jardin désert, et entrevis des nuages dans le ciel sombre, de gros nuages ; il était temps qu'il pleuve.

Les minutes s'écoulèrent, pendant lesquelles mon téléphone resta silencieux. Je finis par m'allonger sur le lit et sentais mes yeux se fermer, quand un coup de tonnerre retentit au loin. Je me levai et voulus fermer la fenêtre, mais à cet instant une silhouette se détacha sur le balcon, grande et imposante. Je poussai un cri de surprise et attrapai instinctivement l'une des planches en bois entassées par terre qui devaient servir à installer de nouvelles étagères. Je faillis lancer la planche de toutes mes forces, lorsque je reconnus Evan.

— Mais qu'est-ce que tu fous ici ? ! dis-je en chuchotant.

Il s'apprêtait à répondre mais, entendant de légers coups donnés à ma porte, je lui ordonnai de se cacher derrière le lit. Le cœur battant frénétiquement, j'ouvris et découvris le doux visage de Victoria dans l'embrasure de la porte.

— Tout va bien ? demanda-t-elle. Je t'ai entendue crier.

— Oui, oui.

Evan me tapota la jambe pour me signaler silencieusement qu'une réponse un peu plus développée serait la bienvenue pour expliquer mon cri. J'ajoutai :

— Un moustique. Je chasse un moustique.

— Un moustique ? Avec une planche en bois ?

Je regardai mon arme improvisée que j'avais oublié de reposer et ris nerveusement.

— Non, je voulais ranger les planches quand j'ai vu… un moustique.

Elle haussa un sourcil, avant de sourire ; elle savait que je mentais.

— Tu es bien étrange, ma fille. Bonne nuit, avec le moustique.

Elle referma la porte, que je m'empressai ensuite de verrouiller avant de rire nerveusement dans ma main. Quand je me retournai vers Evan, il était sorti de sa cachette et je vis dans son regard combien il se moquait de moi.

— Je ressemble donc à un moustique ? chuchota-t-il.

— À peu près. En plus grand. Beaucoup plus grand.

— Ce n'était pas très crédible, tu le sais au moins ? Parce que à part faire un trou dans le mur avec ta planche…

— Je sais ! Mais c'est la première chose qui m'est venue en tête.

Evan entreprit d'observer ma chambre, et je réalisai seulement à cet instant qu'il était bien là, dans mon antre.

— J'ai l'impression de revivre mon adolescence, dit-il sans bouger.

— Parce que tu t'infiltrais souvent dans les chambres de tes copines ? demandai-je, avec une pointe de jalousie.

— Non, parce que je n'aurais jamais pensé que je ferais ce genre de choses à mon âge. Plus maintenant.

— Si ça ne tenait qu'à moi, j'aurais déjà ma propre maison…

— Ton père refuse ?

— Exactement. Il veut m'avoir le plus près possible de lui. Pour ma sécurité, soi-disant.

Il acquiesça puis me fit un sourire amusé.

— Pourquoi tu m'as demandé ça, tu es jalouse ?

— Non, et ce n'est pas le sujet, dis-je en avançant jusqu'à lui. Tu es complètement fou, Evan. N'importe qui pourrait t'avoir vu…

— Non.

— Non ? Tu sembles si sûr de toi que j'ai presque envie d'en rire… mais, sérieusement ?

— Je suis sérieux, princesse. Théo doit probablement me maudire actuellement, mais il m'a aidé. Il sait que quand j'ai une idée en tête il est impossible de me raisonner et, ce soir, je voulais être avec toi.

— Tu te rends compte quand même de combien c'est dangereux ?

— Je sais, mais tout va bien. Je sais ce que je fais et surtout comment m'y prendre.

Je soupirai de dépit. Cet homme était complètement fou.

Je tirai les rideaux sans fermer la fenêtre pour laisser un peu d'air entrer, puis me tournai vers Evan qui n'avait pas bougé.

J'avais tellement l'habitude de le rencontrer à la plage que le voir ici, dans ma chambre, me déstabilisait. Je repris rapidement contenance et entourai son cou de mes bras. Il sourit avant de m'embrasser, puis me souleva contre lui.

— Tu restes combien de temps ? dis-je doucement quand il me reposa au sol.

— Une bonne partie de la nuit, sauf si urgence.

— Alors ça nous laisse quand même pas mal de temps…

Un éclat s'alluma dans ses yeux. D'un air faussement innocent, il demanda :

— Pour faire quoi exactement ?

Je le poussai sur le lit, puis m'installai sur lui, une jambe de part et d'autre.

— Plein de choses.

Je l'embrassai et, s'il me rendit mon baiser, je sentis que quelque chose n'allait pas. Je m'éloignai et, le scrutant, posai mes mains sur ses joues.

— Qu'est-ce qu'il se passe ?

— Rien, tout va bien, chuchota-t-il, rassurant.

Je secouai la tête, puis m'assis à son côté.

— Non, je le sens.

Il ne nia pas, me confirmant que j'avais vu juste. Evan enleva ses chaussures, qu'il plaça au pied du lit, puis s'allongea sur les couvertures avant de me tendre les bras. Je pris place contre lui, attendant qu'il me parle.

Peut-être que cela lui était plus facile de se confier sans que je puisse voir son visage, mais ce ne fut que lorsque je calai ma tête dans le creux de son cou qu'il m'expliqua :

— La famille de mon petit frère compte déménager loin

d'ici, pour pouvoir le faire soigner par de grands médecins. Ils pensent partir d'ici trois semaines ; ils me l'ont annoncé hier soir. Je n'aurai plus l'occasion de voir Teddy.

Je me tournai et pris appui sur mes coudes pour pouvoir le dévisager. Un pli soucieux s'était creusé entre ses yeux.

— Pourquoi ne pas m'en avoir parlé hier soir ?

— Tu avais beaucoup à faire avec ta famille.

— Ne raconte pas de bêtises, Evan. Quoi qu'il se passe, tu pourras toujours, *toujours*, me dire les choses. Même si cela rend les visites plus compliquées, le plus important est qu'il reçoive les meilleurs soins possibles.

— J'en suis conscient. C'est juste que je m'inquiète. S'il se passe quoi que ce soit, je ne pourrai pas me rendre sur place aussi rapidement qu'aujourd'hui. Et en même temps...

Il soupira et secoua la tête, comme pour me faire comprendre de laisser tomber.

— Dis-moi.

— Je sais qu'il sera plus heureux s'il est loin de moi. Comme ça, personne ne découvrira son existence et personne ne pourra l'atteindre.

— Je ne vais pas te dire que le lien que tu as avec lui ne le met pas en danger, mais ton petit frère t'aime et je sais que tu lui fais du bien. C'est important que tu restes dans sa vie. Tu es un super-héros pour lui.

— Un héros de pacotille.

— Tu te trompes. Peu de personnes auraient fait ce que tu as fait pour lui.

— Un choix qui s'est révélé stupide et inutile... Quoi qu'il en soit, je me retrouve coincé entre deux sentiments contraires et j'ai horreur de ça.

— Comment ça ?

— J'ai le sentiment d'abandonner mon petit frère en le laissant partir, même si, concrètement, ce n'est pas à moi d'en décider. En même temps, je pense à nous et je me dis que, avec ce qu'on va remuer, c'est mieux qu'il soit loin d'ici quand ça arrivera.

Je pris une longue inspiration pour calmer l'accélération de mon cœur quand je compris, puis me redressai en position assise :

— Tu as trouvé une solution pour nous…

— Je ne sais pas encore si c'en est une.

Il se redressa à son tour, la détermination durcissant son regard. Il semblait si sûr de lui que je m'accrochai à ses prunelles pour me rassurer ; de mon côté, j'avais peur pour nous. Si j'étais certaine que je ne voulais en rien l'avenir que mon père me réservait, j'avais peur de ce qu'il adviendrait de nous.

— À quoi tu penses ? demandai-je, n'y tenant plus.

— Partir.

— Partir ? ! Evan… La dernière fois…

— On n'est plus des enfants, Lilas. On a grandi et ça change beaucoup de choses.

— Tu crois ? Parce que je ne veux pas que l'histoire se répète.

— Aujourd'hui, on saura mieux s'organiser, éviter les erreurs qu'on a commises. Tu m'as dit que ton père était au courant pour nous… Si on le prend de court, ça sera à notre avantage.

— Je n'en suis pas aussi sûre que toi.

— Ce n'est encore qu'une idée, mais je suis persuadé que ça peut le faire. Si on passe la frontière italienne, alors ton père n'aura plus aucun pouvoir.

— Je suis sa fille unique, Evan. Mon père nous traquera jusqu'à la mort, frontière ou pas.

Evan s'appuya contre la tête du lit, une main derrière la nuque, et soupira brièvement.

— Je n'ai pas d'autre solution pour le moment. Si on reste ici, on ne sera jamais libres. J'ai beau réfléchir, selon moi, ça demeure la meilleure solution. Je sais que ce sera dangereux, mais je suis prêt.

— Vraiment ?

— Certain. La question est plutôt : est-ce que, toi, tu l'es ?

— Je le suis, Evan. Je suis juste terrifiée par ce qu'il va se passer.

Il m'embrassa et me serra contre lui.

— Il y a deux personnes sur cette terre auxquelles je tiens. Si d'une certaine manière j'ai perdu mon petit frère, je refuse de te perdre toi aussi. Je ferai en sorte que ça n'arrive pas, quitte à me battre, à tout quitter, ou à remuer ciel et terre pour ça.

Je restai silencieuse un instant, comprenant qu'il était sincère et on ne peut plus sérieux.

— Si on s'en va, dis-je doucement, tu comprends que ce sera une chasse à l'homme ?

Mon but n'était pas de le décourager, mais plutôt qu'il soit pleinement conscient de ce qui allait arriver.

— J'en suis conscient, répondit-il en me faisant un sourire qui se voulait rassurant. La frontière n'est pas si loin, je suis certain qu'on peut y arriver.

Je restai silencieuse en réfléchissant à cette option. Dans son regard, il n'y avait pas une once d'hésitation. Il n'attendait que mon aval. Je craignais tant que notre histoire finisse en drame et de le perdre pour toujours, que je n'arrivais pas à trancher. Je savais que la frontière n'arrêterait pas mon père, surtout à présent qu'il avait en tête une alliance avec les Russes.

— Ça ne fonctionnera que si tu le veux et si tu y crois, Lilas.

— J'ai la frousse. Je ne me rappelle que trop bien de la dernière fois qu'on a essayé et de la douleur quand je t'ai cru mort.

— Cette fois ce sera différent.

— Oui, parce que cette fois mon père ne nous loupera pas.

— Non. Ce sera différent parce que, aujourd'hui, les cartes ont été redistribuées. Je connais les règles de cet univers.

— Tu es prêt à faire une croix sur ton frère ? Parce que aucun retour en arrière ne sera possible, Evan. Jamais.

— J'y ai réfléchi. Longuement.

Evan soupira et je vis combien c'était dur pour lui. Je sus alors qu'il était vraiment résolu à partir, quitte à ce que l'on devienne des proies. Je pris conscience également des conséquences que cela aurait pour lui, ce que ça impliquait et ce qu'il était prêt à sacrifier.

— Un jour, quand il sera plus grand, je lui raconterai tout et il sera libre de renouer des liens ou pas.

Je vis qu'il n'y croyait que partiellement, mais je ne fis aucun commentaire. Au lieu de ça, je tentai de lui sourire pour essayer de lui faire comprendre que je le soutenais, quoi qu'il puisse décider. Malgré tout, je ne voulais pas qu'il finisse par regretter, alors je murmurai :

— Laissons-nous quelques jours encore. D'accord ?

— Ça me va. Mais je ne changerai pas d'avis.

J'acquiesçai en comprenant qu'il y avait mûrement réfléchi. De mon côté, je savais que je devrais faire une croix sur Victoria. Quitter la villa signifiait la quitter elle aussi.

Impossible pour moi de lui dire l'endroit où nous irions, si mon père décidait d'essayer de la faire parler, ça nous mettrait tous en danger. Il ne fallait surtout pas qu'il s'en prenne à elle pour me retrouver.

— Je vais faire comprendre à Vic qu'on va s'en aller.

— Lilas… ça pourrait nous mettre en danger si…

— Elle ne dira rien. J'ai une confiance aveugle en elle. Si on s'en va, alors elle partira aussi. Elle fuira mon père, pour éviter qu'il ne lui nuise d'une façon ou d'une autre.

Evan pinça les lèvres, et me regarda de manière incertaine.

— Ça pourrait tout faire foirer.

— Elle ne me trahirait jamais.

Il prit une grande inspiration sans faire aucun autre commentaire. Je comprenais sa réticence, mais il ne connaissait pas Victoria comme moi.

Et puis… si je disparaissais sans prévenir la seule personne qui avait eu de la considération pour moi, une femme qui m'avait élevée comme son enfant et qui m'avait tiré la tête hors de l'eau durant toutes ces années, quel genre d'être humain serais-je ?

Il finit par me sourire tristement et acquiesça :

— OK, tu lui diras au dernier moment, pour éviter de potentiels dégâts.

Je lui souris en retour en comprenant que notre décision était prise. *Si seulement nous n'avions pas besoin de faire tout ça…*

J'acceptais l'idée que, pour être avec l'homme que j'aimais, il me faudrait faire des sacrifices, tout comme Evan devait le faire.

— Il faut croire que tu souhaites vraiment me supporter encore longtemps, dis-je pour alléger l'atmosphère pesante qui régnait dans ma chambre.

Evan roula en m'emportant avec lui, et me recouvrit de son corps.

— Tu crois ?

— J'en suis presque sûre.

— Il se pourrait que tu aies raison, dit-il en m'embrassant. Je sais ce que je veux, et je ne veux pas perdre de temps, ni attendre sept autres années pour vivre ce qu'on aurait déjà dû vivre depuis longtemps.

Nous étions dans une chambre. Dans *ma* chambre. Et sur

un lit qui plus est. Rares avaient été les occasions de nous retrouver ainsi en toute intimité. Je glissai mes mains dans son dos et attrapai son T-shirt pour le lui retirer. Il se laissa faire et se hissa sur ses bras musclés pour que je puisse le faire passer par-dessus sa tête. Il s'assit, les fesses posées sur ses talons, pour déposer son vêtement au bout du lit, puis resta ainsi, comme pour me laisser le temps de le regarder, ce que je fis avec grande attention. Je passai la paume sur ses côtes, où ses tatouages mouraient en des tourbillons et étranges dessins, puis m'assis également pour l'embrasser encore. Sa main se posa sur ma joue en une douce caresse. Mes doigts s'arrêtèrent sur le bord de son pantalon, et je caressai doucement la peau qui le bordait, avant de tirer le vêtement. Evan me recouvrit de son corps, nous allongeant à nouveau, et prit mes lèvres avec toujours autant de douceur.

Je passai mes paumes sur la peau nue de son dos et l'embrassai en retour avec plus de force. Sa main droite se glissa sous mon haut et remonta le long de mes côtes, avant de s'arrêter sous mon soutien-gorge. J'attendis avec impatience son contact et, quand il souleva mon sous-vêtement pour me caresser, ce fut tout mon corps qui s'enflamma. J'entourai ses hanches de mes jambes tandis qu'il appuyait son bassin contre le mien, me faisant sentir que mon désir était partagé. Pourtant, si dans le bleu de ses yeux une tempête faisait rage, il mit fin à notre baiser et prit une longue inspiration après avoir juré tout bas, comme pour se calmer.

— On ne peut pas faire ça, dit-il d'une voix basse.

— Pourquoi pas ? !

— Parce que je sens que tu le veux car tu penses qu'on n'aura jamais d'autres occasions. Et parce qu'on se trouve chez toi.

Je me laissai retomber sur mon oreiller, frustrée et contrariée.

— Tes raisons sont nulles.

Il rigola doucement et secoua la tête.

— Je suis au bord de t'arracher tes vêtements sans aucune douceur, alors laisse-moi me reprendre parce que je te jure que ce qu'il se passe dans ma tête est d'une violence inouïe. En plus, je sais que si je cède tu feras tant de bruit que tu finiras par réveiller toute la villa.

Je ris discrètement et voulus l'embrasser à nouveau pour le faire craquer, mais il me tint à distance. Les yeux fermés pour me résister, il attendit que je cesse tout mouvement pour enfin se rapprocher de moi. Le silence s'installa tandis que résonnaient en moi les hurlements de ma frustration et l'écho des palpitations dans le bas de mon ventre. Evan me fixa, la résolution prenant le pas sur le désir vorace qui éclairait son regard.

— J'ai envie de toi, princesse. Tu n'imagines pas combien j'en ai envie, mais pas ici. On aura d'autres occasions et, ce soir, on va seulement passer la nuit ensemble sagement.

Il se coucha à mes côtés, toujours torse nu, et me serra contre lui. Je gardai le silence, en comprenant qu'il avait raison. Une petite voix me soufflait que peut-être il se trompait et que notre vie ne serait pas aussi longue qu'il le pensait. Peut-être que cette nuit était la dernière que nous passerions ensemble.

18

Je me réveillai brusquement, arrachée au sommeil par le bruit assourdissant d'un coup de tonnerre. Dehors, il tombait des cordes. Il faisait toujours nuit et la chambre était plongée dans le noir ; seuls les flashs des éclairs illuminaient brièvement la pièce.

Les rideaux de ma chambre étaient ouverts pour laisser un peu d'air entrer, mais malgré ça il faisait une chaleur étouffante.

Un nouvel éclair illumina le ciel et je vis une silhouette postée devant les portes menant au balcon.

— Salut, dis-je d'une voix endormie.

Evan se retourna dans ma direction, totalement habillé.

— Rendors-toi, princesse, il est encore tôt.

— Pourquoi tu es déjà debout ?

— Je comptais rentrer mais avec cette pluie…

Je me tortillai jusqu'à lui et l'attirai à moi. Il se laissa faire et revint se poser sur le lit en me surplombant de tout son corps.

— J'aurais préféré entendre que tu n'arrivais pas à me quitter, ronchonnai-je.

Il sourit contre mes lèvres.

— Ça fait une heure que Théo me menace parce que je ne veux pas te quitter.

Je souris, satisfaite, puis proposai entre deux baisers :

— Alors, dis-lui que tu le rejoindras quand la pluie aura cessé. La pluie ne dure jamais longtemps.

Un sourire complice sur les lèvres, il se déchaussa, puis me poussa légèrement pour ensuite s'allonger sur moi. Il m'embrassa et roula en m'embarquant pour me caler confortablement dans ses bras.

Lorsque je m'éveillai, un peu plus tard, le soleil se levait et la pluie s'était arrêtée. La fenêtre était grande ouverte, aucun nuage n'entravait le bleu du ciel. Aucune silhouette n'était postée sur mon balcon.

Je pris mon temps, restant un moment dans mon lit, le regard rivé sur le balcon. Je ne bougeai que lorsque de légers coups furent frappés à ma porte. Je me levai alors pour ouvrir à une Victoria des plus souriantes.

— Bonjour, ma fille. Bien dormi ?

— Super, et toi ?

— Bien aussi. Tu l'as eu, ce moustique ?

Je ris et secouai la tête.

— Non, il s'est fait la malle.

Elle rit doucement avant de recouvrer son sérieux.

— J'ai fait le petit déjeuner, tu vas descendre ou tu as d'autres projets ?

— J'arrive.

— Ton père se trouve en bas. Je crois bien qu'il t'attend.

Je regardai l'heure et grimaçai.

— Je suis un peu en retard, je devrais déjà avoir fini de planifier son déplacement.

— C'est ça d'être tête en l'air.

Elle me fit un sourire mystérieux, puis s'éloigna dans le couloir.

Je pris une rapide douche et descendis rejoindre mon père dans le salon. Ce dernier ne me salua pas, trop absorbé par sa conversation téléphonique. Quand il finit par raccrocher, il m'ignora un temps, puis lança :

— Ce n'est pas parce que je ne suis pas là que je ne vois pas ce qu'il se passe, Lilas. Ne l'oublie pas. Aucune escapade solo.

Je retins un sourire en me disant qu'au moins il ne savait pas ce qu'il s'était passé sous son propre toit.

— Qu'est-ce qui te fait sourire ?

— Rien.

— Bien. Par ailleurs, d'un commun accord, j'ai avancé la venue de Yuri. Il est assez impatient et moi aussi.

Je perdis aussitôt mon sourire. Il n'y avait rien à faire : mon père aurait toujours un coup d'avance sur nous.

— Quand ?

— Dès que je rentre.

Dans deux jours, compris-je.

— Tu ne souris plus ?

Le plaisir cruel que je lus dans son regard me donna la nausée.

— Tu es si pressé de te débarrasser de ta fille ?

— Non, j'ai hâte de fêter la nouvelle alliance. Ce sera bon pour les affaires.

Je secouai la tête en me disant que, tout ce qui comptait pour lui, c'étaient ses précieuses affaires.

Maintenant que l'arrivée de Yuri était si proche, je n'avais plus aucun doute : je devais partir avec Evan. J'étais incapable de me lier à un autre homme que lui.

— Ce mariage montrera par la même occasion que tu es bien une Callini et prête à tout pour la famille.

Même lui n'y croyait pas. Il modifiait ses plans car il sentait que je prévoyais de tout faire foirer, même s'il ignorait comment. Surtout, il ne devait pas le découvrir.

— Tu as quelque chose à redire ? s'enquit-il en me toisant du regard.

— Non.

Je n'avais aucune idée de comment nous faire gagner du temps pour retarder ce mariage.

— Bien. Alors occupe-toi de mon déplacement, je suis en retard.

Dimitri me tourna le dos, me signifiant que la discussion était close. Comment allait-on pouvoir organiser notre départ en deux jours ?

J'appelai ma cousine pour m'assurer que la marchandise était prête, puis planifiai le vol en jet privé pour mon père, en direction de la Corse. Une fois fait, j'allai prendre mon petit déjeuner avec Victoria, puis je m'enfermai dans ma chambre. Allongée sur mon lit, les yeux fixés sur mon téléphone, je n'arrivais pas à écrire à Evan pour lui annoncer la nouvelle. Deux jours, c'était beaucoup trop court.

Après le millième soupir, j'abandonnai l'idée de lui dire par message. Le face-à-face était préférable. Alors je me lançai :

Mon père est parti. On peut se voir, ce soir ?

La réponse ne tarda pas à venir.

Chez moi cette fois ? Si tu le peux, sinon je me faufilerai à nouveau jusqu'à toi.

Je souris en songeant qu'à présent il n'y avait plus qu'à persuader Théo.

— Vous me fatiguez, tous les deux.

Je regardai Théo, agacé mais concentré sur la route, tout en sachant combien ma relation avec Evan pouvait lui paraître stupide et horripilante.

— D'abord, les sorties en douce à la plage, commença-t-il. Ensuite, Evan qui se glisse chez toi. Et maintenant, toi qui vas chez lui. Sérieusement, il va falloir vous forger un instinct de survie, tous les deux.

— Alors pourquoi est-ce que tu continues de nous couvrir ?

Son visage ciselé se tourna vers moi et ses yeux bridés me fusillèrent du regard un bref instant.

— Parce que vous êtes aussi têtus l'un que l'autre et que, si je ne vous couvrais pas, ta relation avec Evan ne ferait pas long feu. *Vous* ne feriez pas long feu. Et je ne veux même pas imaginer ce qu'il se passerait si Dimitri apprenait qu'un mec de Logan est entré en douce chez lui.

Je gardai le silence, sachant encore une fois qu'il avait raison ; ses motivations me laissaient tout de même perplexe.

— Tu m'as dit que tu travaillais pour mon père pour l'argent, mais pourquoi avoir choisi Dimitri au lieu de Logan ?

— Le prestige, sans doute. Travailler pour ton père est un luxe. Il nous offre une voiture, une sécurité financière, et quoi qu'on puisse dire, je sais parfaitement que s'il m'arrivait quelque chose l'acte ne serait pas impuni. Ton père nous couvre, d'une certaine façon, et son clan est organisé. Il nous offre un cercle confortable, une famille.

— Pourquoi Evan n'a pas pris le même chemin ?

— Il refusait de travailler pour l'homme qui a contribué à la mort de sa mère.

Je me tus en me disant que c'était logique ; pourtant, cela

aurait pu nous faciliter grandement la vie s'il avait fait un autre choix.

— Moi aussi j'ai pris le même chemin qu'Evan, au début.

— Comment ça ?

— J'ai commencé à travailler pour ton père pour le compte de Logan, mais j'ai très vite compris que ce dernier m'avait confié cette mission pour se débarrasser de moi sans se salir les mains. J'étais dangereux pour lui car je savais beaucoup de choses sur ses affaires. Il était certain que Dimitri découvrirait un jour ou l'autre qui j'étais et m'exécuterait aussitôt. J'ai décidé de tout raconter à ton père : bien sûr, il était déjà au courant et avait attendu patiemment que je vienne à lui. Il voulait que je lui révèle tout ce que je savais sur Logan.

Je n'arrivais pas à croire ce qu'il me disait. Et surtout, qu'il me confie quelque chose d'aussi compromettant. Je gardai le silence, attendant la suite de l'explication, qui ne vint pas.

— Et… ? Qu'as-tu proposé à Dimitri ?

— De devenir son espion à lui. Il convoitait tellement les informations que j'avais qu'il a accepté. Je lui ai dit que le fait que j'habite les quartiers nord pourrait être un avantage, ce que ton père a beaucoup apprécié. J'ai été pendant deux ans l'espion des Callini, mais Logan a fini par comprendre que j'avais retourné ma veste et brisé la loi de l'omerta de la pire des façons : j'étais passé à l'ennemi. Il a ensuite tenté de m'assassiner.

J'étais tellement plongée dans son explication, que je ne me rendis pas compte qu'on était arrivés. Théo coupa le moteur et me regarda en poursuivant.

— Dimitri a vu le coup venir, et c'est lui-même qui m'a sauvé la mise. Il a créé un accident quand les hommes de Logan ont commencé à me tirer dessus en pleine rue. Une des balles m'a atteint, mais Dimitri m'a récupéré rapidement. Il a ensuite fait preuve de diplomatie pour trouver une entente avec Logan me concernant. Du moins, ton père a menacé de déclarer la guerre s'il m'arrivait quelque chose. Après cette histoire, Dimitri a su qu'il pouvait me faire confiance et je suis entré véritablement dans le cercle des Callini pour être ton garde.

Cette histoire me disait quelque chose, mais je n'avais jamais su qu'il s'agissait de Théo. Je n'en revenais pas. Je comprenais un peu mieux pourquoi il semblait si dévoué à mon père – ou presque. Pour la première fois de ma vie, je fus reconnaissante à mon père d'un de ses actes. Je savais que Dimitri faisait tout pour sa « famille », mais j'étais étonnée qu'il se soit mouillé et ait sauvé un homme qui l'avait de prime abord trahi.

— Merci pour ta franchise, dis-je en assimilant ces informations.

— Appelle-moi quand tu voudras rentrer, je dois éviter de rester trop longtemps dans le nord.

Je descendis de voiture quand Evan apparut à l'entrée de l'immeuble bien entretenu et tendis à mon Ombre un sachet de cookies.

— C'est de la part de Victoria. Elle te remercie de faire attention à moi.

— Elle est au courant ?

— C'est Victoria, tu n'as pas à t'en faire. C'est une tombe.

Il acquiesça et regarda avec gourmandise le sachet en plastique contenant une dizaine de cookies de toutes sortes. J'aurais juré qu'un petit sourire était venu effleurer ses lèvres, mais il disparut si vite que je finis par en douter.

Evan salua Théo, puis passa un bras autour de mes épaules pour me guider en direction de son immeuble. Il habitait au septième et dernier étage. Quand je pénétrai dans l'appartement, j'eus la même sensation que lorsque nous nous étions retrouvés dans sa chambre d'hôtel à Tahiti. Je ne savais pas trop quoi faire de mon corps ; je n'avais pas l'habitude de me trouver ailleurs que sur mon « territoire ».

C'était déstabilisant.

Evan alluma plusieurs lumières et je découvris un appartement spacieux, et très sobrement aménagé. Aucune photo n'ornait les murs, aucun tableau non plus, et les couleurs étaient plutôt chaudes, typiquement masculines. Je ne fus pas surprise que tout soit rangé à la perfection, à l'image d'Evan. La seule chose qui semblait ne pas être à sa place était une manette de console.

— À quelle heure tu dois rentrer ? me demanda-t-il en s'arrêtant dans mon dos pour m'embrasser dans le cou.

Il me prit ensuite la main et me tira à lui pour qu'on s'installe sur le canapé.

— Avant l'aube. Il faut que je sois revenue avant que tout le monde soit levé.

Il acquiesça, et me proposa à boire et à manger, mais je déclinai. Au lieu de quoi, je me levai et me rendis sur la terrasse, qui me surprit par sa vue ; une grande place animée se trouvait en contrebas, et au loin, les toits des zones résidentielles étaient visibles jusqu'à la limite des quartiers contrôlés par les Callini. Si on ne voyait pas la mer, les quelques collines qui encerclaient la ville agrémentaient l'horizon.

Evan s'approcha dans mon dos, avec une bouteille de soda et des verres. Peut-être avait-il compris que c'était ma gêne qui m'avait retenue d'accepter quoi que ce soit. Je m'appuyai contre la rambarde, tournée dans sa direction, et le laissai me rejoindre après nous avoir servi.

Il m'embrassa, puis se mordilla la lèvre inférieure, comme s'il se retenait de trop me brusquer.

— Tout va bien ? me demanda-t-il simplement.

— Maintenant, oui… En fait, non.

J'avalai une petite gorgée du soda qu'Evan m'avait offert, puis me tournai vers la vue. Contrairement à la chaleur de la veille, ce soir, il faisait assez frais, et je frissonnai.

Evan se plaça à mes côtés, les coudes sur la rambarde et le regard tourné dans ma direction.

— Qu'est-ce qui ne va pas ?

— J'ai parlé avec mon père avant qu'il ne parte.

— Ah… c'est si mauvais que ça ?

Je pinçai les lèvres et lâchai :

— L'homme que mon père a choisi pour moi devrait arriver à son retour, dans deux jours.

Evan fronça les sourcils en détournant les yeux sur l'horizon. Je pus presque voir les rouages de son esprit se mettre en route, cherchant une solution.

— Est-ce qu'il compte organiser le mariage dans la foulée ? Parce que, si c'est le cas, on part ce soir.

— On ne peut pas faire ça.

Il me lança un regard si déterminé, presque furieux, que je compris que selon lui rien n'était impossible.

— On ne peut pas faire ça, répétai-je. Pas en si peu de temps et pas dans l'urgence. Ton frère…

— Tu crois que ce n'est pas ce à quoi j'ai pensé en premier ? Le problème c'est que je ne peux rien faire pour mon frère, si ce n'est garder mes distances pour ne pas le mettre en danger. Toi… c'est différent.

Il n'alla pas au bout de sa pensée, mais il n'en eut pas besoin.

— Il y a une solution à tout. On va trouver, affirmai-je, déterminée.

— Tu es sûre de toi ?

— Oui, bien sûr !

Il acquiesça, puis nous débarrassa de nos verres qu'il alla

déposer sur la table du salon, avant de ressortir sur la terrasse. Il avança dans ma direction avec tant d'assurance et de volonté que je ne bougeai pas.

— Assez parlé, me dit-il en un souffle.

Il m'embrassa ensuite avec tant d'ardeur que presque instantanément tout mon corps s'embrasa. Il me serrait si fort contre lui que j'avais l'impression qu'il voulait qu'on fusionne et me fondre en lui.

Joueuse, je lâchai :

— Qui, ce soir, est dans l'urgence ?

Il desserra un peu son étreinte et me sourit, une tempête de désir faisant rage dans son regard.

— Aucun empressement. Enfin, presque.

— Ah oui ?

— Si tu as une objection, c'est maintenant, princesse. D'ici quelques minutes, je ne répondrai plus de rien tant j'ai envie de toi.

Je n'émis aucune objection. Il me fit reculer jusqu'au bord de la terrasse, nous offrant à la vue de qui lèverait le visage, mais je n'en avais que faire. Si je n'avais pas une certaine retenue, j'aurais crié sur les toits qu'Evan était mien.

Une de mes mains glissa dans ses courts cheveux tandis que les siennes dévoraient ma peau, sous mon haut, et remontaient avec lenteur en déclenchant des frissons intenses dans mon corps.

— Dans la chambre, murmura-t-il en m'embrassant dans le cou. C'est plus confortable.

Quand il releva la tête, la tempête s'était transformée en un ouragan dévastateur. Je souris, satisfaite de le voir aussi incandescent. Il me tendit une main que j'attrapai et, sans me quitter des yeux, il m'emmena en direction de sa chambre.

19

Evan s'assit sur le lit et m'attira à lui avec douceur, malgré le désir qui faisait rage en lui. Je le sentais : il faisait un effort surhumain pour ne pas se jeter sur moi et m'arracher mes vêtements.

Il était un animal sauvage et j'étais sa proie. Mes sens s'aiguisèrent un peu plus.

Lorsque ses mains remontèrent sur l'arrière de mes cuisses dénudées, ma peau s'embrasa un peu plus sous la brûlure de ses doigts. Il profita que je sois debout face à lui pour relever légèrement mon haut et, de sa langue, dessiner un cercle autour de mon nombril. Je fermai un bref instant les yeux, pour faire durer le moment, et nouai mes mains derrière son cou.

Evan se releva pour m'embrasser puis me souleva pour m'entraîner avec lui, sur son lit. Sa main glissa dans mes cheveux et tourna doucement ma tête sur le côté, pour qu'il puisse semer de petits baisers le long de ma mâchoire et jusqu'à mon cou. De son autre bras, il me serra un peu plus fort contre lui.

La sensation de sa bouche sur ma peau faisait grimper la température de mon corps. C'était encore nouveau pour moi, alors je savourais chaque seconde en restant curieuse de la suite. Il n'y avait rien de mieux que d'avoir toute son attention tournée vers moi.

Evan attrapa l'ourlet de mon haut puis descendit pour

embrasser ma peau dénudée ; à mesure qu'il remontait le tissu, ses lèvres et sa langue créaient des sillons humides sur ma peau, l'enflammant par la même occasion.

Quand il fut à mon niveau, je réussis à capturer ses lèvres. Je m'écartai le temps de le laisser m'enlever mon haut. Il m'admira quelques secondes, ses yeux bleus brillant d'un éclat intense. Je ne l'avais jamais vu me dévorer ainsi du regard depuis qu'on s'était rencontrés. Il avala sa salive avant de poser sa paume contre ma joue.

— Est-ce que tu sais combien de fois j'ai pu penser à cette nuit à Tahiti où j'ai découvert ton corps ? J'en rêve tout le temps. Je suis comme un fou, là, maintenant.

Il m'embrassa avant de tracer une nouvelle ligne de feu de ses lèvres, descendant dans mon cou, sur mon épaule et jusqu'à la naissance de mes seins. Je ne sais trop comment, l'agrafe de mon soutien-gorge sauta. Surprise, je le regardai ravaler un sourire satisfait quand il enleva délicatement les bretelles de mon sous-vêtement.

Il leva rapidement son regard vers moi, avant de porter toute son attention sur ma poitrine. Il approcha ses lèvres des pointes dressées, et je soupirai lorsqu'il en lécha un. Mes mains se perdirent dans ses cheveux, empoignant son crâne comme pour lui interdire d'arrêter.

J'avais la sensation de me consumer, de fondre, de me liquéfier. Tout mon corps était agité de frissons et de vagues de chaleur à la fois ; il y avait tellement de sensations contradictoires que je ne savais plus sur quoi me concentrer.

Souhaitant sentir sa peau nue contre la mienne, je lui retirai son T-shirt. Il grogna, comme si je le dérangeais, mais me laissa faire quand il m'entendit me moquer de lui.

Une fois qu'il fut torse nu, je laissai courir mes mains sur sa peau, en savourant la chaleur, puis il vint s'allonger sur moi. Poitrine contre poitrine, bouche contre bouche, peau contre peau, plus rien n'existait si ce n'était Evan, et les sensations que je ressentais à son contact.

Sa langue joua un instant avec la mienne, puis vint caresser mes lèvres ; il se releva un peu, assez pour glisser sa main et défaire le bouton de mon short. Je le regardai faire, et sa dextérité m'étonna. Je sentais qu'il était impatient mais se freinait pour savourer chaque seconde.

Son regard resta rivé au mien quand il m'enleva mon short en jean, puis il attrapa mes chevilles et posa mes pieds sur ses épaules.

Le voir ainsi devant moi, torse nu, mes jambes posées sur lui, excita mon imagination et tout mon corps.

Je regardai avec gourmandise ses pectoraux et son ventre fermes et bien dessinés. Il était parfait. Je caressai du bout du doigt son tatouage qui s'arrêtait sur la dernière côte, puis descendis jusqu'à sa hanche où son jean me bloqua l'accès. Je longeai le long de son pantalon, jusqu'à sa boucle de ceinture, que je commençai à défaire d'une main et retirai de l'autre.

Je déboutonnai son pantalon, mes yeux hypnotisés par la bosse volumineuse qui se trouvait sous sa braguette. Quand je descendis cette dernière, je l'entendis prendre une grande respiration. Dans cette position, je n'avais pas beaucoup de marge de manœuvre, mais peu m'importait, surtout lorsque les lèvres d'Evan commencèrent à glisser de ma cheville à mon mollet.

J'écartai les jambes, les faisant retomber de chaque côté de son corps, avant qu'il ne se rallonge sur moi.

Je tirai sur son jean pour le lui retirer, et en deux, trois coups de jambes, il l'enleva complètement et le jeta sur le sol. Je fus étonnée de le voir prendre si peu soin de ses vêtements pour une fois mais, lorsque je sentis la pression de son sexe dur et gonflé sur le mien, je retins mon souffle, oubliant tout ce qui n'était pas sensation.

Nos bouches entrouvertes étaient scellées l'une à l'autre, sans pour autant qu'on ne s'embrasse réellement. Il se mit à faire des petits mouvements de bassin, accentuant délicieusement le contact entre nos corps et nous emmenant dans une zone de désir presque incontrôlable.

Son souffle était entrecoupé, presque erratique. Quant à moi, je ne savais plus vraiment où j'étais. Ma poitrine frottait contre la sienne, son sexe exerçait une pression langoureuse sur le mien, bien que nos vêtements nous couvrissent toujours.

Il embrassa ma lèvre inférieure, et la suçota un instant avant de se relever une nouvelle fois. Puis il attrapa l'élastique de ma culotte et la fit descendre avec lenteur sur mes cuisses. Une fois entièrement nue, je me sentis un instant vulnérable et complètement à sa merci. Il retira son boxer aussi vite que son jean puis s'employa à lécher consciencieusement mon sein droit, puis l'autre, avant de s'allonger à mes côtés, tourné vers moi, sa bouche toujours sur ma poitrine.

Sa main glissa le long de mon ventre, s'arrêtant un instant sur mon nombril. Il reposa sa tête dans sa main, me regardant avec un petit sourire.

Ses lèvres retrouvèrent les miennes tandis que ses doigts pénétraient doucement entre mes cuisses. Je soupirai de plaisir dans sa bouche, ce qui lui arracha un sourire. Quand je sentis son pouce faire une douce pression sur mon clitoris, mon corps trembla légèrement. Evan semblait grisé par ma réaction.

Mes yeux se voilèrent et toutes mes pensées disparurent. J'agrippai ses épaules, le griffant sûrement au passage, je ne savais plus ce que je faisais. Éloignant sa main de mon entrejambe, il m'observa un instant, comme pour se reprendre. Il déposa un petit baiser sur ma bouche, avant de se hisser sur ses bras pour attraper un préservatif qu'il enfila rapidement.

Doucement, il me pénétra, puis revint s'allonger sur moi sans me faire sentir son poids. Ses mâchoires se contractèrent quand il fut tout entier en moi. Il se retira lentement, puis replongea en moi un peu plus profondément. La sensation était… exquise. La gêne de la première fois était passée et désormais seul le plaisir venait irradier tout mon corps.

Faire l'amour avec Evan était une chose unique pour moi. J'oubliais alors tous mes soucis, tous nos problèmes. L'univers tout entier se teintait rose, et tout allait bien dans le meilleur des mondes.

Il resta un instant sans bouger, me regardant simplement, avant de m'embrasser avec une douceur et une tendresse qui me bouleversèrent. Il glissa un de ses bras autour de ma taille, l'autre se posa sur ma nuque, comme s'il voulait être plus près, toujours plus près de moi.

Nos corps s'imbriquaient à la perfection. Ce moment était parfait.

Il recommença à aller et venir avec douceur et passion, gardant son regard dans le mien, ses lèvres sur les miennes. Je le sentais partout sur moi et en moi. Embrassant son cou, je sentis le battement frénétique de son pouls, semblable au mien.

Il garda ce rythme pendant un long moment, jusqu'à ce que ce soit presque insupportable pour nous. Puis il se hissa sur les coudes, gardant ses lèvres contre les miennes, avant de prendre un peu plus de recul, et de s'enfoncer en moi avec plus de vigueur, plus de force.

La sensation me donna le tournis, et transforma mes doigts

en griffes. Je l'entendis râler et soupirer quand il accéléra, tout en restant d'une douceur bouleversante.

Il enfouit son visage dans mon cou, et traça une nouvelle ligne de feu ; il n'y avait plus de douceur, mais une force brute qui m'enivrait un peu plus à chaque coup de reins. Mes doigts glissèrent dans ses cheveux, et tout naturellement, je bougeai les hanches au rythme de ses va-et-vient.

Je remontai un peu plus mes jambes contre moi, ce qui le fit grogner quand il s'enfonça plus loin encore. J'avais l'impression de me perdre avec lui, dans un endroit loin de tout.

Je le sentais aller et venir en moi en exerçant des pressions sur des zones que je découvrais.

— Retourne-toi, chuchota-t-il.

Il se retira de moi sans prévenir, ce qui me fit râler ; son absence laissait un vide froid et désagréable. Il dut le voir sur mon visage, car il me sourit et me fit signe de me tourner.

Je m'allongeai sur le ventre et il entra en moi d'un puissant coup de reins, sans plus se contenir. Déposant des baisers le long de la colonne vertébrale, il attrapa une poignée de mes cheveux avec douceur et, tournant mon visage vers lui, m'embrassa sur le coin de la bouche.

— Lilas…

Sa voix basse et grave m'indiquait qu'il était au bord de l'orgasme.

Il accéléra le rythme et, bientôt, seuls les bruits de nos souffles se répercutèrent dans la chambre, ainsi que le claquement soutenu de ses cuisses sur les miennes.

Je l'entendis gémir et je lui fis écho.

Une de ses mains quitta mes hanches pour me caresser un sein, avant de se glisser sous mon ventre ; il trouva rapidement mon clitoris qu'il titilla au rythme de ses va-et-vient, me faisant perdre pied.

Son torse se posa sur mon dos, et je vis ses doigts serrer les draps si fort que ses jointures en blanchirent.

Un long gémissement finit par sortir de ma bouche quand la pression de ses doigts sur mon clitoris conjuguée à ses coups de reins saccadés transformèrent mon corps en magma de plaisir. Je fus parcourue de tremblements et sentis mon intimité se resserrer autour de son sexe.

Evan me mordit l'épaule en gémissant à son tour, ralentissant son rythme par à-coups, me rejoignant dans un orgasme fulgurant. Je me laissai retomber doucement sur le lit, essayant de contrôler ma respiration, et écoutant les battements frénétiques de mon cœur.

Je fermai les yeux un instant, et grimaçai en le sentant se retirer de moi. Evan s'allongea à mes côtés et me souleva telle une poupée, pour m'installer dans ses bras. Mon oreille sur son cœur, j'entendais ses propres pulsations, rapides. Plus rapides encore que les miennes.

Le silence n'était désormais rompu que par nos souffles fatigués.

— C'était vraiment bien, dis-je finalement. Fais-moi penser de recommencer encore et encore.

— Compte sur moi.

Il retira avec adresse le préservatif et tendit le bras pour le jeter dans la poubelle non loin de là.

— J'aimerais que cette nuit ne s'arrête jamais, continuai-je en fermant les yeux, respirant son odeur.

Il m'embrassa longuement, ses yeux bleus verrouillés aux miens, et je pus y lire le tourbillon d'émotions et de sentiments qui l'agitait.

Je l'aimais, et ça me faisait presque peur de sentir à quel point il faisait partie intégrante de mon cœur.

Cette nuit me faisait prendre conscience de la puissance de mon amour pour cet homme ; mon cœur, mon âme et mon corps le voulaient, et c'en était effrayant. Parce que je n'oubliais pas que ce rêve pouvait à tout moment s'évanouir au loin.

Reposant ma tête dans le creux de son épaule, je m'endormis très rapidement, me sentant protégée, apaisée et heureuse, pour la première fois depuis longtemps.

20

Le réveil fut des plus brutaux.

Lorsque j'ouvris les yeux, j'eus l'impression que le toit me tombait sur la tête. Puis, réalisant que le bruit ne provenait pas du toit, je me sentis perdue, sans comprendre d'où venait ce raffut.

À mes côtés, Evan était déjà debout, torse nu, en alerte. Lui aussi avait été réveillé en sursaut. Il récupéra une arme qui se trouvait sous le matelas, puis il disparut dans le couloir. La panique grimpa en moi quand je compris que le tambourinement provenait de la porte d'entrée.

Je sautai du lit pour m'habiller en quatrième vitesse, puis rejoignis Evan dans la pénombre de l'appartement sans savoir quoi faire. Il mit un doigt sur sa bouche, et chuchota :

— A priori, ce n'est pas Logan, ni ton père. Je pense qu'ils n'auraient pas pris la peine de frapper.

— Il est quelle heure ? m'enquis-je doucement.

Je sus que j'étais foutue quand je vis le soleil filtrer sous la porte du salon.

— Merde, grognai-je en courant dans l'appartement pour récupérer mes affaires.

Evan finit par se détendre et ouvrit la porte sur un Théo des plus pressés.

— Il faut qu'on décampe. Maintenant, l'entendis-je dire à Evan.

— Je n'ai pas entendu le réveil, répondit Evan.

— Moi non plus, dis-je en trottinant avec mes affaires dans les mains.

J'embrassai en coup de vent Evan, qui me poussa en direction de Théo la seconde suivante. Lui aussi avait saisi l'urgence.

Une fois dans la voiture, Théo démarra au quart de tour.

— Il est quelle heure ? demandai-je en tâchant de rassembler mes cheveux correctement.

— Huit heures passées.

— Je suis vraiment désolée, je n'avais pas du tout prévu de rater le…

— Je sais.

Je tentai de retrouver mes esprits après ce réveil en fanfare, mais paniquai à nouveau quand Théo s'éloigna de la villa au lieu de foncer à l'intérieur de la propriété.

— Où vas-tu ?

— Te ramener directement chez toi serait suspect, surtout que Dalila est là, à préparer une soirée pour le retour de ton père et l'arrivée de la famille Pavelevitch demain soir. Il y a du monde partout. Je te dépose à la plage, tu remonteras à pied.

J'acquiesçai, reconnaissante qu'il réfléchisse pour nous deux.

Il se gara au bord de la plage, et se tourna vers moi tandis que je détachais ma ceinture.

— Remonte directement à la villa, ne mets pas tes chaussures et marche dans le sable, comme ça tu laisseras des traces qui prouveront que tu te trouvais bien ici et non en vadrouille. Je vais te suivre en gardant mes distances.

— Merci, Théo.

— Ouais, lâcha-t-il sur un ton sec sans pour autant réussir à paraître vraiment contrarié.

Lorsque je remontai, je vis effectivement pas mal de monde s'activer autour de la maison, mais personne ne fit attention à moi. Personne, sauf Dalila, qui me tomba dessus à peine le pied posé dans l'entrée.

— Tu files en douce ?

Je levai les yeux sans prendre la peine de lui répondre. Me battre avec elle encore et encore ne m'intéressait pas. L'ignorer était préférable.

— Tu découches plutôt, ajouta-t-elle en jubilant presque.

Je continuai de l'ignorer, impatiente de m'enfermer dans ma chambre pour ne plus avoir à la supporter. Cependant, elle me suivit ; apparemment, elle n'en avait pas fini avec moi.

— Toi qui prends toujours soin de ne jamais mettre les mêmes vêtements deux jours de suite, tu portes ceux d'hier.

— Mêle-toi de tes affaires, Dalila. Tu n'auras rien de moi.

— Oh ! mais je n'ai pas besoin de ta confession pour comprendre… Ton père avait donc raison.

Ma curiosité fut piquée. Je m'arrêtai et lui fis face.

— À propos de quoi ?

— Tu entretiens une relation prohibée. Que dira-t-il quand je lui confirmerai qu'il a raison ? Mieux : que fera-t-il ?

— Parce que tu penses qu'il te croira ?

— Pourquoi ne le ferait-il pas ? J'appuierai seulement sur ses doutes déjà présents.

— Alors fais-le ! Je prendrai beaucoup de plaisir à te voir perdre ta crédibilité quand il découvrira que c'est faux.

Je tentais de sauver la face, même si elle se doutait que je mentais. Je mentirais jusqu'à ma tombe s'il le fallait. Être ainsi en position de faiblesse face à cette vipère m'enrageait.

Elle me fit un sourire faux et pencha la tête sur le côté.

— Bientôt, tu seras mariée. J'ai vraiment hâte de te voir partir.

— Ton souhait sera exaucé bien assez tôt mais, en attendant, fous-moi la paix.

Je montai les dernières marches menant à l'étage, mais Dalila n'en avait toujours pas fini.

— C'est de loin la meilleure idée que j'aie eue.

Je m'arrêtai devant la porte pour lui faire face à nouveau. Son regard et son sourire satisfaits me donnèrent des envies de meurtre. Je la détestais.

— C'était mon idée, ce mariage. La réputation des Pavelevitch est… parfaite pour toi. Ton père était contre, mais je lui ai ouvert les yeux. Il te faut un homme qui sache t'apprendre à te tenir et à obéir. Tu es sa fille, il ne te ferait jamais de mal physiquement, tu es bien trop précieuse à ses yeux, mais c'est le rôle d'un mari de montrer la bonne voie à suivre à sa femme.

Elle méprisait l'attachement de mon père qui l'avait toujours empêché de lever la main sur moi et l'intensité de son dégoût me surprit. Elle se reprit et continua :

— Tu manques d'éducation. Victoria a manqué à tous ses devoirs avec toi, elle est trop permissive. Ne t'inquiète pas, elle est la prochaine sur ma liste.

— Et tu es la première sur la mienne.

Elle rit doucement, s'amusant de la situation.

— Enfin, Lilas, tu es bien trop gentille pour faire quoi que ce soit. Je suis certaine que ta nouvelle famille saura te faire rentrer dans le rang, de gré ou de force. Surtout de force.

Un sourire rayonnant illumina son beau visage. La reine des garces m'ayant dit ce qu'elle voulait que je sache, elle me tapota la joue et fit demi-tour pour vaquer à ses occupations. Je rêvais de la pousser dans les escaliers, mais elle avait raison : je ne savais pas attaquer.

Je fus bloquée à la maison pendant toute la journée qui

suivit et ne pus me libérer qu'à la fin du jour suivant. La villa s'était transformée en salle de réception géante. Des décorations florales sophistiquées et élégantes avaient été disposées partout, même sur la rambarde des escaliers. Le mobilier superflu avait disparu pour gagner en espace, même s'il n'en manquait pas. Le jardin accueillait un banquet foisonnant et du personnel avait été engagé pour assurer le service pendant toute la soirée.

Mon père devait rentrer dans quelques heures et je filai en douce à la plage pour profiter de cette dernière parenthèse de liberté. Evan ne s'y trouvait pas, alors j'en profitai pour me dégourdir les jambes et souffler. J'avais dû supporter ma belle-mère trop longtemps et, même si Victoria m'avait aidée à ne pas me laisser submerger par la colère, l'arrivée de la famille que mon père avait choisie pour moi me mettait sur les nerfs.

Tout allait beaucoup trop vite.

J'avais détaillé à Evan ce qui devait se passer les prochains jours, comme la réception organisée pour les Russes où les présentations officielles seraient faites. Toutes ces mondanités allaient grandement compromettre mes chances de sortir en douce. Evan bouillait, je le sentais, mais il n'avait fait aucune remarque, se contentant de m'indiquer qu'il s'occupait de tout. Je supposais qu'il parlait de l'organisation de notre départ ainsi que de son petit frère à qui il devait dire au revoir. Ce matin au téléphone, il avait tranché :

— Il est temps de partir.

— Tu es sûr de toi ?

— Certain. Il est temps, Lilas. Je ne peux pas attendre qu'on te présente l'homme que tu dois épouser. Cet homme devrait être moi.

— Je suis désolée de te faire subir ça.

— Ce n'est pas de ta faute.

Un court silence avait suivi cette réponse, jusqu'à ce que je lui demande :

— Et Teddy ?

— Je vais expliquer à sa famille que je m'en vais en déplacement. Ils ne poseront pas trop de questions, comme ça.

— Ça ira ?

— En toute franchise, non. Mais le résultat sera le même aujourd'hui ou dans deux semaines.

Il m'avait ensuite recommandé de ne pas trop réfléchir, alors je lui avais fait confiance. Il ne m'avait pas précisé quand, mais je me tenais prête à tout quitter dès qu'il me donnerait le signal.

Je laissai le vent soulever mes cheveux, espérant qu'il nettoie mes pensées au passage, et fermai les yeux lorsque mes pieds touchèrent la mer, m'apportant un apaisement certain comme chaque fois que j'étais en contact avec elle. Le soleil était bas dans le ciel, presque couché, quand je décidai de remonter à la villa. Illuminée de toutes parts, elle était prête à accueillir ses invités.

Je compris que j'avais pris beaucoup trop de temps en découvrant la cour encombrée de voitures de luxe.

Mon père était rentré.

Des gardes grouillaient de partout, et je devinai instantanément qu'il n'était pas revenu seul. Les Pavelevitch étaient là.

Je pressai le pas et me sentis étouffer à l'instant où j'entrai dans la maison. Le hall d'entrée était plein à craquer d'hommes armés. Je n'en reconnus aucun et fus surprise de l'hostilité qui se dégageait d'eux. Visiblement, ils ne savaient pas qui j'étais.

Ce fut Victoria qui me sauva en m'attrapant par le bras pour m'entraîner au premier étage. Une fois dans ma chambre, elle referma à clé derrière nous, puis s'appuya sur la porte, soulagée. Elle aussi semblait dépassée.

— Je n'arrive pas à croire que c'est vraiment en train d'arriver, dis-je en me laissant tomber sur mon lit. Vic… Je ne veux pas rencontrer cet homme et cette famille.

Elle soupira en se détachant de la porte et avança dans ma direction avec une mine déconfite.

— Je le sais bien, ma fille. Mais as-tu le choix ?

— Non, comme toujours.

Victoria vint s'asseoir à mes côtés et posa une main sur mon genou, un geste de réconfort qui cette fois ne fonctionna pas.

— C'est à cause d'Evan ? C'est lui que tu es allée retrouver ? Heureusement que tout le monde est affairé avec les Pavelevitch, parce que tu n'as même pas pensé à rentrer discrètement. Tu dois faire plus attention, Lilas !

— Tu as raison. Mais non, je n'ai pas rejoint Evan, je suis juste allée m'aérer. Je ne peux pas épouser cet homme.

— Cette soirée a été organisée pour que tu fasses sa connaissance.

Je me levai pour faire les cent pas. Je secouai la tête, refusant cette idée.

— Peu importe, Vic. Je veux être avec Evan. Je sais que je ne le peux pas, mais… S'il existait une autre issue ?

Elle me fixa en plissant les yeux.

— Comment ça ?

— S'il y avait un espoir qu'on puisse vivre heureux, tous les deux, tu penses que je devrais saisir cette chance ?

Victoria me sourit tristement comme si, d'un coup, elle comprenait à quoi je pensais.

— Si cette chance ne met pas ta vie en danger, alors je te dirais de foncer. De vivre ton amour.

— Et si… cela nous mettait en danger ?

— Je te dirais de bien réfléchir. Et j'essaierais de t'en dissuader.

Tu es bien trop précieuse à mes yeux pour que je te laisse risquer ta vie, Lilas. Et pourtant… Personne ne souhaite autant ton bonheur que moi.

Je revins m'asseoir à ses côtés, cherchant dans son regard sa bénédiction. C'était beaucoup trop important pour moi.

— Mais si au bout du compte je ne pouvais pas avoir ce bonheur sans prendre de risques ?

— Lilas… Es-tu sûre de ce garçon ? Je me doute que la réponse est oui, parce que je n'ai qu'à te regarder pour comprendre que tu es sûre de toi. Je sais combien tu l'aimes pour t'avoir vue dépérir pendant ces années où tu le pensais mort, mais comment savoir qu'il ne s'en ira pas ensuite au premier danger ?

Je lui fis un sourire rassurant avant d'acquiescer.

— J'en suis certaine. Je suis sûre de lui et de nous, Vic. On fera tout pour que ça marche.

Une lueur brilla dans son regard, et je compris que j'en avais déjà trop dit. Elle soupira, hésitante, puis finit par me demander :

— Est-ce que partir est vraiment une solution ?

— C'est la seule pour qu'on puisse être ensemble. L'unique.

— Tu te rends compte que vous serez pourchassés jusqu'aux confins du monde ?

— On a pris tous les paramètres en compte. C'est une décision mûrement réfléchie.

— Donc tu es consciente que vous ne serez jamais tranquilles, ni en sécurité ?

Je me passai une main sur le front. L'entendre énoncer à voix haute ce qui m'inquiétait me serra le ventre. Pourtant, cela n'entacha pas ma détermination.

— Je le sais, Vic. Mais c'est ensemble ou rien du tout.

Victoria eut un mouvement de recul devant la fermeté de

ma réponse, et comprit que rien ne nous ferait revenir sur notre décision ; alors, ses épaules s'affaissèrent légèrement.

— Quand ?

— Très bientôt.

Elle me fixa, puis des larmes vinrent noyer ses yeux.

— Je ne peux m'empêcher de penser que vous courez droit à la mort tous les deux. C'est un jeu beaucoup trop dangereux. Je peux comprendre que tu l'aimes, mais… Ma chérie… s'il t'arrivait quoi que ce soit…

Je pris ses mains dont j'embrassai la paume avant de les placer sur mes joues.

— On court après la liberté, Vic. S'il doit nous arriver malheur, eh bien, au moins on mourra libres et heureux. Tu comprends ?

Elle acquiesça en essuyant une larme puis demanda :

— Est-ce qu'on pourra au moins se dire au revoir ?

Ma propre gorge se noua en répondant :

— C'est ce que nous sommes en train de faire.

Je pris conscience que notre temps ensemble était compté et que cet au revoir me déchirait le cœur.

Sans un mot de plus, elle me prit dans ses bras et me serra si fort que je finis par pleurer contre son épaule en silence. Cette femme que je considérais comme ma propre mère… Lui dire adieu était douloureux et déchirait mon cœur tant je savais qu'elle me manquerait.

Au bout d'un moment, elle sécha ses larmes et je fis de même. On se détacha l'une de l'autre, puis elle passa un pouce sur ma pommette :

— Laisse-moi un indice le jour où tu partiras, que je décampe moi aussi. Sans toi, je n'ai plus rien à faire ici.

— Oui, promis.

Elle prit une grande inspiration, puis se leva en me tendant la main :

— Il est temps de se préparer. Tu ne pourras malgré tout pas échapper à cette soirée.

Je pris sa main, chérissant le sourire que je voyais sur son visage. Ensemble, nous choisîmes une robe beige cintrée m'arrivant aux genoux, simple mais élégante, puis elle arrangea mes cheveux châtains en les ramenant sur le côté, pour qu'ils ne paraissent plus aussi… rebelles. Quand je fus prête, elle croisa mon regard dans le miroir en pied et sembla hésiter.

— Dis-moi à quoi tu penses, demandai-je.

Elle rit doucement, puis me fit face.

— Tu ressembles tellement à ta mère.

Je me figeai, surprise de l'entendre l'évoquer. Depuis sa disparition, nous n'avions que très peu parlé de ma mère. Je n'avais jamais eu le droit de poser des questions, du moins je n'avais jamais eu de réponses.

— Ah bon ?

— Et pas seulement physiquement. Elle avait le même esprit libre. Son rêve était de parcourir le monde.

— Laisse-moi deviner… Mon père l'en a empêchée.

— Pas du tout. Ton père était fou d'elle, mais elle rêvait d'une vie normale, loin de ces trafics clandestins dont elle avait horreur. Ton père avait déjà un réseau de vente d'armes important à l'époque, mais il voulait plus. Alors quand il est entré sur le marché de la drogue en créant le DC…

Victoria n'alla pas plus loin, comme si elle hésitait, ou plutôt, comme si elle se rendait compte qu'elle en disait beaucoup trop. Je lui pris les mains avec un regard suppliant.

— Dis-moi.

— Ta mère a essayé de raisonner ton père pour qu'il n'entre

pas dans le monde de la drogue. Quand elle a vu qu'il ne voulait rien entendre, elle a décidé de partir, elle aussi. Avec toi.

Mon sang quitta mon visage et mes pensées explosèrent. Victoria le comprit et passa une main sur ma joue pour me réconforter, mais cela ne m'empêcha pas de me sentir totalement perdue. Elle poursuivit, comme si soudainement elle avait besoin de me raconter l'histoire de ma mère.

— Elle a choisi ton père sans savoir quel monstre il pouvait être. Il était vraiment amoureux d'elle, pourtant quand l'heure est venue il a choisi le pouvoir. Le clan des Callini était déjà bien en place, mais il avait de plus grands projets et rien n'aurait pu l'arrêter sur sa lancée. Pas même ta mère.

— Comment tu peux savoir tout ça ?

— Parce qu'elle m'a demandé mon aide.

Je m'assis sur la chaise la plus proche, me rendant compte que toutes les idées que j'avais pu me faire sur ma mère, plus jeune, avaient été fausses. Je l'avais toujours imaginée comme un pur produit du système mafieux, toujours aux côtés de mon père, un peu comme Dalila l'était aujourd'hui – avec la douceur en plus.

— Pourquoi n'est-elle pas partie finalement ?

— Elle est partie, Lilas.

Je fronçai les sourcils, le cœur serré. J'ouvris la bouche pour poser la question, mais rien n'en sortit. Au fond de moi, je connaissais déjà la réponse mais l'entendre rendrait les choses bien trop réelles. Pourtant, les sons finirent par franchir mes lèvres :

— Vic… Ma mère est-elle vraiment morte d'un accident de voiture ?

— Oui.

Elle attendait, comme si elle connaissait déjà la prochaine

question mais qu'elle ne dirait rien tant que les mots n'auraient pas fait leur chemin en moi. Comme si elle savait que j'avais besoin de les prononcer pour être prête à accepter leur vérité.

Mais je ne le serais jamais…

— Dimitri l'a tuée… c'est ça ?

— Elle m'a prévenue de ses projets le jour où elle partait ; je devais la rejoindre plus tard avec toi. Ton père n'a jamais su avec qui elle parlait. Je crois qu'il s'imaginait qu'elle avait un amant. Elle n'a pas eu le temps d'aller bien loin. Quand il a appris qu'elle s'était enfuie, il a préféré l'éliminer.

Désormais, il n'y avait plus de doute à avoir. Mon père était un monstre.

21

Quand j'émergeai de la chambre, l'esprit toujours aussi sonné, les dizaines de gardes avaient déserté la maison. Tous se trouvaient à présent autour de la propriété mais aussi dans le jardin, où étaient réunis les invités. Tous les membres du clan Callini avaient été invités : des nobles et leurs familles jusqu'aux responsables de secteur gérant les quartiers contrôlés par mon père en passant par les employés aux grades moyens, tout le monde se trouvait là. Même le procureur de la région était présent, lui qui, corrompu jusqu'à la moelle, aidait mon père dans toutes ses affaires. Seuls les dealers et les petites mains étaient absents.

Lorsque j'arrivai à mon tour dans le jardin, m'arrêtant après quelques pas, je me sentis déphasée. Les gens riaient, s'amusaient, faisaient connaissance dans une douce insouciance, tandis qu'à l'intérieur de moi régnait un chaos furieux.

Mes yeux trouvèrent rapidement mon père et, s'il ne riait pas aux éclats comme l'assemblée qui l'entourait, il arborait un air très satisfait. Je savais depuis mon plus jeune âge que mon père était mauvais et cruel, mais c'était comme si aujourd'hui je prenais conscience qu'il était le Diable en personne. Il avait tué la femme qu'il aimait, la mère de son enfant, par avidité et soif de pouvoir. Quel être humain était capable d'un tel acte ?

Comme s'il avait senti qu'on l'observait, son regard noir,

sans âme, me trouva. Son sourire s'élargit et il glissa un mot à l'homme qui se trouvait à ses côtés. Ce dernier tourna son attention vers moi et je compris qu'il s'agissait du patriarche du clan des Pavelevitch. Je n'eus qu'une envie : faire demi-tour pour m'enfuir dès ce soir, avec Evan.

Ma place n'était pas ici. Pas avec ces gens.

Ma place était auprès d'Evan.

Pourtant, je finis par avancer dans le jardin ; il fallait que je fasse illusion, encore un peu. Je forçai mes jambes à bouger dans la direction de mon père, et tentai d'oublier qu'il m'avait enlevé ma mère, même si cette information me brûlait les entrailles. Porter mon habituel masque durant cette soirée allait s'avérer très compliqué.

Mes jambes se firent de plus en plus lourdes à mesure que j'approchais de lui, comme si mon corps refusait de se trouver à proximité de ce monstre. Quand j'arrivai à sa hauteur, mon père afficha un rictus – sa façon de sourire –, mais cette fausse marque d'affection ne trompa personne. Et surtout pas moi.

— Lilas, tu es enfin parmi nous. Ma fille, je te présente Andreï. Andreï, ma fille, Lilas.

L'homme à qui mon père me présenta me serra la main avec un signe de tête, puis m'observa de haut en bas, comme si j'avais été une vulgaire marchandise. C'était étrange, car il n'avait pas la tête de l'emploi. Ses yeux d'un marron clair étaient lumineux, amicaux et joyeux ; ses cheveux poivre et sel lui donnaient un côté humain, presque inoffensif. Il semblait n'y avoir rien de malsain en lui, mais je supposai que ce n'était qu'une apparence. Un peu plus grand que moi, il portait un costume trois pièces gris et blanc qui le rendait presque intimidant. Tout était dans la posture, parce que son visage marqué par quelques rides ne montrait que gentillesse. Quand il eut fini son inspection, il se tourna vers Dimitri et dit lentement, avec un fort accent russe :

— Mon fils sera ravi de rencontrer cette jeune femme.

Il leva les yeux et engloba du regard le jardin, puis se renfrogna quand il ne le trouva pas. Apparemment, ledit fils s'était fait la malle. Je pinçai les lèvres pour retenir un sourire. Je savais que je n'y échapperais pas mais le plus tard serait le mieux, et la contrariété que je vis chez mon père me fit le plus grand plaisir.

Un peu plus loin, mon regard tomba sur Victoria qui me fit les gros yeux, me signalant que mon sourire était inapproprié en cet instant. Je m'efforçai de le perdre, ce qui la fit pouffer, puis je détournai les yeux.

Andreï dit quelque chose dans sa langue maternelle et appela un de ses hommes, sûrement pour lui ordonner de retrouver son fils perdu.

Cette absence me fit soudainement espérer que le fils des Pavelevitch ne souhaitait pas, lui non plus, se marier avec moi.

Je m'excusai auprès de mon père et de son invité, prétextant la soif pour m'éloigner de leur présence toxique. Du personnel circulait avec des plateaux de boissons, mais il me fallait un peu d'espace. Mon cerveau était en surchauffe, j'avais besoin d'air.

— Hé, m'interpella Caroline en s'appuyant sur la table, à mes côtés. Dis donc… Ta future nouvelle famille est pétée de tunes !

Je suivis son regard qui embrassait la foule.

— On dirait que ça te surprend, répondis-je. Et puis, ce n'est pas comme si tu étais pauvre.

— Ouais, mais les Pavelevitch ont de l'argent à ne plus savoir qu'en faire.

— Qu'est-ce qui te fait dire ça ?

— La crosse des armes de leurs gardes est en or massif et gravée. Les bras droits de Pavelevitch père et fils ont même des diamants incrustés dedans. C'est comme une distinction supérieure.

— C'est idiot. L'arme doit être deux fois plus lourde et beaucoup moins maniable. Quel intérêt ?

Elle haussa les épaules, mais son sourire admiratif ne la quittait pas. Ma cousine adorait ce genre de réunion qui lui permettait de rencontrer de nouvelles personnes, et en prime cette fois-ci elle avait de nouveaux gardes aux gros bras avec qui fricoter.

— Comment tu te sens, aujourd'hui ?

— Je ne sais pas trop, dis-je en buvant.

— Je suis sûre que tu auras une belle surprise. C'est ton jour, Lilas ! Profites-en et amuse-toi.

Je dus faire une moue peu convaincue, puisqu'elle rit et me donna un gentil coup d'épaule, avant de s'éloigner, me laissant à nouveau seule avec mes réflexions. Je traînai encore un peu près de la grande table où toutes les boissons se trouvaient et demandai à faire remplir mon verre une nouvelle fois, presque prête pour retourner auprès de mon père, mais un homme s'appuya contre la table juste à côté de moi, beaucoup trop proche.

Quand je levai mon regard, je sentis que c'était lui, Yuri.

Il ressemblait à son père, en plus jeune. Il était grand, avec une carrure développée. Ses yeux du même marron que ceux de son père étaient beaucoup moins amicaux et d'épais sourcils renforçaient leur dureté.

— Tu es Lilas.

Ce n'était pas une question, mais j'acquiesçai tout de même. Il tenta une ébauche de sourire, et je devinai à sa maladresse que ce n'était apparemment pas dans ses habitudes.

— Tu es Yuri, dis-je de la même manière que lui.

Il acquiesça à son tour, puis fit un signe de main à un petit homme fluet flanqué d'une paire de lunettes rondes ; visiblement, pas un garde. Une fois que ce dernier se fut approché, Yuri se mit à lui parler, puis l'homme se tourna dans ma direction pour traduire.

— Yuri dit qu'il ne sait pas très bien parler votre langue, mais qu'il espère que vous apprendrez vite le russe pour ne plus avoir besoin de mes services.

— On est mal barrés, marmonnai-je spontanément.

Je souris, une bouffée de joie m'envahissant à l'idée que ma fuite avec Evan me permettrait d'échapper à l'apprentissage du russe, puis me repris.

— Dites-lui que je ne parle pas non plus un mot de russe, mais que ça finira par s'arranger.

Yuri acquiesça, puis m'offrit son bras. Mal à l'aise, j'acceptai néanmoins, ne souhaitant pas faire de scandale. C'était étrange, Yuri qui marchait à mes côtés, parlant dans sa langue, moi dans la mienne, et le traducteur qui nous suivait et faisait le lien entre nous deux. On aurait dit un mauvais film.

— Je ne voulais pas me marier avec toi, dit Yuri par le biais du traducteur. Mais cette alliance nous permettra de créer un nouvel empire, de nous étendre aussi et d'acquérir un nouveau marché très rentable. J'ai de grands projets, Lilas. Qu'en dis-tu ?

— Que c'est là le but d'une alliance.

Et que cette conversation me donnait une vision très nette de l'avenir horrible que j'aurais avec lui.

Yuri me conduisit auprès de nos pères respectifs, et tous trois se lancèrent dans une grande discussion sur ledit avenir et ses perspectives des plus réjouissantes, selon eux. Je tentai de m'intéresser à la conversation, mais rien n'y fit… Mon esprit s'envola loin d'eux, loin de cette maison, pour retrouver Evan. J'imaginais qu'il était avec son petit frère, et que ce qu'il endurait était bien plus dur que pour moi en ce moment. Les au revoir n'étaient jamais faciles quand on quittait les gens aimés.

Je repérai Victoria en train de discuter avec Caroline et Dalila, puis reportai mon attention sur Yuri. J'avais hâte que cette soirée prenne fin, simplement pour avoir Evan au téléphone. Je me sentais presque coupable de jouer cette comédie.

Je revins sur terre quand Yuri me tendit à nouveau son bras, attendant que je le prenne. Je me forçai à me reconnecter avec la réalité, puis passai mon bras sous le sien.

— Allons faire un tour, me dit-il par l'entremise de son traducteur.

Je ne dis rien et le laissai nous guider, surprise qu'il m'emmène hors de la propriété.

— Où allons-nous ?

Étrangement, même une fois sortis du domaine et éloignés de plusieurs mètres de l'entrée de la villa, aucun garde ne nous suivit. Nous étions seuls, Yuri, le traducteur et moi-même.

Pourquoi avais-je la sensation angoissante que quelque chose allait mal tourner ?

— Où est-ce qu'on va ? répétai-je d'une voix plus autoritaire.

Mais personne ne me répondit. Je compris rapidement que Yuri nous conduisait en direction de la plage, ce qui me contraria. Je ne voulais pas que l'endroit où je me rendais habituellement avec Evan soit contaminé par une autre personne. Yuri n'avait pas sa place dans ce tableau.

Au bout de quelques minutes, Yuri finit par tourner son visage dans ma direction, et plissa les yeux comme pour percer mes pensées. Enfin, il demanda :

— Comment s'appelle-t-il ?

— Quoi ? Qui ça ?

Il eut un rire grave, moqueur, et dit quelque chose que le

traducteur ne me relaya pas. À ce moment-là, je compris que cette promenade n'avait rien d'anodin.

— Alors… Quel est le prénom de l'homme qui a retenu ton attention ? reprit-il d'un ton plus dur.

— Je ne vois pas de quoi tu parles.

— Tu es sûre de toi ?

— Oui.

Je tentais de ne rien laisser paraître mais, quand il avança sur le sable que j'avais tant de fois foulé, j'eus envie de le retenir. Sa présence ici me dégoûtait, c'était comme une violation de mon intimité, comme si sa simple présence salissait ma relation avec Evan.

— C'est ici que tu viens pour te vider l'esprit ?

Surprise qu'il puisse l'avoir deviné, je rétorquai :

— Mon père te l'a dit ?

— Non, quand nous sommes arrivés, je suis venu ici pour regarder la mer et je t'ai vue de loin. Tu ne veux pas te marier avec moi.

— Toi non plus. Et pourtant, nous sommes tous les deux là.

Je savais que je devais me taire, mais je me sentais sous pression et en colère.

— De mon côté, je parlais au passé. Aujourd'hui, je sais que ce mariage est une très bonne chose.

Il s'arrêta à quelques mètres des rochers et de la mer, puis se tourna vers moi pour poursuivre :

— Je suis un très bon amant, Lilas, et je mettrai un point d'honneur à prendre soin de mon épouse en lui offrant tout ce qu'elle désire, peu importe le prix. Chez nous, c'est une question de fierté. Je peux te promettre que, quoi que tu désires, tu l'auras.

Sauf que, ce que je désirais véritablement, il ne pourrait jamais me l'offrir.

Quelque chose attira mon attention vers les rochers et, quand je repérai Evan en train de lancer un regard des plus meurtriers en direction de Yuri, je me sentis perdre pied.

Que faisait-il là ? ! Il fallait qu'il parte, et vite.

Yuri ne l'avait pas encore vu, mais je supposais que ce n'était qu'une question de temps, car Evan ne semblait pas vouloir passer inaperçu.

Je balbutiai pour attirer l'attention de Yuri ainsi que de son traducteur et faire diversion :

— Il est peut-être temps de rentrer ?

— Je trouve que c'est un coin merveilleux pour apprendre à se connaître. Et plus encore pour remettre les choses en ordre.

— Comment ça ?

— Je suis certain que cet endroit n'est pas seulement pour te balader, mais qu'il est aussi un point de rendez-vous. Alors que dis-tu d'attendre sagement son arrivée ?

Evan étant déjà là, la panique monta en flèche en moi. Je ne savais plus comment réagir, et même si je tenais bon et que je continuais de garder la face, en moi, c'était le chaos. Yuri m'observa en jubilant. Il savait qu'il m'avait piégée, même le traducteur était gêné de cette situation. Yuri me regardait, pleinement satisfait de ma détresse, les yeux brillant d'un éclat cruel et malsain ; mon père avait choisi un gendre parfaitement à son image.

Evan restait derrière les rochers, attendant apparemment de voir comment tout ceci allait évoluer, et à faire face s'il le fallait. La colère que je sentais émaner de lui me terrifiait.

Soudain, le sourire de Yuri s'élargit et il dit :

— Laisse-moi deviner…

Le temps que le traducteur fasse son travail, Yuri se pencha et m'embrassa en tenant ma tête d'une main, comme s'il avait anticipé mon rejet.

— Il est déjà là, n'est-ce pas ?

Le sang quitta brusquement ma figure ; puis, avec un sourire ravi, Yuri se tourna vers les rochers.

Quand j'osai à mon tour regarder vers les rochers, Evan ne s'y trouvait pas. Du moins, il n'était pas visible. Je lâchai un soupir imperceptible, soulagée de la tournure des événements. Yuri devait se sentir bien bête.

Il marmonna dans sa langue, sans que l'interprète ne me traduise, puis me jeta un regard mauvais.

Un sourire malsain étira ses lèvres et il annonça :

— Je sais que je ne me trompe pas à ton sujet. Ton père m'a prévenu qu'il soupçonnait que tu avais une relation cachée. Sache que rien ne m'empêchera de créer l'empire que je souhaite, cela se fera. Avec ou sans ton accord.

Je restai silencieuse et levai mon menton, refusant de lui montrer la moindre peur. Il en avait déjà assez vu, et je savais que, comme tous les prédateurs, il s'en nourrissait.

Quand je lui tournai finalement le dos pour rentrer, Yuri me retint et passa une main derrière ma nuque avant d'approcher son visage tout près.

— Je vais le traquer et le tuer, Lilas. C'était dans le contrat avec ton père. Rien ne m'arrêtera.

— Essaie pour voir, intervint Evan derrière lui.

Quand il se retourna, le poing d'Evan partit si vite et si fort que Yuri ne put que tomber à la renverse.

22

Evan m'avait dit que j'étais la seule personne avec qui il était si doux et attentionné. Ce soir, je comprenais un peu mieux ce qu'il entendait par là. Dans son regard, il n'y avait qu'une rage que je devinais encore contenue. Yuri étant étendu au sol, inconscient, Evan se tourna vers le traducteur qui leva les mains en l'air, effrayé.

— Je ne suis que l'interprète, monsieur.

Cela ne sembla pas le calmer ; je posai une main sur son avant-bras, et sentis ses muscles se contracter un peu plus. Cependant, quand il se tourna vers moi, son regard dénué de toute émotion changea du tout au tout et se remplit bientôt de regret. Avec douceur, il passa son pouce sur mes lèvres, comme pour effacer la trace du baiser de Yuri.

— Tous ceux qui se mettront entre nous, murmura-t-il.

Je lui souris, mais mon cœur battait toujours la chamade. Comment allais-je pouvoir gérer cette situation ? J'observai Yuri inconscient, mais Evan m'attrapa le menton pour faire pivoter mon visage dans sa direction.

— Je suis désolé. Je me suis laissé emporter.

— Ce qui est fait est fait, dis-je doucement. Il faut que tu partes, Evan. Rentre et je te tiens au courant s'il y a du nouveau.

Il acquiesça et se pencha pour m'embrasser rapidement sur la tempe ; il récupéra l'arme de Yuri et quitta la plage.

Le traducteur hésita, mais finit par s'approcher de moi.

— Madame Callini… Je vous suggère de faire passer cet incident pour un vol.

— Un vol ?

— Oui. Votre ami lui a pris son arme, qui est très précieuse. Yuri ne sait pas qui est votre ami, vous pouvez lui faire croire que vous ne le connaissiez pas…

— Pourquoi voulez-vous m'aider ? Qu'est-ce que vous voulez ?

— Rien, madame. Je vous assure que je tiendrai ma langue.

— Pourquoi ?

— Parce que si la famille Pavelevitch apprend la vérité et que je n'ai rien fait contre l'homme qui fréquente la fiancée de Yuri… ils me feront beaucoup de mal.

— Si vous avez peur d'eux, pourquoi les suivre ?

— Ils ont mes enfants…

Je décidai de le croire, tant la sincérité s'écoulait de son regard. Le pauvre homme faisait l'objet d'un odieux chantage. Je hochai la tête pour sceller notre accord, quand Yuri finit par grogner.

Le traducteur me lança un regard entendu, puis se rendit près de Yuri, pour l'aider. Je restai silencieuse, priant pour que ça fonctionne.

Les derniers invités étaient partis à une heure indécente et j'étais si soulagée de retrouver la sécurité de ma chambre que j'en avais presque les larmes aux yeux. En me changeant, je remarquai des traces rouges tirant sur le violet au niveau de mon bras et de ma hanche. Quand il avait repris ses esprits, Yuri était entré dans une colère noire et était devenu brutal, exigeant une description détaillée du voleur. Apparemment, il avait cru en notre mensonge, mais il avait passé à tabac son traducteur et, si j'avais réussi à m'interposer, j'avais pris quelques coups au passage. La culpabilité me rongeait encore une fois ; ce pauvre homme était un nouveau dommage collatéral.

À notre retour à la villa, Yuri avait discrètement ordonné à plusieurs de ses gardes de partir à la recherche de son arme ; il ne voulait pas que ce vol s'ébruite et paraissait honteux de s'être ainsi fait agresser. Visiblement, Yuri craignait son père, ou peut-être que son ego l'empêchait de raconter ce qui venait de se produire.

Je fermai les yeux, chassant mes peurs et mes doutes, qui ne disparurent pas tout à fait. Cette soirée n'avait fait que confirmer l'évidence : il fallait que je parte. Je craignais néanmoins que la Terre ne soit pas assez grande pour nous éloigner suffisamment de nos ennemis. Car en plus de mon père, il y aurait désormais tout le clan des Pavelevitch.

Je finis par composer le numéro d'Evan, qui répondit aussitôt et enchaîna un flot de questions angoissées :

— J'ai cru que tu n'appellerais jamais. Qu'est-ce qui s'est passé ? Comment tu vas ? Tu as eu des ennuis ? Je suis désolé, Lilas…

— Fatiguée, mais ça va.

— J'ai merdé, princesse, je n'aurais pas dû laisser la colère m'envahir, mais quand je l'ai vu t'embrasser… ça m'a fait péter un plomb. C'est une facette de moi que je préférerais que tu ne voies jamais. Ce n'est pas ce dont on a besoin en ce moment, je regrette d'avoir été si stupide. Qu'est-ce qu'il s'est passé ?

Je lui fis un compte rendu, m'étalant même sur les détails de la soirée qui avait précédé la venue sur la plage. Je lui parlai de ma mère, de ce que j'avais appris, et quand je terminai par le mensonge inventé avec la complicité du traducteur, je me sentis épuisée.

— Je suis désolé pour ta mère. Comment tu te sens ?

— Lasse, répondis-je avant de changer de sujet. Et toi ? Comment ça s'est passé ?

— Ça a été très dur et, contrairement à ce que j'avais pensé, Teddy a été fort. C'est comme s'il avait compris que c'était mieux que je m'éloigne de lui.

— Ton petit frère ne penserait jamais de mal de toi.

— Parce que, au fond, il ne me connaît pas.

— Contrairement à ce que tu penses, il te connaît parfaitement. Tu as toujours été sincère envers lui, sans aucun compromis. Tu pourrais retourner le monde pour qu'il soit heureux. Alors, si, l'image qu'il a de toi est bien fidèle à la réalité. Ne laisse pas une étape de ta vie définir qui tu es.

Il grogna, comme s'il prenait une position plus confortable et, s'il ne dit rien, je le sentis sourire. Je fermai les yeux en visualisant son sourire gagner ses prunelles bleu sombre entourées d'épais cils qui rendaient son regard si charmeur.

— J'espère que tu as raison, conclut-il en soupirant. Tu as préparé tes affaires ? Il ne faut prendre que le strict nécessaire.

Je gardai le silence un instant avant de me lancer :

— J'ai l'impression qu'on n'y arrivera jamais.

— Ne dis pas ça. Bien sûr qu'on va y arriver, Lilas.

— C'est mon rêve le plus fou mais…

— Alors je vais réaliser ton rêve fou, si tu veux toujours de moi. Je ne prétends pas que ce sera sans casse, mais je ferai tout pour qu'on réussisse, parce que c'est aussi le mien, de rêve.

Je ne répondis rien, savourant ses mots. Si je n'avais aucun doute sur la profondeur des sentiments qu'Evan me portait, l'entendre me les dire à voix haute apaisait la lourdeur de ma vie.

— J'aimerais être avec toi, soufflai-je finalement, les yeux clos, rêvant que son corps chaud se trouvait près du mien.

— J'aimerais aussi. Je peux toujours venir…

— Dix fois trop dangereux.

— Tu es dans ton lit ?

Étrange question…

Je l'entendis remuer. Le ton de sa voix se fit plus léger et plus rauque à la fois.

— Oui, répondis-je simplement.

— Tu sais ce que j'aimerais pouvoir faire, aussi ? (J'attendis la suite en souriant.) Te prendre dans mes bras.

Je ne dis rien, attendant la suite, parce qu'il avait une idée en tête.

— J'aimerais pouvoir caresser de ma bouche ton corps nu. Poser mes mains sur tes hanches, et me glisser entre tes jambes. J'aime être en toi. J'aime la sensation de ma…

Clic.

Je calai ma tête dans l'oreiller en étouffant mon rire, quand mon téléphone sonna de nouveau.

— Tu viens vraiment de me raccrocher au nez ? demanda-t-il, stupéfait et moqueur.

— Oui. Désolée, c'était un peu trop…

— Chaud ? compléta-t-il en rigolant.

— Exactement. Tu ne peux pas me dire ça au téléphone !

— Pourquoi pas ? C'est vrai ! J'aime tout chez toi, mais j'aime encore plus te faire l'amour. Tu as cette façon de te contracter autour de ma queue quand…

Clic.

Non, je ne pouvais pas. Je ris de nouveau en me disant que s'il avait voulu alléger mon humeur, alors il avait réussi.

— Arrête de me raccrocher au nez, princesse.

— Alors arrête de me dire toutes ces choses au téléphone. Quand on est ensemble, OK, mais au téléphone… c'est différent.

— D'accord, j'arrête. Repos, soldat, dit-il doucement sans que ça me soit destiné. Est-ce que ça va mieux ?

— Comment ça ?

— Tu avais l'air triste… j'espère que j'ai réussi à te redonner le sourire.

— Toujours, Evan.

Je fermai les yeux, tombant de fatigue. Le silence dut me trahir, car Evan redevint sérieux :

— Plus sérieusement, je pense qu'on devrait partir après-demain. D'ici là, j'aurai réglé mes dernières affaires et j'aurai trouvé le moyen de nous faire gagner un peu de temps.

— Tu es sûr ?

— Oui. Grâce à l'arme que j'ai prise ce soir, je vais créer une diversion ; ça nous laissera un peu d'avance.

— OK. Alors, va pour après-demain.

— Je te donnerai les détails dans la journée, mais tiens-toi prête.

Le ventre noué, je pris une longue inspiration avant de donner mon accord.

— Alors bonne nuit, princesse, dit-il sagement.

— Bonne nuit à toi aussi.

— J'ai hâte de te voir… Hâte qu'on passe ensemble notre première nuit en liberté, je pourrai te…

Clic.

Il était infernal.

Le lendemain, je racontai tout ce qu'il s'était passé la veille avec Yuri à Victoria lors du petit déjeuner, alors que la maison entière était encore endormie. Je vis dans son regard une profonde inquiétude.

La prochaine Moisson était en cours de préparation et pour ne pas éveiller les soupçons de ma famille, je devais aider mon oncle à planifier les rendez-vous et tenter de conclure de nouveaux contrats avec mon père. C'est ce à quoi je m'employai durant la journée, mais chaque seconde passée aux côtés de Dimitri me faisait horreur. Il ne formula cependant aucun commentaire et me laissa gérer mes affaires, tranquille.

Les Pavelevitch dînèrent à la villa le soir même. La pluie ayant décidé de tomber, on mangea enfermés dans la maison qui devint vite étouffante. Un moment désagréable, durant lequel Yuri ne cessa de me fixer pendant que je gardais la tête haute pour paraître normale. Mon père, beaucoup trop observateur, remarqua ce petit manège. Il ne dit rien, mais s'entretint longuement avec Yuri après le repas. Les deux hommes finirent par rire ensemble, un cigare à la main ; je supposai que l'incident n'avait donc pas été abordé.

Je ne me détendis vraiment que lorsque Yuri et son clan quittèrent la maison, et que je pus retrouver Victoria dans la cuisine, où elle buvait son café. Rituel habituel avant d'aller nous coucher.

Je savais qu'il était temps de la prévenir de mon départ.

— Merci, Vic.

— Pour quoi, ma chérie ?

— Pour la vie que tu m'as permis d'avoir. C'est toi qui m'as élevée et qui as fait de moi la femme que je suis aujourd'hui. Il me reste beaucoup à apprendre, mais je suis presque sûre que, sans toi, je serais devenue le genre de personne que je déteste. Alors merci.

Elle se pencha au-dessus de la table pour me pincer gentiment la joue, un grand sourire sur le visage.

— Je suis fière de toi, ma chérie. Tu es devenue une jeune femme belle, intelligente, et tu es quelqu'un de bien. Ne l'oublie jamais et ne laisse jamais personne te faire croire le contraire. Si tu penses que c'est un peu grâce à moi que tu es comme tu es, finit-elle par dire avec un sourire fier, alors j'en suis très heureuse.

Elle se réinstalla correctement et m'observa avec un air nostalgique, presque triste. Je lui souris en sachant que notre temps ensemble était compté et, alors, je ressentis cette même nostalgie.

Elle me manquait déjà…

— Depuis combien de temps n'es-tu pas partie en vacances, Vic ?

Elle fronça légèrement les sourcils en réfléchissant à ma question, puis reposa sa tasse sur la table sans l'avoir touchée.

— Longtemps, ma fille, dit-elle en chuchotant. Ça fait longtemps que je n'en ai pas pris, tu as raison.

Il fallait que je lui dise au revoir mais les mots peinaient à sortir de ma bouche.

— Il faut que tu penses à toi à présent. Je veux que tu sois heureuse et que tu découvres le monde, Vic. Que tu vives pour toi.

Je m'arrêtai en sentant ma gorge se rétrécir et déglutis à plusieurs reprises pour tenter de faire passer ce malaise, mais rien n'y fit. Alors je continuai en essuyant rapidement les larmes qui me vinrent aux yeux.

— Promets-moi que tu prendras des vacances.

— Je te le promets.

— Et que tu seras heureuse ?

— J'essaierai. Je te promets que j'essaierai de faire toutes ces choses qui me donnent envie depuis longtemps, mais que je n'ai jamais osé faire. Et que je retrouverai mon insouciance pour revivre une seconde jeunesse. De ton côté, promets-moi, mon cœur, de prendre soin de toi.

— Je te le promets.

Elle abandonna définitivement sa tasse, et vint me serrer dans ses bras.

— C'est donc le véritable au revoir ? chuchota-t-elle à mon oreille.

— Oui, répondis-je tout aussi doucement.

— Prends soin de toi, ma fille.

Dans la chaleur de ses bras, j'entendis la voix glaciale de mon père s'élever au loin, m'ordonnant de venir le retrouver.

Victoria m'embrassa sur le front, et passa ses deux mains sur mes joues, comme pour en imprimer la forme.

— Allez, file.

J'acquiesçai, puis me levai pour rejoindre mon père. Quand j'entrai dans le salon, je vis d'abord Dalila, installée sur le canapé en cuir, détendue et particulièrement souriante. Puis mon regard se porta sur Dimitri, qui se tourna vers moi, le visage fermé.

Une alarme résonna dans ma tête ; je sentais que ce que mon père était sur le point de me dire n'allait pas me plaire.

23

Comme chaque fois, Dimitri laissa la pression monter sans rien dire. Comme si je n'existais pas, il se rendit près d'une armoire en bois sombre d'où il sortit une boîte à cigares. Je n'avais qu'une envie : quitter cette pièce, pourtant je restais immobile, guettant chacun de ses mouvements. Quand il alluma son cigare et se tourna vers moi, l'alarme résonna de plus belle.

— Je pensais vraiment que tu étais rentrée dans le rang, Lilas. Pourquoi faut-il que tu compliques toujours tout ?

— Qu'est-ce que tu veux dire ?

— Que je déteste qu'on me mette des bâtons dans les roues.

— Que me reproches-tu ? demandai-je pour aller droit au but.

— J'ai eu une conversation très intéressante avec Yuri.

Je ne dis rien, mobilisant tout mon sang-froid pour garder un visage impassible. Yuri avait finalement vendu la mèche, mais je préférais faire l'ignorante.

— Et cette conversation portait sur quel sujet ?

Dimitri s'appuya contre le buffet fait du même bois sombre que l'armoire et m'observa d'un œil noir.

— La plage, jeune fille. Et ce qu'il s'y est passé. (Dimitri soupira, puis prit une longue bouffée de son cigare qu'il expira doucement.) L'arme de Yuri est introuvable.

— Je n'y suis pour rien.

Dimitri se leva et abandonna son cigare dans un cendrier, avant de venir devant moi.

— Je ne sais pas quel est le but de cette petite rébellion, mais écoute-moi bien, Lilas : quoi que tu veuilles faire, tu n'y arriveras pas. J'ai bien compris que nous n'étions plus dans le même camp, et tu sais ce que je fais aux traîtres. Mon seul problème, c'est que tu es ma fille, unique qui plus est, et que jamais je ne toucherai à la chair de ma chair, mais sache que je n'hésiterai pas pour qui que ce soit d'autre. Tu m'entends ?

Il laissa passer un court silence, comme pour que j'aie le temps d'assimiler sa menace, puis gratta sa joue mal rasée du bout des doigts.

— Tu m'agaces, Lilas. Ce petit jeu durera le temps qu'il faudra, mais je finirai par retrouver cette arme.

Il se rapprocha de moi et attrapa mon visage d'une main, enfonçant ses doigts puissants dans mes joues. Je tentai de me dégager, mais la pression se resserra et me fit si mal que je me figeai.

— Tu vas dire à ton ami de rendre l'arme. Il a vingt-quatre heures. Dis-lui également de bien profiter de ces instants de liberté, parce que ce sont les derniers. Tu partiras avec Yuri à la fin de la semaine et tu ne reverras jamais ton ami. Il est temps que tu fasses honneur au clan des Callini.

Mon cœur tambourinait dans ma poitrine, mais je gardai espoir. Dimitri n'avait pas cité le nom d'Evan, il restait une infime possibilité pour qu'il prêche le faux pour savoir le vrai. Avec lui, tout était possible, alors je tins bon et répondis :

— Je ne sais pas de quoi tu parles. Mais si tu veux tuer un petit voleur qui a mis K-O d'un simple coup de poing l'homme que tu as choisi pour moi, alors fais. Je ne le connais pas et son sort m'importe peu.

Il recula d'un pas, et s'esclaffa brièvement.

— Tu mens. Tu te trahis toi-même sans même t'en rendre compte. Tu es révoltée chaque fois que je sors mon arme et, ce soir, tu me dis que je peux tuer qui je veux ?

Cela ne prouvait rien. Je fronçai les sourcils, m'apprêtant à protester, mais il leva une main pour m'ordonner de me taire et fit disparaître l'espace qui nous séparait d'une grande enjambée. Plus de sourire ironique et plus de lueur amusée dans son regard. Il n'y avait qu'une âme glaciale et prête à tout, qui me dominait de sa haute taille. Il perdait patience et, cette fois-ci, je pris peur.

Il referma sa main sur ma mâchoire une seconde fois.

— Tu vas dire au revoir à ton ami, Lilas. Bourreau, diable ou que sais-je, pour moi, il n'est rien. Et je le retrouverai où qu'il aille. Je t'en fais la promesse, ma fille : dans vingt-quatre heures, Evanilson Rodrigues sera mort.

Mon cœur dégringola et je sentis la colère exploser. Envers cet homme impitoyable qui détruisait ma vie. Envers le destin qui semblait toujours contre moi.

— Je ne dirai rien à personne ! Débrouille-toi par toi-même, ô grand Dimitri Callini. Toi qui es si puissant, fais ce que tu…

Mon père me fit taire d'une main sur la bouche et me fit reculer jusqu'au mur, près de l'entrée, contre lequel il me plaqua avec force.

— Dimitri, laisse-la ! intervint Victoria.

Mon cœur battait toujours aussi frénétiquement dans ma poitrine, et je priai pour que cesse ce cauchemar. Mon père savait tout, voyait tout ; jamais je ne réussirais à quitter cette villa maudite, jamais je ne retrouverais Evan. Dimitri s'écarta de moi, puis éclata brièvement de rire. Aussitôt, Victoria s'approcha pour vérifier que j'allais bien.

— Va-t'en, Vic, chuchotai-je. Ne reste pas ici, je vais me débrouiller.

Un mouvement attira mon attention et je tournai la tête : Dimitri avait pris son arme et la braquait en direction de Victoria. Immédiatement, je me plaçai devant elle pour la protéger.

— Ne fais pas ça ! suppliai-je. Victoria n'y est pour rien.

Comme si je n'étais qu'un insecte gênant, Dimitri m'écarta, puis plaça son arme sur le front de Victoria.

À tout moment, il pouvait tirer. À tout moment, il pouvait m'arracher la femme qui m'avait aimée comme une mère. Il n'avait qu'à appuyer sur la gâchette. Terrorisée, je ne pouvais plus que supplier mon père, espérer qu'il restait en lui une once d'humanité qui l'empêcherait de tuer une innocente.

— S'il te plaît… Elle n'y est pour rien.

Dimitri me regarda sans aucune émotion, puis j'observai Victoria qui semblait étrangement sereine. Je m'accrochai à ses yeux sombres, à son visage d'ange, sans comprendre comment elle pouvait rester si calme. C'était presque comme si elle était prête à tout ça. Elle me lança un regard plein d'amour ; il n'y avait nul besoin de mots. Tout était là.

Victoria était peut-être résignée, mais je ne pouvais l'accepter. Alors, quand mon père baissa son bras armé, je soupirai discrètement de soulagement.

— S'il faut que je te retire toutes les personnes que tu aimes pour que tu comprennes que rien ne m'arrêtera, je le ferai, Lilas.

— Comme tu l'as fait pour ta femme, intervint Victoria qui fusillait à présent mon père du regard.

Ce dernier sembla se contracter une fraction de seconde, puis sourit.

— Tu ne sais rien au sujet de ma femme.

Derrière mon père, je vis Dalila se refermer. Entendre qu'elle resterait à jamais la seconde l'insupportait.

— Je sais tout, Dimitri, continua Vic. Elle ne te trompait pas, elle ne faisait que parler avec moi. Elle avait besoin d'une confidente, parce qu'à ses yeux tu étais un monstre et qu'elle cherchait un moyen de fuir loin de toi.

— C'est faux, démentit Dimitri, un éclat dangereux illuminant ses yeux noirs.

— C'est la vérité. Si je suis revenue ici, si je suis restée aussi longtemps dans cette maison de malheur, ce n'était que pour protéger la fille de Milena. M'assurer que je tiendrais la promesse que je lui avais faite, qui était de ne pas laisser Lilas devenir comme toi. Tu es un fléau ; même la femme qui t'aimait le plus au monde a vu quel monstre tu es. Aujourd'hui, ma mission est accomplie, je sais que Lilas ne deviendra jamais comme toi.

Mon père fixa Victoria de son regard glacial puis éclata de rire avant de se gratter la tempe à l'aide du canon de son arme.

— Tu as raison, Victoria, dit-il, très calme. Quoi que je fasse, je ne pourrai jamais avoir la vie que je voulais pour ma fille et moi. Elle me fera la guerre. Quoi que je fasse… Et pour cette raison, je préfère encore que ce soit sans toi.

À peine eus-je le temps de le voir tendre son bras et de me jeter sur lui que le coup de feu était parti.

Je percutai son bras, ce qui sembla le surprendre, et fit tomber l'arme qui glissa sur le sol.

Du coin de l'œil, je vis Victoria s'effondrer. Je me tournai vers elle et hurlai.

Parce que la balle l'avait atteinte.

Je me laissai tomber à genoux à ses côtés, les larmes inondant mes joues, sans vraiment réaliser ce qui venait de se passer.

Pourtant, le trou net dans son front et le sang chaud qui s'écoulait sur le sol ne laissaient place à aucun doute.

Victoria était morte.

— Pitié, dis-je en pleurant. Pitié, non…

Je m'effondrai sur le corps inerte de la femme que j'aimais le plus au monde tandis que des Ombres surgissaient dans la pièce, alertés par le coup de feu. Je me fichais du sang qui recouvrait mes vêtements, je me fichais de l'écho de mes sanglots qui se répercutaient sur les murs du salon, je ne voulais pas qu'elle m'abandonne. Je ne voulais pas qu'elle meure.

En silence, les Ombres s'activèrent. Ils me soulevèrent malgré ma résistance ; je savais par avance ce qui allait se passer. Les Ombres allaient faire le ménage, et surtout : faire disparaître le corps de Victoria à tout jamais. Il n'y aurait aucune tombe. Pas d'enterrement. Ils allaient simplement la faire disparaître, tout comme les traces de son passage parmi les Callini. Elle n'existerait plus que dans mes souvenirs.

C'était tout ce qui me restait.

— Laissez-la ! hurlai-je. Ne la touchez pas ! Laissez-la-moi, je vous en prie, ne la touchez pas…

Personne ne m'écouta. J'avais beau me débattre, leur ordonner de ne rien faire, le corps de Victoria avait déjà été emporté. Ne restait que son sang qui stagnait au sol.

Il n'y avait plus rien…

L'Ombre me relâcha et, à travers mes larmes, je vis l'arme de mon père par terre. Prise soudainement d'une rage incommensurable, je la ramassai et braquai Dimitri.

— Tu m'as retiré l'unique personne que j'aimais dans cette maison !

Je tirai deux coups de feu à l'aveugle, tant les larmes brouillaient ma vue. Je n'étais plus moi-même. La haine avait pris possession de tout mon être. J'avais l'impression d'être seulement témoin de ce qu'il se passait, comme si ce n'était plus moi qui contrôlais mon corps. J'entendis une vitre se briser, avant que les Ombres ne m'attrapent et ne m'arrachent l'arme des mains.

Mon père était toujours debout, une main posée sur son épaule qui saignait.

Ma respiration était saccadée, mon visage baigné par les larmes, et mon père riait.

Il riait…

Je me débattis rageusement et finis par me libérer.

— Pourquoi ? ! dis-je, détruite. Elle n'avait rien à voir avec tout ça.

— Ce n'est que le début. Victoria est morte à cause de toi. Si tu m'avais écouté, on n'en serait pas là. Alors réfléchis bien à la suite et aux choix que tu vas faire, ou il y aura d'autres victimes. Je veux l'arme de Yuri. Tu as douze heures.

Il quitta la pièce, suivi de Dalila qui avait assisté à toute la scène sans dire un mot. Je me retrouvai bientôt seule, le cœur en miettes. Je me laissai glisser contre le mur, sans plus de forces pour soutenir mon corps.

Au prix d'un immense effort, je parvins finalement à quitter le salon, et allai m'enfermer dans la salle de bains. Je devais partir. Prévenir Evan qu'il était en danger. Sauver ce qui pouvait encore l'être. Je montai sur les toilettes et me hissai par la fenêtre. Dehors, la pluie tombait toujours autant, ce qui était assez rare. À croire que le ciel pleurait avec moi. Je me laissai tomber en travers des branches des arbres, la pluie drue et l'obscurité du soir couvrant ma chute.

Je laissai la fraîcheur m'envahir, puis courus en direction de la plage. Comme un automate, j'avançai sous le déluge, les larmes se mélangeant à la pluie, jusqu'à ce qu'une voiture s'arrête à mes côtés.

— Monte, Lilas. On n'a pas beaucoup de temps.

J'abdiquai et montai dans la voiture de Théo. La chaleur de l'habitacle me fit frissonner. J'appuyai ma tête contre la vitre, refusant d'accepter tout ce qui venait de se passer.

Victoria était morte.

24

Evan

Une carte étalée devant moi sur la table basse en verre de mon salon, je planifiais l'itinéraire qui serait le plus sûr. Nous serions contraints de faire des détours et de nous arrêter le moins souvent possible, aussi je repérais chaque coin où nous pourrions nous reposer en sécurité, calculant le temps qu'il nous faudrait pour atteindre la frontière.

Lilas avait cependant raison sur un point, changer de pays n'arrêterait personne. Alors je continuai de préparer notre route au-delà, d'abord jusqu'à l'aéroport le plus proche, où je notai les horaires de vol qui correspondraient à notre arrivée, puis pensai à un second plan, dans le cas où on ne réussirait pas à suivre le premier.

Chaque détail était important. Chaque détail comptait.

Ma tête bouillonnait d'informations, imaginant toutes les catastrophes possibles pour être certain d'être prêt à toutes les éventualités.

Absorbé par ma tâche, j'eus un mouvement de surprise quand mon téléphone sonna.

En voyant le nom s'afficher, je décrochai instantanément :

— Comment tu vas, Théo ?

— Je suis en bas, mais je ne peux pas rester. Lilas est déjà en train de monter chez toi.

Depuis l'altercation sur le bateau, Théo ne venait que très rarement dans les quartiers nord. Qu'il arrive à l'improviste m'inquiéta.

— Qu'est-ce qu'il se passe ?

— Des choses, mec. Moches.

La sonnerie de l'entrée retentit alors j'abandonnai le téléphone, et me précipitai pour ouvrir la porte, désormais très inquiet.

Sur le palier, trempée de la tête aux pieds et maculée de sang, Lilas se tenait debout, le regard vide. Le pli inquiet qui se trouvait continuellement entre ses sourcils n'y était pas. Les fossettes qui creusaient ses joues quand elle souriait avaient disparu.

Je la fis entrer sans un mot et elle se laissa faire, comme si elle n'avait plus de force pour décider quoi faire par elle-même.

Elle est en état de choc, compris-je.

J'examinai le sang qui tachait ses vêtements et était étalé sur sa joue droite ; ce n'était pas le sien. Je ne savais pas ce qu'il s'était passé, mais l'envie de faire souffrir des gens pour avoir osé lui faire du mal me prit aux tripes.

Je passai un bras autour de ses épaules, un geste que j'espérais rassurant, avant de la conduire dans le couloir, jusqu'à la salle de bains. Tout du long, elle resta silencieuse et me suivit, comme une poupée. Je savais que je devais garder mon sang-froid, mais j'avais envie de hurler et de détruire ceux qui étaient responsables de son état.

Lilas était d'une pâleur à faire peur et plus encore lorsque la lumière abrupte de la pièce se refléta sur son doux visage. Je l'invitai à s'asseoir sur le bord de la baignoire, le temps que je puisse aller chercher des vêtements propres, ainsi qu'une serviette.

— Lilas ? dis-je doucement. Je vais te retirer tes vêtements, te nettoyer, et ensuite tu prendras un bain tranquillement avant de tout me raconter, si tu veux bien.

Elle n'eut aucune réaction. L'inquiétude grimpa encore d'un cran, j'osai donc la toucher pour lever son visage dans ma direction.

— Princesse ?

Alors, elle leva vers moi ses yeux couleur émeraude remplis de larmes.

— Il me l'a prise, chuchota-t-elle, la voix éraillée par une douleur contenue.

— Qui ?

— Il me l'a prise et il veut te prendre aussi. Il me l'a prise, Evan. Elle est morte sous mes yeux. J'ai été trop lente… Je n'ai pas eu le temps de la protéger comme elle l'a fait depuis mon enfance. C'était à moi de la protéger et je n'ai pas réussi. Et s'il t'enlève à moi, toi aussi ? Qu'est-ce que je ferai ? Parce que je n'aurai plus rien. Plus rien du tout.

Je compris alors qu'elle parlait de la femme qui l'avait élevée et saisis combien c'était grave. Si son père voulait la détruire, alors il s'y prenait à la perfection. En brisant Lilas, il s'assurait de la garder sous son emprise ; les fantômes ne s'enfuient pas. Dimitri Callini était réputé pour semer la terreur mais le voir à l'œuvre sur sa propre chair était révoltant.

— Princesse, écoute-moi : je suis là et il ne m'enlèvera pas à toi.

Soudain, elle s'effondra en pleurs. Je glissai jusqu'au sol avec elle, la calant dans mes bras et la serrant fortement contre moi pour apaiser ses tremblements, sans vraiment savoir si c'était ce dont elle avait besoin. Comment pouvais-je la soulager de cette douleur ? J'aurais voulu la porter à sa place ; j'aurais fait n'importe quoi pour qu'elle retrouve le sourire, pour que son regard soit habité de sa joie habituelle, et qu'elle ne souffre plus jamais.

Je voulais la calmer et l'apaiser, mais je ne savais pas comment faire. Mon impuissance face au désespoir que j'entendais dans ses sanglots me rendait fou.

Quand elle finit par se calmer au bout de terribles et longues minutes, je nous relevai doucement. Je pris sur moi de garder une expression neutre, pour ne pas l'alerter, mais l'envie de la venger me déchirait les entrailles. Je savais qu'à un moment ou un autre il y aurait des victimes innocentes, mais j'aurais préféré la préserver de ce mal bien plus longtemps encore. J'avais tendance à oublier d'où elle venait et qu'elle avait dû en voir autant que moi ; nous étions sur un pied d'égalité en termes de mort et de drame mais, au fond, j'espérais pouvoir l'en tenir éloignée.

Je lui fis couler un bain, puis la déshabillai doucement, prenant soin de ne pas la brusquer. Quand elle entra dans l'eau et que je commençai à lui nettoyer le sang qu'elle avait sur le visage à l'aide d'un gant, elle m'expliqua tout ce qu'il s'était passé, répétant parfois la même phrase en boucle, comme si son état de choc l'empêchait de passer à la suite.

Jamais encore je ne l'avais vue aussi démunie et brisée. Je l'écoutais sans pouvoir rien faire d'autre pour le moment. Je voyais rouge mais je tins bon, même quand je l'emmenai dans mon lit où je restai avec elle jusqu'à ce qu'elle s'endorme, le visage baigné de larmes. Pourquoi son père ne s'en était-il pas directement pris à moi ? J'aurais pu agir, me battre. Ce soir, je ne pouvais ni lui enlever sa douleur, ni aller faire un carnage dans le nid des Callini : ils étaient bien trop nombreux et cela aurait menacé notre plan.

La seule chose qu'il me restait à faire, c'était terminer la programmation de notre départ.

Quand je fus certain qu'elle dormait, je retournai dans le salon où je tentai de vider mon esprit pour me concentrer sur la carte. Alors que j'en arrivais à Bali, Théo m'interrompit en m'appelant :

— Comment elle va ? demanda-t-il d'entrée.

— Très mal. Je ne sais même pas quoi faire pour qu'elle aille mieux.

— Je crois qu'il n'y a rien à faire. Sois là pour elle et c'est tout.

— Ça va me rendre dingue. Je suis fou rien que de penser à l'état dans lequel elle est.

— Je peux le comprendre. (Théo soupira et poursuivit :) Si je t'appelle, c'est pour te prévenir qu'ici tout le monde sait que Lilas t'a rejoint.

— Ce qui nous laisse combien de temps ?

— Pas beaucoup. On a tous été appelés au QG. Je pense que ce n'est qu'une question d'heures avant que son père ne donne l'assaut. On a une réunion d'ici peu, on attend encore quelques gars. Je te tiens au courant s'il y a du nouveau, mais je pense que le mieux est que Lilas rentre le plus tôt possible et que tu files de ton côté. Il faut arrêter tout ça, Evan.

Je souris en comprenant que, pour un seul homme, Dimitri employait les grands moyens. Il savait que je n'étais pas un petit joueur. Je me frottai finalement l'arrière de la tête et lâchai :

— Elle ne rentrera pas.

— Quoi ? Comment ça ?

— Je vais changer de numéro aussi, continuai-je sans lui répondre. Dès que je le pourrai, je te contacterai. En attendant tiens-moi au courant de ce qu'il se passe, tant que ça ne te met pas en danger.

— Quelle connerie tu comptes faire ?

— Aucune. On s'en va rejoindre la liberté.

— Vous n'y arriverez pas. Evan, arrête tes conneries.

— Ne t'inquiète pas pour nous. On a tout prévu.

— Putain, mais tu veux vraiment que ça se termine en bain de sang ?

— Je suis beaucoup plus optimiste que toi, Théo. Tout ira bien.

— On n'est pas dans un putain de conte de fées. Arrête tes conneries, ça ne fonctionnera jamais !

— Tiens-moi au courant de ce qu'il se passe et tout ira bien. Je dois y aller.

Je raccrochai en ayant le temps d'entendre une flopée de jurons. Peut-être qu'il n'y croyait pas, mais moi j'y croyais dur comme fer, et je n'arrêterais d'y croire qu'à mon dernier souffle. Lilas et moi partirions et, ensemble, nous nous construirions une vie simple et heureuse, loin de cette folie. Et si, pour ça, je devais marcher sur mille cadavres, alors je le ferais sans hésiter.

— On devrait partir, maintenant.

Je tournai la tête en direction de Lilas qui se trouvait dans mes vêtements à l'entrée du salon. J'observai ses yeux rougis et ses paupières légèrement gonflées, ses cheveux châtains aux reflets blonds en bataille ; même si elle avait une expression des plus tristes et qu'elle n'était pas en forme, elle restait mon soleil personnel.

Je me levai pour la rejoindre puis passai mes mains sur ses joues avant de tenter de remettre de l'ordre dans ses cheveux. Elle ne devait avoir somnolé qu'une demi-heure, tout au plus.

— Qu'est-ce que tu veux dire ?

— Qu'il ne faut pas attendre demain, mais partir immédiatement. Mon père veut récupérer l'arme que tu as prise à Yuri et, s'il le faut, il viendra la chercher en personne. Je ne veux pas que ça arrive.

Comprenant qu'elle tentait de reprendre le dessus et que passer à l'action l'aidait à aller de l'avant et surtout à ne pas trop cogiter, j'acquiesçai, mais j'avais encore quelques bricoles à faire avant qu'on ne puisse vraiment filer.

— On va s'en aller d'ici quelques heures.

— Plus vite on partira, plus grandes seront nos chances…

Je posai un doigt sur ses lèvres quand la panique se fit entendre. Je compris alors :

— Ton père ne me fera rien. Je n'ai absolument pas peur, parce que je sais tout ce qu'il y a à savoir sur lui, ses méthodes et sa cruauté. Fais-moi confiance, ton père ne nous arrêtera pas.

— Je le connais bien mieux que toi, Evan. Plus vite on partira, plus vite on pourra mettre de la distance.

Je l'observai, puis pensai à tout ce qu'il me restait à faire. Aller voir Logan maintenant ne ferait que retarder le départ, alors j'acquiesçai avant de la serrer contre moi.

— Est-ce que ça va aller pour toi ? demandai-je en sachant combien cette question était idiote.

— Non. Mais je sais aussi que je ne peux rien changer. Plus j'y pense, et plus j'ai l'impression que Victoria savait que ça finirait ainsi…

— Tu crois ?

— Je ne le saurai jamais… Elle a choisi de défier ouvertement Dimitri, de tout lui révéler sur ma mère et de l'accuser devant moi. Peut-être qu'elle était consciente que, même si elle partait, Dimitri l'aurait retrouvée. Je ne sais pas, en fait, je suis perdue, les images tournent dans ma tête sans cesse, j'aurais dû…

— Fixe-toi un objectif à atteindre, princesse, la coupai-je

doucement. Ne laisse pas tes sentiments et ta culpabilité te ronger. Ce n'est en rien de ta faute, même si je sais que tu penses le contraire. Le mieux à faire à présent, c'est d'avancer. Alors en premier lieu, on va se donner l'objectif de quitter la ville. Ça t'aidera à tenir bon.

— Et après ? Quand on aura réussi à quitter la ville ?

— On se dirigera vers l'aéroport. Et je serai là pour te fixer un autre objectif, et encore un autre. Je ferai en sorte d'occuper tout ton temps ; je suis un homme exigeant, qui demande beaucoup d'attention.

Elle secoua la tête, avec un léger éclat de vie dans le regard, qui néanmoins disparut rapidement, alors je déposai un baiser sur ses lèvres.

— Tu n'es pas seule, princesse. Je ne te laisserai jamais seule.

Lilas baissa le visage, le temps d'essuyer ses larmes, puis se cala contre moi tandis que je refermais mes bras autour d'elle. S'il lui fallait partir maintenant pour qu'elle se sente mieux, alors on partirait.

— Tu as toujours ton téléphone ? questionnai-je doucement.

— Oui.

— Il va falloir le laisser ici. On ne prend que le strict minimum, et rien qui pourrait nous tracer.

Elle acquiesça et déposa le téléphone qui se trouvait dans la poche de son jogging sur la table, puis vit la carte.

— Tu as eu le temps de tout préparer ? demanda-t-elle en regardant mes annotations sur le plan.

— La plus grosse partie, oui. Il y aura probablement des ajustements en cours de route mais, d'ici demain soir, on devrait avoir passé la frontière.

— OK. Tu aurais une feuille et un stylo ?

Je lui donnai ce qu'elle demandait et la vis recopier des

numéros de téléphone qui se trouvaient dans son répertoire. De mon côté, je contactai un des gars qui me devait une faveur et lui donnai rendez-vous dans un coin tranquille de la ville. Si je ne pouvais aller voir Logan directement, je voulais tout de même faire passer le message.

Une fois fait, je récupérai un grand sac de sport contenant des vivres, des changes, mais principalement des armes, que je fermai sous les yeux de Lilas.

— Tu as pris tout un arsenal. Tu penses qu'on en aura besoin ?

— Je n'espère pas, mais on n'est jamais trop prudent. On se débarrassera du sac avant d'arriver à l'aéroport. Tu es prête ?

Elle acquiesça, le regard toujours aussi vide. Je savais que le temps adoucirait sa douleur, mais ça me déchirait de la voir ainsi.

— Quelle est la première étape ?

Je passai le sac sur mon épaule, puis rabattis la capuche sur ma tête. En me voyant faire, elle fit la même chose avec mon sweat bien trop grand qu'elle portait, puis je lui indiquai la sortie en lui répondant :

— On passe à la station essence. Pendant que je ferai le plein, tu iras acheter ce dont tu as envie à la station. Ensuite, on quitte la ville.

— Evan… Mon père m'a dit qu'il te laisserait en vie si tu lui rendais l'arme. Tu peux toujours rester ici…

Je pris le temps de fermer l'appartement tout en sachant que je me débarrasserais des clés sur la route, puis lui fis face.

— C'est avec toi ou rien du tout, princesse. Nous deux contre le reste du monde, tu te souviens ?

Enfin.

Enfin je pus voir l'esquisse d'un sourire, qui ne dura qu'une seconde mais me fit un bien fou.

— Alors allons-nous-en loin d'ici, dit-elle avant de m'embrasser.

25

Le trajet jusqu'à la station-service se fit en silence. Assise sur le siège passager, Lilas étudiait silencieusement la carte que j'avais prise avec moi. Quand je m'arrêtai à côté d'une pompe à essence, je lui tendis ma carte de paiement.

— Prends ce que tu veux, en plus de régler le plein. Quand tu auras payé, jette-la à la poubelle, on ne l'utilisera plus. J'ai un dernier détail à régler pendant ce temps ; on se retrouve ici dans dix minutes.

Elle m'observa, curieuse, mais ne me posa aucune question. Quand elle vit que je remettais ma capuche, elle m'imita une nouvelle fois, ce qui me fit sourire. Pour toute réponse, elle haussa les épaules avec l'ombre d'un sourire furtif et sortit de la voiture.

Je descendis à mon tour et surveillai les alentours jusqu'à ce que Lilas soit entrée dans la boutique de la station, puis m'éloignai. Je traversai la route à petites foulées, m'assurant encore une fois que les environs étaient sécurisés. Nous étions en plein milieu de la nuit et, si les quartiers nord semblaient endormis, je savais qu'il n'en était rien. Les magasins avaient beau être fermés, les quartiers nord ne dormaient jamais. Rien ne devait entraver notre départ.

Si je n'avais jamais su dire à Lilas combien je tenais à elle de la manière la plus profonde et intime qui soit, j'espérais qu'elle se rendait compte de ce qu'elle représentait pour moi.

Oui, mon cœur lui appartenait, mais je ne savais pas comment l'aimer, ni de quelle façon le lui dire, parce que j'ignorais comment faire. Elle me rendait vulnérable, me mettant face à un sentiment que j'étais incapable de dompter. Mais je savais que je ferais n'importe quoi pour la préserver et la garder à mes côtés. Me battre et survivre : deux talents que j'avais développés contraint et forcé, et qui allaient servir notre cause.

Au coin d'une rue sombre que la lumière du lampadaire n'atteignait pas, je retrouvai Barbe, un homme qui me devait plus d'un service, voire même sa vie entière. Il me salua d'un signe de tête, l'épaule appuyée contre le pied d'un panneau publicitaire. J'étais presque sûr d'apercevoir un sourire amical mais sa barbe imposante me fit douter.

— Dans quoi tu t'embarques, mon frère ? dit-il sans bouger.

— Rien qui te concerne mais, au passage, je suis content de te voir.

— Moi aussi. Dis-moi ce que je peux faire pour toi.

— Remets ça à Logan.

Je lui donnai l'arme des Russes et il lâcha un sifflement admiratif en regardant l'objet.

— C'est à qui ça ?

— À un clan qui se trouve au sud actuellement. Transmets-lui également ce mot, il explique le principal. Je sais que Logan est agité depuis la soirée sur le bateau. Ces infos pourraient lui plaire.

J'étais certain que Logan sauterait sur l'occasion pour aller semer la zizanie dans le sud. Cela ne faisait que quelques jours que les Russes étaient arrivés et les informateurs de Logan étaient bien trop lents. Je savais qu'en lui révélant que les Callini s'alliaient aux Russes pour lui nuire – un petit ajout de mon cru –, ainsi que l'arme que j'avais dérobée comme preuve, cela suffirait à le convaincre. Logan était intelligent, mais plus encore : il était nerveux et impulsif. Cette provocation nous permettrait d'occuper la famille de Lilas, et de nous faire gagner du temps.

— Tu veux qu'il y ait du grabuge, comprit Barbe.

Je restai de marbre, le fixant sans démentir.

— Peut-être. Ça fait un moment que c'est calme.

— En effet, ça fait bien quelques mois que ça l'est, mais d'habitude tu apprécies ce calme…

— Les choses changent.

— Et je vois que tu es prêt au combat. Pour un peu, tu me foutrais les jetons.

— Remets tout ça à Logan, s'il te plaît.

Lorsqu'il acquiesça, je lui donnai une tape sur l'épaule en guise de salut, puis me dirigeai vers la station pour mettre de l'essence.

Les mains dans les poches, je retournai à la voiture en trottinant. Je lançai un coup d'œil dans la boutique, où je vis Lilas en train de régler ses achats. Je pris la pompe et commençai à remplir le réservoir, la capuche toujours rabattue sur la tête.

Après quelques minutes, Lilas me rejoignit, me désignant le sac qu'elle avait dans les mains.

— Je ne t'ai même pas demandé si tu avais une envie particulière.

Je souris et me penchai dans sa direction comme pour lui souffler un secret :

— J'ai beaucoup d'envies particulières, mais elles attendront.

Elle sourit enfin pour de vrai et secoua la tête. Heureux d'avoir réussi à lui redonner un peu le sourire, même s'il n'atteignait pas encore ses yeux, je me nourris de cette petite victoire, puis repris :

— Ne t'en fais pas, j'ai déjà tout ce dont j'ai besoin. Monte dans la voiture, je finis et on y va.

— Je vais au distributeur, et j'arrive.

Elle déposa le sac, puis se rendit au guichet extérieur d'une banque à une vingtaine de mètres. Je ne la quittai pas des yeux, surveillant nerveusement les alentours : j'étais loin d'être serein.

Après quelques minutes, elle revint vers la voiture et, à l'instant même où elle s'installait, je repérai non loin un SUV noir qui ralentit avant de disparaître hors de ma vue.

Finalement, peut-être que les ennuis arrivaient plus vite que prévu…

J'abandonnai l'idée de finir le plein ; il fallait partir. Je raccrochai la pompe, puis me remis au volant en démarrant rapidement.

Quelques secondes plus tard, une voiture nous prit en filature. Même si la mienne avait un moteur puissant, je savais que je ne pourrais pas les semer et il était hors de question qu'ils nous suivent sur plusieurs kilomètres.

Lilas s'agita quand je grillai plusieurs feux rouges.

— Je comprends que tu sois pressé, moi aussi d'ailleurs, mais se faire arrêter avec toute une artillerie à bord, ce n'est pas une bonne idée.

Je lui jetai un rapide coup d'œil en me demandant comment elle réagirait si elle savait qu'on avait une voiture qui nous suivait.

Mon silence dut l'alerter, car elle se tourna pleinement vers moi et reprit :

— Qu'est-ce qu'il se passe ? Evan, on est deux dans cette histoire. Je suis ta partenaire et loin d'être aussi fragile que tu sembles le penser. Ne me mens pas.

Je n'eus pas le temps de lui répondre, car elle se retourna pour regarder à travers le pare-brise arrière.

— Ils nous suivent, dis-je finalement. Il va falloir soit les semer, soit les arrêter.

— Tu as une idée précise ?

— Tu peux prendre le volant ?

Elle me regarda avec perplexité, ce qui, dans d'autres circonstances, m'aurait fait rire. L'instant était grave. Nous n'avions pas encore quitté les quartiers nord que les ennuis nous collaient déjà au train.

— Tu plaisantes ?

— Absolument pas. Tiens le volant pendant que je passe à l'arrière. La voiture va ralentir, ce qui les rapprochera de nous, mais accélère dès que possible et essaie d'éviter au maximum les embardées.

— Oh ! mon Dieu, souffla-t-elle en posant une main sur le volant.

Je savais que la manœuvre était dangereuse, mais on ne pouvait pas les laisser nous suivre ; les semer étant impossible, je comptais bien les arrêter avant la sortie de la ville.

Elle défit sa ceinture de sécurité en même temps que moi puis, la voyant tenir fermement le volant, je pris appui sur les sièges avant pour me glisser ensuite entre eux. La voiture perdit de la vitesse quand je retirai mon pied de l'accélérateur et Lilas jura à voix basse avant de passer une première jambe du côté conducteur, puis la seconde. Après une petite embardée, la voiture reprit de la vitesse.

J'ouvris mon sac et récupérai un glock, léger, maniable, avec peu de recul, que je chargeai rapidement. J'ouvris ensuite la fenêtre, sous les coups d'œil inquiets de Lilas dans le rétroviseur.

— Continue toujours tout droit, princesse. Préviens-moi si tu dois tourner.

Elle acquiesça et je passai le haut de mon corps par la fenêtre. Avec le vent qui me giflait la peau, je mis quelques secondes pour viser.

Préférant limiter les dégâts humains, je choisis plutôt de viser les roues. Lorsque je tirai et que j'entendis l'éclatement du pneu de la voiture, je restai en position encore un instant pour m'assurer que mon plan avait fonctionné. L'accident n'était pas obligatoire tant que le conducteur réagissait comme il le devait, mais l'arrêt était assuré, ce qui nous permettrait de prendre de l'avance et de nous perdre dans la nature avant que quelqu'un réussisse à nous retrouver.

Soudain, les balles se mirent à voler dans notre direction, ricochant sur la carrosserie, détruisant le rétroviseur droit. Je rentrai à l'intérieur en accusant une douleur fulgurante, puis fermai la vitre, au moment même où deux balles fissurèrent le pare-brise arrière.

Ils avaient donc l'accord de tirer. Je supposai que, l'unique personne qu'ils avaient le droit de descendre, c'était moi. Cette pensée me rassura, je préférais de loin être la seule cible.

— Merde, grognai-je en m'assurant que Lilas n'avait rien.

— Tu vas bien ? demanda-t-elle en haussant la voix.

Le vent qui s'engouffrait dans les deux impacts créait un sifflement aigu désagréable à l'oreille.

— Et toi ?

— Je vais bien, mais tu n'as pas répondu à ma question. Ils se sont arrêtés. Bien joué.

— Continue de rouler, princesse.

Je me débarrassai des quelques petits morceaux de verre qui avaient volé sur moi pour éviter toute coupure, puis laissai reposer ma tête contre le dossier, le temps de faire redescendre l'adrénaline.

— Evan ? Tout va bien ?

— Oui, ça va. Ne t'en fais pas.

Lilas ne dit rien de plus, mais un simple coup d'œil dans le rétroviseur m'indiqua qu'elle s'inquiétait.

Il ne me fallait qu'une petite minute. Juste une petite minute.

Je me concentrai un moment sur le sifflement du vent à travers le pare-brise, essayant de juguler la douleur qui me vrillait les nerfs.

Il nous faudra changer de voiture, pensai-je sans savoir pourquoi je me focalisais sur ce détail secondaire.

— Ce n'était pas des hommes de mon père, m'apprit Lilas, toujours concentrée sur la route. Je suis presque sûre qu'il s'agissait de Yuri.

— Tu penses que les Russes pourraient s'allier à ton père pour te retrouver ?

— Sans aucun doute, oui. En quittant ma famille, je suis devenue une traître. D'autant plus que je devais me marier. Je fais donc un affront à deux familles : la mienne mais aussi celle des Pavelevitch. Je suis désolée.

— Je m'en fiche totalement, Lilas. Il pourrait y avoir mille hommes à nos trousses que ça ne changerait rien, tant que tu es avec moi.

J'espérais tout de même que Logan agirait avant que les deux clans sortent l'artillerie lourde pour se lancer à notre poursuite.

Je fermai un instant les yeux et, reprenant contenance, je relevai la tête pour regarder autour de moi. Je déposai finalement mon arme sur la banquette et me décidai à étudier de plus près ma blessure.

Elle saignait abondamment. Mauvais signe.

J'appuyai fort de mon autre main pour juguler l'hémorragie, en jurant intérieurement. Comment allais-je pouvoir cacher cela à Lilas ? Assurément, elle s'inquiéterait d'autant plus en voyant tout ce sang. J'étais en colère contre moi-même ; comme un débutant, j'avais laissé une de leurs balles m'atteindre.

Notre fuite commençait mal…

26

J'essuyai ma main couverte de sang sur mon pantalon noir ; il fallait que je me soigne avant de perdre trop de forces.

Serrant les dents, je reposai ma tête en arrière dans l'espoir de voir s'atténuer la douleur cuisante qui parcourait mon bras et s'insinuait jusque dans mon dos.

— Evan, je vois ton visage. Qu'est-ce qui ne va pas ?

Je ne pouvais pas lui cacher et pourtant je voulais éviter qu'elle s'inquiète. Malgré tout, elle finirait par le voir tôt ou tard, alors je soupirai et, dans un effort qui me parut surhumain, je repassai à l'avant. Je n'avais aucune souplesse et, avec la blessure, ce fut tout simplement de la torture.

Quand je fus enfin installé sur le siège passager, je soupirai et lui jetai un coup d'œil. Ses yeux revenaient sans cesse de la route à moi.

— Ta main, souffla-t-elle en voyant ce que je cherchais à dissimuler.

— J'ai pris une balle, en effet.

— Où ça ?

— Le bras.

— Il faut s'arrêter. On va s'arrêter. Ou bien on va à l'hôpital…

La panique que j'entendais monter dans sa voix était tout ce que je redoutais. Elle avait vécu beaucoup trop d'émotions en une seule nuit et le moindre accro pouvait rapidement la faire craquer.

Je posai ma main sur la sienne, ignorant le sang qui s'y trouvait, ce qui la fit taire. Ses yeux humides se posèrent sur moi brièvement quand je lui dis :

— On ne va pas s'arrêter maintenant. Il faut continuer, princesse, et je te promets que je vais bien. Je souffre un peu, mais la balle n'est pas dans mon corps. Elle est ressortie.

— Tu saignes, Evan, me dit-elle presque en colère. Une blessure par balle peut être dangereuse ! Une artère pourrait être touchée, ou bien tu pourrais attraper le tétanos ou que sais-je encore ! Ce n'est pas un jeu, c'est de ta vie dont il est question et je refuse que tu meures. Tu m'entends ? Je t'interdis de mourir.

Je lui fis un sourire que j'espérais rassurant mais, à la vue de son visage angoissé, je supposai que cela n'avait pas d'effet.

— Je ne vais pas mourir et, si ça peut te rassurer, je suis vacciné contre le tétanos. Aucune artère n'a été touchée, le saignement serait bien plus abondant, je sais de quoi je parle. Crois-moi quand je te dis que je vais bien. On quitte la ville et, dans une heure, on fera un arrêt pour quelques soins, mais pour le moment on doit absolument prendre de la distance.

Elle renifla puis mit quelques minutes avant de céder.

— OK, on s'arrête dans une heure, mais pas plus. Tu ne dors pas et tu me parles tout le temps. On profitera de la pause pour changer de voiture ; ils ont probablement relevé la plaque et le modèle, et tous ces impacts de balles vont attirer l'attention sur nous.

Je m'appuyai plus confortablement en l'observant, surpris et fier d'elle à la fois. Malgré tout ce qu'elle avait vécu ces dernières heures, Lilas gardait la tête sur les épaules et faisait preuve d'un sens pratique très précieux. Je découvrais une partie d'elle que j'adorais. Sûrement parce qu'elle raisonnait de la même manière que moi, mais venant d'elle je trouvais ça sexy.

Je compressai ma blessure à l'aide de ma main et priai intérieurement pour qu'en séchant le sang ne colle pas mes vêtements à la plaie.

— On devrait prendre l'autoroute, dit-elle en réfléchissant. Ce serait plus rapide et on gagnerait du temps.

— Ils connaissent notre voiture et les gares routières sont bourrées de caméras, ils pourraient nous tracer rapidement. Surtout qu'à présent ils savent quoi chercher.

Elle grogna, mécontente, puis acquiesça :

— Tu as raison.

Elle prenait sur elle pour ne pas paniquer, mais je savais qu'elle était morte d'inquiétude. J'avais hâte de faire notre première courte halte, pour que nous puissions reprendre la route plus sereinement. Je détestais la voir ainsi, surtout quand je ne savais pas comment la rassurer.

— Regarde, lui dis-je en désignant le panneau indiquant la sortie de la ville.

— Enfin.

Elle parvint à sourire légèrement, puis se concentra sur la route, me jetant régulièrement des coups d'œil inquiets. Je ne pouvais pas lui en vouloir, si les rôles avaient été inversés, j'aurais probablement fait de même.

— Qu'est-ce que tu penses de Bali ? interrogeai-je.

— Quoi ?

— Bali. Ça ne te dirait pas d'y aller ?

— Si… Mais pourquoi cette question ?

— Quand on arrivera à l'aéroport, on devrait avoir le choix entre trois destinations : Moscou, Bali avec une escale ou l'Égypte.

— Moscou, c'est hors de question, refusa-t-elle catégoriquement en secouant la tête. Les Pavelevitch nous cueilleraient à la sortie de l'aéroport. J'aimerais beaucoup voir les pyramides, mais le plus loin sera le mieux. Bali me semble parfait.

Je souris, satisfait. J'avais prévu un retard de quelques heures dans notre itinéraire, même si je n'avais pas pensé qu'il serait causé par une blessure par balle.

Le silence dura un moment et, si elle me posa quelques questions pour se mettre à jour concernant notre plan de route, l'heure tardive finit par m'assommer. Je n'avais pas vraiment dormi ces deux derniers jours, mais ce n'était pas maintenant que je comptais fermer les yeux. Lilas m'assassinerait sûrement si elle me voyait m'assoupir.

— Evan ? Tu crois vraiment qu'on va y arriver ?

— Bien sûr. Je ne suis pas suicidaire. J'aurais probablement cherché mille autres plans si j'avais pensé un instant que celui-ci ne fonctionnerait pas. Pourquoi, tu n'y crois pas ?

— Au contraire, j'y crois. Mais j'ai l'impression que la vie ne fait que nous mettre des bâtons dans les roues. Et que ça devient de pire en pire.

— Tu ne penses pas au contraire que la vie nous a mis des bâtons dans les roues plus jeunes parce qu'on courait à notre perte ? Oui, j'ai le sentiment d'avoir perdu des années sans toi – années que je compte bien rattraper – mais je pense surtout que ce n'était pas le bon moment. On va y arriver, princesse. On a tous les deux changé, évolué et gagné en expérience. On va y arriver. Je ne tolérerai pas qu'il en soit autrement.

Elle tourna son visage dans ma direction et, malgré la nuit, je vis combien mes mots la revigoraient. Elle y croyait, elle aussi, elle avait juste peur de nourrir de faux espoirs, mais je m'assurerais que ses craintes restent infondées.

— La vie nous joue tout de même un sale tour, tu ne trouves pas ?

Je haussai les sourcils, sans comprendre, alors elle poursuivit :

— Tout était fait pour qu'on ne se rencontre jamais : je suis la fille d'un grand mafieux du sud de la ville, prisonnière de sa villa, et toi, un gamin des quartiers nord. Jamais nos routes n'auraient dû se croiser.

— Je ne pense pas que ce soit un hasard si on s'est rencontrés ce jour-là sur la plage. Ni si on s'est retrouvés sept ans plus tard.

— Si seulement j'étais retournée sur la plage après notre fuite ratée… On se serait retrouvés bien avant et peut-être que la partie serait déjà finie.

— Les choses se sont passées ainsi pour une bonne raison. La partie n'est pas encore finie, mais cette fois-ci je peux le dire : j'ai déjà tout gagné, princesse.

Elle me lança un regard plus puissant que mille mots. Par amour, nous étions contraints de jouer un jeu dangereux, possiblement mortel.

Je tentai de lui changer les idées durant un moment, jusqu'à ce qu'elle mette son clignotant, pour entrer sur un parking sombre, où un seul lampadaire éclairait faiblement un espace immense.

— Ça fait une heure, dit-elle en se détachant. Comment va ton bras ?

— Toujours douloureux, mais ça ira mieux quand mon infirmière préférée me fera les soins dont j'ai besoin.

— Est-ce qu'on a ce qu'il faut ?

— Oui. J'ai aussi pensé au pire.

Je descendis de la voiture et lui indiquai la trousse médicale dans le coffre. Il s'agissait d'une grande pochette en toile blanche, où j'avais réuni tout le nécessaire de secours ainsi que quelques médicaments.

Lilas récupéra la pochette pendant que je me lavais les mains pour faire partir le sang qui avait séché, puis elle m'ordonna d'un regard de m'asseoir sur le bord du coffre ouvert.

Il me fallait encore me déshabiller, ce que je redoutais. Garder mon bras immobile me permettait de ne pas réveiller la douleur, mais le moindre mouvement rendait la souffrance presque insoutenable.

Lilas descendit la fermeture Éclair de ma veste jusqu'en bas, avant de m'aider à la retirer en douceur. Pour ce qui était de mon T-shirt…

— Déchire le vêtement, dis-je en serrant les dents. Je ne pourrai pas lever les bras.

Elle acquiesça en souriant doucement. Je lui pinçai la hanche en représailles et demandai :

— Tu te réjouis de ma souffrance ?

— Pas du tout, répondit-elle en venant se placer entre mes jambes. J'étais en train de me dire que ça faisait un moment que je rêvais de pouvoir t'arracher tes vêtements.

Je me mordis la lèvre inférieure pour retenir un sourire, sans y réussir toutefois. Il n'y avait qu'elle pour me faire cet effet et, chaque fois, la facilité avec laquelle elle y parvenait m'étonnait.

— Fais-toi plaisir, dans ce cas. Déshabille-moi.

Je passai les doigts de ma main droite sous son sweat, cherchant la douce chaleur de sa peau. Pour toute réponse, elle referma brusquement les lames des ciseaux devant mon nez.

— Laisse-moi me concentrer. J'ai une arme entre les doigts.

Je retirai ma main que je levai en l'air, puis je souris en observant chacune de ses expressions. Concentrée, elle se mit à découper mon vêtement avec un calme et une implication que je ne lui avais jamais vus, pendant que je serrais les dents à m'en faire mal à la mâchoire.

— C'est moche, finit-elle par dire en soupirant.

La curiosité prenant le dessus, je jetai un coup d'œil à mon bras gauche ; la balle avait traversé mon triceps, déchiquetant la peau au passage. Le trou n'était pas net, c'était comme si elle avait explosé dans mon bras, en faisant un maximum de dégâts autour.

— Ça va aller ? demandai-je.

— Oui, je vais te réparer.

— Ce serait dommage que ton jouet reste cassé, en effet.

Elle sourit en se désinfectant les mains, puis prit un paquet de coton et du désinfectant pour nettoyer la plaie.

— Exactement. À quoi bon te garder si tu ne sers plus à rien ?

— Saleté, grognai-je, ce qui déclencha son rire.

Lilas nettoya la plaie avec des gestes doux mais assurés, qui me torturaient malgré tout, puis secoua la tête.

— Ça saigne encore et il te faut des points de suture. Tu es sûr de ne pas vouloir aller à l'hôpital le plus proche ? Ça ne prendrait pas longtemps.

— J'en suis sûr, princesse. Tu gères très bien la situation.

Elle marmonna quelque chose que je ne compris pas et que je ne cherchai pas à comprendre. Aller à l'hôpital était beaucoup trop risqué, je m'y refusais.

Quand mon bras fut compressé et entouré d'un bandage, je récupérai une autre veste dans mon sac, puis m'assis à nouveau sur le bord du coffre ouvert, où Lilas rangeait le matériel. Quand elle eut fini, je la ramenai entre mes jambes et glissai une nouvelle fois ma main sous son sweat. Sentir sa peau m'était nécessaire, sans que je sache pourquoi.

— Comment tu vas ? demandai-je en levant la tête pour capter son regard.

— Tu as pris une balle et c'est à moi que tu demandes ça ?

— Ce n'est qu'une blessure physique qui guérira. Ce n'est pas important. Ce qui m'importe, c'est toi. Alors : comment tu vas ?

Elle prit une courte inspiration et fuit mon regard un bref instant, avant de hausser les épaules.

— Je pense à Victoria à chaque seconde, mais je refuse que son « sacrifice » soit vain. Je voulais déjà cette vie avec toi, loin de nos clans respectifs, mais aujourd'hui je sais que s'il me faut pour réussir gravir des montagnes, alors je le ferai.

— J'en suis heureux. Tu sais, j'aurais respecté ton choix, si tu avais décidé de rester auprès des tiens.

— Je n'ai plus peur, Evan. Enfin… J'ai peur quand tu te prends une balle, quand tu te mets en danger, ou j'ai peur qu'il t'arrive quelque chose, mais je sais ce que je veux pour nous. C'est ce que j'ai toujours voulu au fond, sans jamais vraiment avoir osé y croire.

J'acquiesçai, content de la voir reprendre le contrôle, puis tirai légèrement sur son sweat pour la rapprocher encore plus de moi.

Quand je l'embrassai, elle passa ses petites mains dans mon dos et me serra fortement. Si elle me fit mal sans s'en rendre compte, je ne dis rien, la savourant, elle.

Sa bouche et son goût… J'en étais totalement dépendant.

— On peut reprendre la route ? chuchotai-je contre ses lèvres.

— On peut.

— Je vais conduire. Tu as besoin de te reposer.

— Avec ton bras blessé ? Hors de question. *Tu* vas te reposer pendant que *je* conduirai.

Je souris face à son ton sans appel.

J'abdiquai alors, faisant l'effort de la laisser mener la danse. Elle était ma partenaire, mon amante et la femme que j'aimais. Ce n'était pas simplement elle avec moi, mais nous deux, ensemble. Peut-être avait-elle besoin de garder un minimum de contrôle sur la situation et peut-être que, de mon côté, je devais arrêter de la surprotéger.

Je le savais : l'attaque isolée de ce soir n'était rien comparée à l'armée qui arriverait à un moment donné. Surtout si les Russes se mêlaient à l'histoire.

Pour éviter le pire, il fallait désormais que tout se passe sans embûches pour que mon plan puisse fonctionner et qu'on ait une chance d'y arriver…

27

Je ne dormis que peu de temps. Le repos me paraissait subsidiaire et, même si je savais qu'il nous faudrait reprendre des forces à un moment donné, je n'arrivais tout simplement pas à mettre mes pensées en sourdine.

Lilas le vit aussi et m'en fit la remarque :

— Tu sais, il est préférable que tu sois au mieux de ta forme si quelque chose arrive. Je te réveillerai sans faute s'il y a la moindre biche suspecte.

Je savais qu'elle avait raison, mais il n'y avait rien à faire, mon corps et surtout ma tête étaient continuellement en alerte. J'étais prêt à mener tous les combats, même si aucun n'était en vue dans l'immédiat.

Le soleil se levait doucement, pourtant la forêt que nous traversions était sombre et pas un chat ne se profilait à l'horizon. La route était continuellement droite et parfois on tombait sur un village qui semblait perdu au milieu de nulle part. Tous ces changements de décor me firent ressentir comme un goût de vacances. Même s'il n'en était rien, c'était plaisant d'imaginer que c'était le cas.

On s'arrêta en fin de matinée, quand je vis Lilas beaucoup trop fatiguée pour continuer à conduire. On grignota un peu, et on passa rapidement dans un minuscule magasin où on acheta des vêtements, surtout pour Lilas, qui n'avait rien d'autre que mes affaires sur le dos. Je pris le volant pour le reste de l'après-midi, et Lilas s'endormit pour de bon quelques kilomètres après être repartis. Elle non plus ne dormit pas longtemps et, finalement, on passa le plus clair du temps à se chamailler sur la musique à écouter, ou se taquiner sur des choses futiles. C'était presque banal. Et c'était beaucoup plus que plaisant.

Si prendre les petites routes nous ralentissait, alors qu'en temps normal une demi-journée aurait suffi pour arriver à la frontière, j'étais persuadé que nous avions fait le bon choix. Le trajet se faisait bien plus tranquillement que je ne l'avais prévu. Je ne savais cependant pas si c'était une bonne chose ou non, je restai donc toujours en alerte. Le soir arriva et, avec lui, le moment de faire une vraie pause pour dormir.

— Le premier arrêt ?

J'acquiesçai en étirant avec soulagement mes jambes quand on s'arrêta au pied d'un petit bâtiment de deux étages. Lilas l'observa à travers la vitre et haussa les sourcils.

— Je n'ai jamais dormi dans un hôtel autre que celui de Tahiti. Je croyais que les hôtels miteux dans ce genre n'existaient que dans les films.

— Il n'y a pas beaucoup de choix dans les petits villages mais j'ai vu des photos et ce n'est pas si mal, je crois.

Elle haussa les sourcils dans ma direction, tandis qu'en réponse je lui fis un clin d'œil. Je me fichais pas mal du confort, mais pour Lilas qui n'avait connu que ça… J'imaginais que ça pouvait être déroutant.

Je récupérai mon arme, dont j'activai la sécurité, puis la glissai dans mon pantalon.

— Je devrais avoir une arme, moi aussi, même si j'ai horreur de ça, dit-elle en me regardant faire.

— Laquelle ?

— Je sais manier les glocks et les mitraillettes. Je suppose que les autres aussi, mais j'ai appris avec les deux premiers.

Surpris par cet aveu, je me figeai en l'observant.

— Les mitraillettes ?

— Oui, opina-t-elle. Je ne sais pas vraiment pourquoi j'ai voulu apprendre avec cette arme, mais c'est la toute première que j'ai eue dans mes mains.

— C'est un peu compliqué à cacher.

— Je vais opter pour le glock, alors.

Elle me fit un sourire franc et sincère, qui cachait sûrement une part de fierté. Elle récupéra dans le sac le plus petit modèle, qu'elle fourra dans sa poche.

— Allons-y, dis-je en sortant de la voiture.

Le quartier semblait animé, de la musique inondait les rues et, même si la nuit était tout juste installée, beaucoup de monde circulait en direction de ce qui ressemblait à une grande place.

— Pour un petit village, il y a pas mal d'animation, dit Lilas en regardant autour d'elle.

Je retins ce commentaire et surtout son regard curieux en direction de la place, avant d'entrer dans l'hôtel.

La chambre qu'on nous donna était plus confortable qu'elle ne le paraissait sur les photos du site de l'hôtel. Le lit avait l'air correct, même si les draps semblaient défraîchis et avaient une drôle d'odeur ; et la douche était propre. Les couleurs de la pièce étaient banales : d'un blanc cassé, avec des touches de bleu sur les rideaux ou la moquette. Ce n'était pas grand mais, pour une seule nuit, c'était plus que convenable.

Pendant que Lilas allait prendre une douche, je descendis à l'accueil pour passer un coup de fil. Il fallait que je sache où on en était. Le réceptionniste observa à plusieurs reprises mon bras gauche que je gardais contre moi, immobilisé.

Je composai le numéro de Théo, qui décrocha rapidement :

— C'est moi.

À l'autre bout du fil, je l'entendis soupirer.

— Comment tu vas ?

— On va bien. Et de ton côté ?

— C'est la merde. Si vous vouliez retourner l'univers, vous avez réussi.

— Ils en sont où dans leurs recherches ?

— Plusieurs groupes ont été constitués. Je ne fais pas partie de l'équipe de chasse, donc je ne pourrais pas te dire grand-chose, mais j'essaie de me renseigner. Je sais simplement qu'ils sont tous partis en direction de la frontière et qu'ils ont ta plaque de voiture.

— Ils sont combien ?

— Les Callini et les Russes. Beaucoup trop pour pouvoir les compter. La bonne nouvelle, c'est que Logan les a retardés et que vous avez une bonne longueur d'avance. Dimitri m'a demandé de m'occuper de Logan. Il ne comprend pas pourquoi il nous a attaqués à ce moment précis…

Je ris doucement, ce qui fit grogner Théo.

— OK, tu y es pour quelque chose, je suppose.

— Oui, et si ça les a retardés, alors tant mieux.

Un court silence s'installa, où j'imaginais parfaitement mon ami faire les cent pas, inquiet. Il reprit :

— Je ne sais pas où vous êtes et il est préférable que tu ne me le dises pas, mais mec… fais attention à toi et à Lilas. J'ai confiance en toi, mais aucunement dans le choix que vous avez fait tous les deux.

— Je sais. Je dois y aller, je te rappellerai dès que je le pourrai.

On raccrocha sans se dire au revoir ; on savait que cette conversation était peut-être la dernière. Théo était l'un de mes plus proches amis et, si on avait fini par prendre des chemins similaires et pourtant différents, ça ne changeait rien au fait qu'il était pour moi comme un membre de ma famille.

Quand je remontai dans la chambre, l'humidité de la salle d'eau se fit directement ressentir. La porte entrouverte m'indiqua que Lilas avait terminé, alors j'entrai dans la pièce et croisai son regard dans le miroir.

Elle n'était vêtue que d'une simple serviette qui tenait par un nœud sur sa poitrine. Depuis la veille au soir, je m'interdisais d'éprouver le moindre désir pour elle ; elle avait eu une nuit bouleversante et ses émotions étaient chamboulées, ce n'était pas le moment de lui sauter dessus. En moi, l'homme qui rêvait de la posséder se calma à regret, mais une fois l'esprit clair je m'approchai dans son dos et l'embrassai dans le cou. Ce n'était pas une bonne idée, car sa proximité, dans cette tenue des plus sexy, me mettait en feu.

— Tu es belle, princesse.

Je laissai le désir pulser dans mes veines puis, après lui avoir donné un second baiser à la base de la nuque, je fis un pas en arrière. Si je savais jouer avec le feu, j'avais quand même des limites : je ne voulais pas que mes mains se baladent par accident, ce qui arriverait forcément si je restais trop proche.

Quand je croisai à nouveau son regard dans le miroir, ses yeux verts étaient bien plus sombres. Je connaissais ses prunelles et ses expressions par cœur… Et si elle continuait de me regarder ainsi, je n'allais plus pouvoir me contrôler.

— Arrête de me regarder comme ça, dit-elle doucement.

— Comment je te regarde ?

— Comme si tu allais faire de moi ton prochain repas.

Comprenant que j'étais beaucoup trop transparent avec elle, je fermai les yeux en m'appuyant contre le mur.

Ce n'est pas le moment, me répétai-je en pensant à tout ce qu'elle avait traversé.

Mais quand je rouvris les yeux, elle se trouvait à quelques centimètres de moi, le sourire aux lèvres.

Alors j'oubliai mes bonnes résolutions et me décollai du mur pour l'embrasser avidement. De ma main libre, je la serrai contre moi avec une seule envie : celle de lui arracher cette serviette mais, pour ne pas la brusquer, je pris mon temps.

Ma main descendit le long de son dos sur le tissu moelleux puis s'arrêta sur le haut de sa cuisse, à l'endroit où la serviette ne la couvrait plus. Je la remontai alors en direction de ses fesses et elle se figea un instant, prise d'un frisson, avant de m'embrasser avec plus de ferveur.

Je voulus utiliser mon autre main, pour pouvoir la toucher partout, mais la douleur me rappela à l'ordre. Elle le remarqua et fit un pas en arrière. Cet espace soudain me frustra au plus haut point. Je sentais le sang pulser dans mon sexe déjà dur et gonflé, coincé dans mes vêtements.

Quand une de ses mains remonta en direction du nœud de sa serviette, tout mon corps se tendit. Elle tira dessus et la serviette se détacha, tombant au sol. Je détaillai son corps nu, perdant le fil de mes pensées. Je savais que je la dévorais complètement sans même la toucher, et ceci finit par la mettre légèrement mal à l'aise. Je m'approchai d'elle et l'embrassai avec passion.

Elle m'aida à enlever la veste sous laquelle je ne portais rien, puis elle récupéra mon arme toujours bloquée dans mon pantalon, pour la déposer plus loin. Tout ce qui m'importait, c'était Lilas. Nue.

Bien vite, elle tira sur l'élastique de mon jogging pour le faire descendre. Elle semblait pressée, impatiente, désireuse de plus, et vite.

Avant qu'elle ne puisse me toucher et que je ne réponde plus de moi, je la retournai contre moi, pour la torturer un peu. Son dos contre mon torse, je l'embrassai dans le cou en lui caressant la poitrine, toujours aussi frustré de ne pouvoir utiliser ma seconde main.

Son souffle se coupa d'anticipation quand je glissai lentement ma main le long de son ventre puis de sa hanche. Dans le reflet du miroir, je vis ses yeux se fermer, puis elle agrippa le bord du lavabo quand je plongeai mes doigts en elle.

Une de ses mains quitta le lavabo pour m'agripper la cuisse avec force. Je grognai dans son cou ; l'idée même du plaisir que je lui offrais me faisait perdre l'esprit.

Lorsqu'elle laissa échapper un gémissement de plaisir, je la mordis à l'épaule puis quittai son entrecuisse et, bien vite, elle se tourna d'elle-même avant de s'appuyer sur le lavabo. Je regardai le mobilier en me demandant brièvement si ça tiendrait le coup, puis m'approchai d'elle en appréciant l'invitation de ses jambes écartées et, bien plus encore, la sensation de ses doigts quand elle prit mon membre dans sa main pour le caresser et le guider en elle.

La vue qu'elle m'offrait sur son corps nu était sublime ; je vis mon membre la pénétrer avec lenteur et cette image faillit me faire vriller. Je repris possession de sa bouche et, m'enfonçant un peu plus loin en elle tandis que ses ongles griffaient la peau de mon dos en me faisant frissonner et que ses jambes entouraient mes hanches, je passai un bras autour de sa taille pour l'attirer plus près de moi.

Mon envie d'elle me faisait perdre la tête, et le soulagement d'être en elle laissa place au besoin d'atteindre le point de non-retour. Le besoin de me perdre avec elle, dans un nuage de plaisir.

Je compris cependant au premier coup de reins que le lavabo ne serait définitivement pas assez résistant, alors je la serrai contre moi d'un bras et elle resserra les siens autour de moi ainsi que ses jambes. Je la soulevai et ignorai la douleur provoquée par l'effort. On rejoignit la chambre, puis je nous laissai tomber sur le lit et j'entendis son rire dans mon oreille.

Je l'observai, heureux de la voir ainsi à nouveau.

Contre ses lèvres, je dis :

— Je tuerais pour entendre ce rire.

Elle m'embrassa en retour, et je la pénétrai d'un puissant coup de reins, savourant sa chaleur brûlante. Si, jusque-là, j'avais toujours été très délicat parce qu'elle n'avait pas eu d'expérience avant moi et que je craignais plus que tout de lui faire mal, aujourd'hui je savais ce qu'elle aimait. Et elle était beaucoup trop excitante pour que je me retienne. Ses soupirs et ses gémissements alimentaient le feu de mon désir et je suçotai un de ses seins, puis m'arrêtai un instant pour prendre un meilleur appui et pouvoir accélérer encore. Je m'aidai de mon bras blessé et ne ressentis aucune douleur ; le plaisir saturait tout mon système nerveux.

Lilas, voyant que je sollicitais mon bras, bascula pour s'installer sur moi. Je la laissai faire, bénissant ces petites secondes de répit qui m'aiderait à ne pas jouir trop vite. Assise sur moi, elle posa ses deux mains sur mon torse et, ses yeux verrouillés aux miens, elle commença à onduler des hanches. La sensation de chaleur qui se répandait dans mon ventre était exquise, tout comme son expression envoûtante. Je l'accompagnai en perdant le peu de raison qu'il me restait. J'aurais voulu que jamais ce moment ne s'arrête ; j'aurais voulu avaler ses seins tout entiers. Je me redressai alors pour assouvir cette dernière envie tandis que Lilas me chevauchait de plus en plus vite.

Lorsque je me rallongeai, j'observai nos corps se rencontrer de la manière la plus charnelle qui existât. La tête renversée en arrière, Lilas semblait presque au comble du plaisir, alors je l'accompagnai plus rapidement encore, la sentant se contracter autour de mon membre, décuplant mon excitation.

Elle s'abandonna à la jouissance qui la submergea et, si je voulais la regarder jusqu'au bout, l'image était tellement excitante qu'elle déclencha mon propre orgasme. L'explosion fut brève, mais si intense qu'elle me parut durer des heures.

Lilas retomba finalement sur mon corps en sueur, la respiration saccadée, et le cœur frénétique. Ses jambes tremblaient, comme toujours, mais je souris en sachant que c'était seulement le temps pour elle de retomber sur terre.

— Je crois bien que mon jouet n'est pas cassé, murmura-t-elle avant de rire.

Je la pinçai à la cuisse en souriant, sans avoir la force de me battre. Elle se tourna sur le ventre, et posa son visage sur mon épaule.

— Il faut qu'on change ton pansement. On dirait que ça a pas mal saigné.

— Je vais aller prendre ma douche ; je le changerai ensuite.

— Je peux venir avec toi ?

Je souris et croisai son regard émeraude brillant d'une lueur coquine. Finalement, la nuit ne s'annonçait pas si reposante…

J'émergeai vers deux heures du matin, dans un lit vide, ce qui finit de me réveiller complètement. Inquiet de n'entendre rien d'autre que la musique à l'extérieur, j'ouvris les yeux à la recherche de Lilas, que je trouvai campée à côté de la fenêtre.

Je me souvins de son regard curieux à notre arrivée et, après quelques minutes – le temps de tester mon bras qui me faisait toujours autant souffrir –, je sortis du lit et enfilai mon jogging. Je rejoignis Lilas, arrivant dans son dos, et déclenchai son sourire quand je l'embrassai dans le cou.

Je suivis son regard, posé sur les festivités de la grande place, et l'interrogeai :

— Tu veux aller faire un tour ?

Elle haussa les épaules avant de répondre :

— Je sais qu'on devrait se reposer, mais je n'arrive pas à trouver le sommeil.

— Tu n'as pas du tout dormi ?

— Si, mais pas très longtemps.

— Alors, allons faire un tour à cette fête. On n'a pas mangé, on peut grignoter quelque chose là-bas.

Elle me lança un regard ravi et acquiesça.

— Faisons ça, oui.

Elle passa un jean et une chemise achetés la veille, quand de mon côté je ne fis aucun effort et enfilai juste une veste. Avec mon bras qui me faisait toujours souffrir, cela ne me laissait pas vraiment le choix.

Je profitai de notre sortie pour aller déposer nos affaires dans la voiture.

Si on ne dormait plus, autant reprendre la route au plus vite. Je n'oubliais pas que des gens étaient à nos trousses et que moins on tardait, mieux c'était.

La place du village ressemblait à une cour de château médiéval avec ses pavés vieillots et les maisons à étages qui l'encadraient. Des grandes tables avaient été installées pour qui souhaitait manger, et un peu plus loin, des gens dansaient.

J'achetai deux assiettes de paëlla, avant de rejoindre Lilas qui avait pris place à l'une des tables, le regard rivé vers ces personnes qui dansaient en riant. Je n'arrivais pas à déterminer si elle les enviait, ou si c'était de la pure curiosité.

Elle me sourit quand elle me vit revenir :

— Je n'ai jamais assisté à ce genre d'événement. Les gens semblent tellement insouciants et… heureux.

Elle picora dans son assiette plus qu'elle ne mangea, tandis que mon regard scrutait tout ce qui nous entourait. Je voulais que Lilas profite de ce moment, mais je restais prudent.

— Tu viens danser avec moi ?

D'abord surpris, je secouai vivement la tête.

— Non, hors de question.

— Allez, viens !

Elle se leva et se plaça à mes côtés en riant.

— Juste une danse.

— Je suis un horrible danseur, princesse. On va avoir l'air ridicules.

— Je m'en fiche.

Elle passa ses mains autour de ma nuque, quand un vieil homme s'approcha de nous.

— Jeune homme, on ne laisse pas une jolie fleur à table. Si vous ne voulez pas l'emmener danser, alors je me ferai un plaisir de l'accompagner, avec son accord, bien sûr.

Lilas éclata de rire et je la regardai suivre ce vieil homme, heureux d'avoir une cavalière aussi belle.

Je les observai un moment sans pouvoir m'empêcher de sourire : Lilas riait, s'amusait et je chérissais cet instant.

Surveillant les alentours, je repérai un homme habillé en

noir, qui ne collait pas du tout avec le décor. S'agissait-il d'un vigile ou d'un membre du service d'ordre qui s'assurait du bon déroulement de la fête ? Non : il était seul.

Dissimulé dans un coin sombre, l'homme cherchait à être discret. Je suivis son regard et tombai sur Lilas ; il sortit son téléphone.

La parenthèse de tranquillité était terminée.

28

J'observai fixement Lilas, attendant quelques secondes qu'elle croise mon regard pour placer ma capuche sur la tête. Elle comprit immédiatement le message et s'arrêta de danser mais, par de petits mouvements de la main, je lui indiquai de continuer et de surtout faire comme si de rien n'était.

Une fois que je la vis acquiescer, je me levai, puis me dirigeai vers l'hôtel, soulagé d'avoir mon arme avec moi. Je comptais tout faire pour éviter d'avoir à m'en servir – je ne voulais pas avertir tout le village ni gâcher la fête – mais, en cas de besoin, je pourrais me défendre. Je savais que nos ennemis, eux, n'hésiteraient pas, la douleur de mon bras me le rappelait à chaque seconde.

Si j'avais repéré un premier homme, je pouvais être sûr qu'un second au minimum se trouvait dans les parages, et je priai silencieusement pour qu'ils ne soient pas plus nombreux.

Je bifurquai avant d'arriver dans la rue de l'hôtel, contournant la grande place où la fête se déroulait. À l'abri des regards, je sortis mon arme, sur mes gardes, et empruntai une ruelle sombre qui, je l'espérais, me rapprocherait de l'endroit où j'avais vu l'homme.

Je débouchai sur la place près de l'endroit où s'était trouvé l'homme, mais nulle trace de lui ; je fis demi-tour et, au même instant, je reçus un coup de poing magistral.

Déstabilisé, je lâchai mon arme mais, oubliant la douleur de mon bras – l'adrénaline aidant –, je bloquai sa nouvelle attaque avant de lancer mon poing à mon tour.

L'homme ne faisait pas un bruit, silencieux au possible et contrôlant chacun de ses mouvements ; je faisais de même, je ne voulais en aucun cas alerter qui que ce soit.

L'avantage s'offrit bientôt à moi, et quand je passai mon bras autour de son cou, je m'assurai de serrer assez fort pour qu'il ne puisse plus se débattre. Bientôt, ses forces le quittèrent et je laissai retomber son corps sur le sol, notant au passage le tatouage qu'il avait sur la main.

Je le regardai un instant, cherchant à savoir si je l'avais un jour croisé, sans qu'aucun souvenir ne me revienne, puis je remis ma capuche qui s'était enlevée pendant la bagarre. Je rejoignis la grande place et retournai m'attabler au même endroit que précédemment.

Il fallait qu'on décampe, et vite.

L'homme serait retrouvé à un moment ou un autre, et je préférais qu'on soit loin d'ici quand ça arriverait. Le coup de fil qu'il avait passé ne pouvait signifier qu'une chose : la cavalerie n'allait pas tarder à débarquer. C'était mauvais. C'était plus que mauvais.

Je restai assis quelques minutes, scrutant les alentours avec férocité, l'adrénaline coulant furieusement en moi. Quand je fus certain qu'il n'y avait aucun autre danger immédiat, je me rendis auprès de Lilas et, la mine sévère, je fis un signe de tête à son cavalier.

— Il faut que nous reprenions la route, dis-je au vieil homme d'une voix sombre que je ne reconnus pas moi-même. Je suis désolé de devoir vous retirer votre cavalière.

— Bonne route à vous alors, mais faites attention : il est tard. Jeune fille, dit-il en baissant la tête respectueusement, merci de m'avoir fait retrouver une seconde jeunesse le temps de quelques musiques.

— Merci à vous, dit-elle avec un sourire sincère.

Elle le salua, puis on fila rapidement. Lilas avait compris l'urgence de la situation et ne dit rien jusqu'à ce qu'on arrive à la voiture. Elle attacha sa ceinture, regardant sans cesse autour de nous, comme si elle sentait le danger nous guetter.

— Il faut qu'on trouve une autre voiture, dis-je en bouclant ma ceinture.

— Qu'est-ce qu'il s'est passé ?

— On a été repérés. Un homme avec un tatouage en forme de toile d'araignée sur la main. Je ne sais pas qui il était, je ne l'ai jamais vu, mais il m'a attaqué.

— Une toile d'araignée ? Ça ne ressemble pas du tout aux hommes de mon père.

— Peut-être les Russes…

— Il n'a rien dit ?

— On n'a pas vraiment pris la peine de discuter. Mais je l'ai vu passer un coup de fil, je suppose qu'il a eu le temps de donner sa position. Et la nôtre.

Lilas ne répondit rien, se perdant simplement dans ses pensées, pendant que j'accélérais sur la route, avec pour seul objectif de mettre de la distance entre ce village et nous. Mes yeux étaient tantôt sur la route, tantôt sur le rétroviseur. À mes côtés, Lilas était tendue mais demeurait silencieuse, comme pour ne pas me communiquer son inquiétude. J'aurais aimé la rassurer, mais j'étais bien trop sur les nerfs et je ne voulais pas dire quoi que ce soit qui puisse rajouter à son stress.

Au bout de longues minutes, alors qu'aucun véhicule n'apparaissait pour nous prendre en chasse, je parvins à me détendre légèrement. Avec un peu de chance, le type n'était qu'un simple informateur isolé. La mauvaise nouvelle restait néanmoins que l'un d'entre eux avait réussi à nous retrouver.

— Est-ce que ça va ? demandai-je enfin.

— Oui, moi ça va. Et toi ?

— Ça va.

Pourtant ma voix était toujours aussi sombre. L'adrénaline était retombée mais, cette nuit, j'avais dû renouer avec mon passé meurtrier et, comme à chaque fois... ça laissait une empreinte en moi.

Une emprunte obscure et vraiment moche.

— Qu'as-tu fait de l'homme ?

Je lui lançai un coup d'œil, redoutant sa réaction.

— Tu veux vraiment le savoir ?

— Oui. Ne me cache rien, Evan. Je suis avec toi dans cette histoire.

Elle savait d'avance ce que j'allais dire. Et moi, j'attendais toujours cet instant où elle réaliserait que j'étais un monstre.

Peut-être qu'elle finirait même par me comparer à son père. Au fond... étais-je si différent de lui ? J'étais prêt à tout pour atteindre mon objectif.

— Il ne nous suivra pas, répondis-je finalement.

Elle hocha la tête puis, après quelques secondes, dévia la conversation sur un autre sujet :

— Tu penses qu'on pourrait changer de voiture à quel moment ?

— Peut-être que le mieux est de changer une fois qu'on

aura passé la frontière. On devrait y être d'ici quelques heures. Avec une plaque d'un autre pays, ça devrait être plus compliqué pour eux de nous retrouver.

Elle acquiesça, puis posa une main derrière ma nuque pour me caresser du bout des doigts. Ceci eut le don de me détendre pour de bon.

Un bip sonore me tira de ce moment de répit.

— Merde, grognai-je.

— Qu'est-ce qu'il y a ?

— On est sur la réserve.

Je pris une profonde inspiration, bien décidé à trouver une solution à ce nouveau problème. Je lâchai :

— On s'arrêtera dans quelques kilomètres. On mettra un peu d'essence, histoire d'arriver à la frontière sans embûches. Ça ne prendra que quelques minutes, ça devrait aller.

— Les stations ont des caméras…

— Ils savent déjà dans quelle direction on va. Ça ira, je suis confiant, le temps qu'ils localisent l'endroit exact où on se trouve, on sera loin.

Je tournai la tête vers elle pour vérifier que la situation ne l'inquiétait pas outre mesure et fus surpris par son visage serein. Lilas ne cessait de m'étonner ; elle qui m'avait tant de fois fait part de ses doutes paraissait aujourd'hui plus déterminée que jamais.

Elle reprit la carte pour étudier à nouveau notre itinéraire et pointa du doigt une petite ville plusieurs kilomètres après la frontière italienne :

— On devrait passer par cette ville. Je n'en ai entendu que du bien.

— On ne peut pas faire de tourisme à ce stade de notre parcours.

— Je sais, mais tu as dit qu'on avait de l'avance. Si c'est possible, est-ce qu'on pourrait passer là-bas ?

Je sentais qu'elle avait une idée derrière la tête et attendis qu'elle m'en fasse part mais, rien ne venant, j'abdiquai. Je me devais de lui faire confiance.

— Très bien, mais si on y va, on ne traîne pas sur place, princesse.

Elle m'offrit un grand sourire, ravie, puis replaça sa main sur ma nuque, pour mon plus grand plaisir.

Lorsque l'occasion se présenta, j'arrêtai la voiture à une station essence. L'endroit était calme ; je supposais que les premières heures du jour devaient toujours l'être. Je mis de l'essence, capuche sur la tête, en observant les alentours.

Je ne savais pas trop pourquoi, mais les endroits aussi calmes que celui-ci me mettait toujours sur les nerfs.

Quand j'eus fini, Lilas sortit de la voiture, puis passa un bras autour de ma taille.

— Tu veux que j'aille régler ? demanda-t-elle. Je vais nous prendre à boire en même temps.

— Je viens avec toi.

Je l'embrassai rapidement, puis raccrochai la pompe avant de me rendre avec elle à l'intérieur de la station. Lilas fila directement près des frigos pour récupérer de quoi boire, tandis que je patientais près de la caisse pour pouvoir tout régler en une fois.

Une télévision, placée en hauteur derrière la caisse, diffusait en sourdine les informations du matin pendant que le caissier lisait un livre sans nous prêter la moindre attention.

J'observai encore une fois les alentours, quand Lilas vint me rejoindre et posa sur le comptoir les articles qu'elle souhaitait prendre. Elle passa un bras autour de ma taille et le caissier baissa rapidement la tête après avoir croisé mon regard.

— Tu lui fais peur, murmura Lilas. Tente un sourire à un inconnu, ça ne te tuera pas, je t'assure.

Je lui lançai un coup d'œil mauvais, ce qui la fit rire.

Je ne riais jamais. Peut-être parce qu'on m'avait trop souvent pris pour un imbécile et qu'aujourd'hui je ne faisais plus confiance à personne. Peut-être aussi parce que je ne voulais pas qu'on puisse ne serait-ce que tenter de me rouler d'une quelconque façon. Mon visage fermé était une menace silencieuse qui indiquait clairement : ne pas me prendre pour un con.

Le caissier prit l'argent que je lui tendais, en évitant soigneusement mon regard. Il prit tout son temps pour compter et préparer la monnaie, à tel point que je faillis perdre patience et lui dire de garder le tout, quand à mes côtés je sentis Lilas se figer.

Elle me pinça discrètement, perdant peu à peu ses couleurs, comme pour que je suive son regard, ce que je finis par faire rapidement. Je fronçai les sourcils sans comprendre pourquoi nos visages se reflétaient dans la télé. Non… C'était une alerte, indiquant qu'on était recherchés et dangereux.

Le caissier finit par me rendre ma monnaie, ce qui me ramena à la réalité.

Je tirai Lilas à moi en l'embarquant vers la sortie.

— Ça, c'est mauvais, dit-elle, inquiète, en remontant dans la voiture. Mon père a dû faire jouer ses relations avec le procureur.

Je claquai la portière derrière elle sans un mot et n'attendis pas un instant de plus avant de décamper.

La vraie traque avait commencé.

29

— Je n'en reviens pas que Dimitri soit allé jusque-là. Comment est-ce qu'on va pouvoir passer la frontière ? demanda Lilas sans vraiment attendre de réponse.

Cela faisait plusieurs minutes qu'elle parlait plus pour elle-même que pour moi, alors que je cherchais de mon côté à trouver une solution à ces nouveaux problèmes.

— On va changer de voiture avant de franchir la frontière. Ça limitera les risques qu'on nous repère sur la route. Ensuite, on ne passera pas par la frontière principale, on va prendre une petite route plus au nord. C'est plus loin mais les contrôles sont moins nombreux car elle est très peu fréquentée, si ce n'est par les locaux.

Lilas se tut et me fixa un moment, ce qui attira mon attention.

— Quoi ? demandai-je en fronçant les sourcils à mon tour.

— Je ne comprends pas comment tu fais.

— Comment je fais quoi ?

— Pour être aussi zen. Tu sembles avoir constamment la situation en main avec mille solutions possibles. Comment tu fais pour être aussi détendu ?

Je pinçai les lèvres pour retenir un sourire. Si c'était l'impression que je donnais, alors je ne la contredirais pas : j'étais très loin d'être zen, mais qu'elle le pense était une bonne chose.

— Il y a toujours une solution à tout, princesse, répondis-je en prenant sa main que je ramenai sur ma nuque. Paniquer ne servirait à rien et nous ferait probablement commettre des erreurs.

— C'est aussi ce que Victoria me disait.

Elle prit une longue inspiration et se força à se détendre, mais ne tint que quelques secondes avant de reprendre :

— Tu te rends compte qu'on est assimilés à des personnes dangereuses ?

J'acquiesçai en quittant une seconde la route des yeux.

— Visiblement, ton père est impatient de nous retrouver. Faire jouer ses relations pour nous couper la route et nous faire arrêter, c'est un moyen aussi efficace que radical.

— Il ne veut pas qu'on quitte le territoire, confirma-t-elle. La frontière passée, ce sera plus compliqué pour lui, car il n'aura aucun appui de la part des autorités. Vivement qu'on soit loin.

— Encore une petite heure, le temps d'atteindre le col, de changer de voiture, et ensuite on sera de l'autre côté.

Rassurée par cette perspective, Lilas me fit un sourire rayonnant. Passer la frontière ne signifiait pas la fin des ennuis mais je gardai mes craintes pour moi.

On arriva dans un village non loin de la frontière et je ralentis. Je scrutai les alentours, à la recherche d'un endroit où nous pourrions nous arrêter en toute discrétion, mais toutes les maisons semblaient collées les unes aux autres, sans ruelles et sans espace dégagé. Si nous devions laisser cette voiture à l'abandon, je préférais encore m'en débarrasser dans un coin isolé où on ne la retrouverait que lorsque nous serions très loin d'ici.

Changeant légèrement de plan, je nous éloignai un peu du village pour me garer près d'un bois où des tables de pique-nique étaient installées. Je garai la voiture à l'écart, à l'abri des regards, et on sortit pour se dégourdir les jambes tout en respirant l'air extérieur. On s'installa sur un banc caché par des buissons et Lilas s'occupa de mon bras et changea mon pansement ; si la douleur était toujours aussi cuisante, je commençais à m'y habituer.

— On risque d'arriver à court de bandages d'ici peu. Si on le peut, il faudrait qu'on s'arrête dans une pharmacie.

— En Italie. Avant, ce serait trop risqué, surtout maintenant.

Elle acquiesça puis, tout en s'affairant sur mon bras avec précaution, elle me lança plusieurs coups d'œil. Je retins un sourire sans prononcer un mot, sachant qu'elle finirait par craquer et me faire connaître le fond de sa pensée.

Quand elle eut terminé, elle vint se placer entre mes jambes, puis m'embrassa doucement et demanda :

— Tout à l'heure, tu m'as dit qu'il y a une solution à tout et que c'était ce qui faisait que tu ne t'inquiétais pas trop… Mais tu n'as vraiment pas peur ?

— Non, répondis-je instantanément.

— Vraiment ?

— Oui. De quoi tu voudrais que j'aie peur ? Je suis là où je souhaite être, avec toi. Il y a des contretemps, mais je trouve qu'on s'en sort plutôt bien, non ?

— Oui, tu as raison. Donc tu n'as peur de rien.

— Si, je peux avoir peur.

Elle me regarda, attendant que je poursuive, mais je ne lui fis pas ce plaisir. Je savais que ma contradiction la rendait curieuse. Elle finit par grogner :

— De quoi tu pourrais avoir peur ?

— J'ai peur de te perdre, toi.

Comme chaque fois que j'osais lui ouvrir mon cœur, la surprise éclaira son beau regard puis elle s'installa sur une de mes cuisses et passa ses bras autour de moi en me serrant contre son corps. Elle ne dit pas un mot, mais resta ainsi un moment.

Cette étreinte me fit un bien fou et me redonna des forces.

Lilas finit par récupérer un T-shirt propre dans le sac, et me le jeta au visage :

— Il est temps de t'habiller, avant qu'on ne dise de toi que tu portes atteinte à la pudeur des personnes de ce village. Tu vas les rendre tous jaloux, avec ce torse outrageusement sexy.

Je souris et me levai en lui faisant face.

— Il n'y a personne aux alentours. Tu as plutôt peur de céder à la tentation et de me sauter dessus.

Je fis un autre pas dans sa direction tandis que ses yeux parcouraient mon corps à moitié dénudé et que son sourire grandissait à chaque seconde.

— Ah ? C'est possible.

Je ris brièvement et enfilai le T-shirt propre, mettant subitement de la distance entre nous. Ce n'était ni le lieu, ni le moment, même si je crevais d'envie de me repaître d'elle.

Je passai ma veste, puis lui fis un signe de tête.

— Allons-y. Nous y sommes presque.

On fit une rapide pause aux toilettes publiques puis, capuche sur la tête, on récupéra nos affaires dans la voiture avant de nous diriger à pied vers le centre-ville.

Il n'y avait pas beaucoup de magasins et, comme si le mot était passé de rester cloîtré, presque aucun habitant ne se trouvait dans les rues.

Lilas s'arrêta devant une voiture où un mot était affiché signalant la vente du véhicule. Elle n'était pas très récente, mais suffirait à nous faire passer la frontière.

— Celle-ci pourrait convenir, non ?

— Oui, mais il faudrait qu'on trouve le propriétaire et on n'a rien pour le contacter.

— Si la voiture est garée là, c'est qu'il ne doit pas être bien loin.

— Non, en effet, intervint un homme à quelques pas derrière nous. Puis-je vous aider ?

Lilas prit les devants et posa une multitude de questions au sujet de la voiture. Son expérience de négociatrice lui permit de mettre l'homme à l'aise. Je ne faisais jamais bonne impression au premier contact – ni au deuxième ou aux suivants d'ailleurs – et Lilas était parfaite dans ce rôle. Un peu en retrait, j'observais ce dernier sans rien dire. Il avait un visage amical et un regard franc qui m'indiquèrent qu'il devait être fiable.

L'homme riait à ce qu'elle lui disait, sans faire attention à moi. Quand le sujet du prix fut abordé, Lilas négocia la voiture sans être trop dure, et après que celui-ci nous eut montré les papiers du véhicule, l'accord fut rapidement conclu.

Je récupérai discrètement la somme dans le sac, bien à l'écart, mais quand l'homme me remarqua pour de bon il fit une drôle de tête, entre la surprise et le choc. Je continuai d'agir normalement mais, lorsqu'il bafouilla qu'il devait aller chercher d'autres documents, je compris qu'il m'avait reconnu.

Quand il fut hors de portée, je me plaçai devant Lilas et la poussai doucement pour l'éloigner d'ici.

— On s'en va.

— Pourquoi ?

— Il m'a reconnu. Ce n'est qu'une question de secondes avant qu'il n'ait la police au téléphone et, par conséquent, que ton père soit au courant de l'endroit où on se trouve. On s'en va. Maintenant.

Elle me donna l'unique clé que l'homme lui avait laissée dans la précipitation. C'était presque trop beau pour être vrai.

Mais je finis par secouer la tête.

— Ça ne sert à rien, il communiquera la plaque aux autorités. Autant garder celle que nous avons ; on fonce et on changera à la première autre occasion.

Je déposai la clé sur le capot, puis embarquai Lilas en direction de la voiture.

— À combien de temps on se trouve de la frontière ? demanda-t-elle avant de monter.

— À peine quelques kilomètres.

Je démarrai sans attendre et quittai la place où j'avais pensé abandonner le véhicule. À mes côtés, Lilas réfléchissait et me dit, inquiète :

— S'il t'a vraiment reconnu, alors ils vont savoir à quel endroit de la frontière on compte passer.

Je ne dis rien, en étant arrivé à la même conclusion. J'espérais tout de même qu'on réussirait à les prendre de court, le temps que les informations circulent et arrivent jusqu'à Dimitri. Si ce n'était pas le cas, les choses risquaient rapidement de dégénérer.

— Et si on ne parvient pas à passer la frontière ? s'inquiéta Lilas.

— On la passera.

Il ne pouvait en être autrement. Je m'étais juré de réussir cette mission et je l'avais promis à Lilas. Il le fallait.

On roula dans un silence lourd et tendu. Les panneaux annonçant le changement prochain de pays se faisaient de plus en plus nombreux ; enfin, on aperçut la frontière. Je me tendis d'anticipation, car je savais que les minutes à venir seraient déterminantes.

Le poste de contrôle se trouvait entre deux villages de

montagne et ressemblait à un simple passage à niveau. Il n'y avait que deux postes de garde.

La chance n'était apparemment pas de notre côté, puisque la première cabine était occupée par trois représentants des forces de l'ordre et qu'un barrage mobile avait été installé. L'information concernant notre position avait circulé beaucoup trop rapidement.

— Tu es toujours aussi sûr qu'on va réussir à passer ? lâcha Lilas, tendue.

— On ne peut plus sûr, princesse. On va traverser cette foutue frontière.

Je ralentis un peu, le temps pour moi d'analyser la situation, mais comprenant qu'on allait vite être repérés, j'appuyai sur l'accélérateur en passant les vitesses. Lilas jura plusieurs fois et se cramponna à son siège lorsqu'elle réalisa que je n'avais aucunement l'intention de m'arrêter.

L'un des hommes se plaça devant le barrage, nous sommant par de grands gestes de nous garer. Je priai alors pour qu'il ait l'intelligence de s'écarter de notre route, ce qu'il fit à quelques mètres à peine de notre voiture.

La barrière en bois lourd explosa sur notre passage et je soufflai de soulagement. Nous avions eu de la chance qu'ils n'aient pas plus de moyens humains et matériels à cet endroit de la frontière.

Je ne décélérai pas, jetant des coups d'œil dans le rétroviseur pour m'assurer que nous n'étions pas pourchassés. On traversa un petit village, puis un second, sans que je ne ralentisse.

— Maintenant, on va prendre les grands axes, dis-je d'une voix sombre.

Notre point d'entrée dans le pays étant repéré, cela ne servait à rien de faire profil bas. Il nous fallait juste aller vite, et loin.

Lilas soupira sans rien répondre, l'air soulagé que cette étape soit passée. Je lui pris la main et embrassai ses doigts, sans savoir si c'était pour la rassurer elle, ou bien parce que j'en avais besoin.

On emprunta une nationale bordée d'une forêt, suivant les indications pour rejoindre l'autoroute, quand je jurai en regardant dans le rétroviseur.

Finalement, il n'y aurait aucun répit.

Lilas se retourna sur son siège et grogna.

— C'est une des voitures de mon père. Comment ont-ils fait pour aller aussi vite ? !

— Ils se sont séparés et ils ont dû prendre les axes rapides.

Il fallait que je trouve une solution pour nous débarrasser de ces hommes. À mes côtés, Lilas chargea son arme, qu'elle garda en main. Elle aussi avait compris que la confrontation était inévitable.

— Je pourrais essayer de tirer dans les pneus, proposa-t-elle, déterminée.

Je pensai un instant à mon bras, je refusais qu'elle prenne le moindre risque. Je savais que nous n'avions pas vraiment le choix, mais je voulais trouver une autre solution.

— Attendons que la route soit plus lisse. Si tu tentes de le faire maintenant, avec les déformations de la chaussée, ça leur laissera le temps de riposter.

— Et s'ils prennent les devants ?

— Alors c'est nous qui riposterons.

J'aurais dû l'écouter et la laisser faire, mais mon inquiétude pour elle me fit commettre l'erreur d'attendre.

L'un des sbires des Callini ouvrit le feu.

Un de nos pneus éclata, et je ressentis la secousse de l'éclatement jusque dans le siège et le volant. À mes côtés, Lilas retint son souffle en s'accrochant à la portière. J'eus subitement l'impression de conduire sur une plaque de verglas, perdant rapidement le contrôle de la direction, l'arrière de la voiture chassant d'un côté et de l'autre.

Je tentai une accélération, ce qui me permit de reprendre le contrôle de la direction, mais ce ne fut que pour un bref instant. Nous avions perdu beaucoup trop de vitesse, et les hommes des Callini purent tirer sur un second pneu, dont l'éclatement nous ralentit bien plus encore. L'arrêt était obligatoire, et je ne pus faire autrement quand l'arrière de la voiture chassa sur le côté, nous faisant faire un demi-tour qui nous plaça directement face à nos ennemis. Je freinai et récupérai mon arme alors que trois hommes sortaient de la voiture en nous visant.

— Evan…

Nous n'avions que deux solutions : jouer aux kamikazes et ouvrir le feu sur eux ou nous rendre, ce qui assurerait la survie de Lilas, mais clairement pas la mienne.

Je croisai son regard émeraude. Je savais qu'elle aussi en était arrivée à cette conclusion.

Quitte à mourir, je préférais que ce soit pour sa survie. Seule sa vie comptait vraiment. Je lui avais promis la liberté et je compris à regret que je lui avais menti…

Cette promesse, je ne pourrais pas la tenir.

30

Lilas

Nous étions si proches du but, et soudainement si loin… Je voyais bien qu'Evan réfléchissait à toutes les solutions qui s'offraient à nous, mais c'était pourtant limpide de mon côté : on ne pouvait pas rivaliser. Ils étaient trois, nous étions deux, sans possibilité d'agir sans mourir, ou de fuir sans la voiture. C'était terminé.

Pourtant, je vis une lueur s'allumer dans son regard et, en observant les trois hommes, il me dit doucement :

— On va sortir, lever les mains pour indiquer qu'on se rend et, quand je te dirai de courir, tu courras.

— Non, c'est hors de question, je ne pars pas sans toi.

— Je te rejoindrai, princesse. Il faut que tu me fasses confiance.

Ma gorge se serra, je ne voulais pas me séparer de lui. J'avais bien trop peur de ce qui lui arriverait.

— Quand je te dirai « cours », tu le feras. Tu iras dans la forêt, ce sera plus compliqué pour eux de te retrouver. Je sais que tu cours vite, alors tu partiras le plus loin possible sans jamais t'arrêter. Lilas ? Tu m'entends ?

Je le fixai sans pouvoir acquiescer.

— Et toi ?

— Je vais me débarrasser d'eux.

— Ils sont trois, Evan…

— N'oublie pas que je suis un bourreau.

Je croyais en lui. J'avais confiance en lui, mais il était blessé et les hommes de mon père, surentraînés.

— Comment tu me retrouveras ?

— Je te retrouverai toujours. Où que tu sois.

Il attendit mon consentement, mais je n'eus pas le temps de le lui donner, car il ouvrit soudain sa portière et leva instantanément les mains. Son arme était coincée dans son pantalon et l'un des hommes de main de mon père la lui retira directement.

Je sortis alors à mon tour, pas du tout confiante, contrairement à Evan. S'il pensait que les hommes qui nous faisaient face ne me feraient rien, il avait tort.

Alberto, l'un des gardes de mon père qui m'avait vue grandir, s'approcha de moi. Il m'avait toujours impressionnée par sa taille massive qui le faisait ressembler à un ours et je savais qu'il était impitoyable. Il tendit simplement la main et demanda :

— Donne-moi ton arme, June.

— Je n'en ai pas, tu sais que je n'aime pas ça.

Il plissa les yeux et secoua la tête, ne me croyant pas. Il me fouilla sans ménagement et trouva rapidement le pistolet que j'avais tenté de dissimuler.

— Monte dans la voiture sans esclandre.

Je restai immobile, la peur au ventre.

— Tu sais que je n'hésiterai pas à employer la force, continua-t-il.

— Je le sais.

Il acquiesça, considérant mes paroles comme un consentement et, mon arme en main, il s'éloigna de quelques pas pour s'occuper d'Evan, qui, les mains derrière la tête, parlait avec les deux autres hommes.

Je les entendis vaguement discuter à mon sujet. Je compris qu'ils finiraient par le tuer, que c'était ça le but au bout du compte et qu'ils n'avaient que faire de l'arme de Yuri. Mon père serait déçu de ne pas être celui qui achèverait l'homme que j'aimais, mais la satisfaction de se savoir débarrassé de lui serait plus grande.

Je refusais que cela arrive. Personne ne m'enlèverait Evan.

L'un des trois hommes lui donna un coup de crosse sur la tempe. Evan sembla sonné pendant quelques secondes, puis secoua la tête et plissa les yeux pour se reprendre, avant de les défier à nouveau d'un œil des plus sombres.

Personne ne faisait attention à moi, comme si au fond je n'étais pas dangereuse. Certes, je n'aimais pas les armes et je n'avais jamais tué qui que ce soit, mais c'était surtout parce que la cruauté gratuite me faisait horreur.

Aujourd'hui, c'était différent. Evan était en danger et menacé de mort, pour le simple fait de m'aimer. Je ne voulais pas qu'on le touche. Je ne voulais pas qu'on me l'enlève.

Alors, à pas de loup, je m'approchai dans le dos des trois hommes. Je savais lequel était le plus dangereux ; une fois derrière Alberto, je lui donnai un grand coup de pied dans l'articulation du genou. Sous le choc, sa jambe se plia et il perdit l'équilibre, faisant tomber un couteau que je ramassai vivement.

— Cours, me siffla Evan avant de donner un grand coup de poing à celui qui voulut le braquer de son arme.

N'hésitant qu'une seconde à rester, je tins finalement ma promesse et pris mes jambes à mon cou.

Je filai en direction de la forêt, où je fus rapidement ralentie par les branchages et les trous au sol. Quelqu'un courait à ma suite – sûrement l'un des trois hommes – et, comme Evan me l'avait demandé, je ne me retournai pas, m'enfonçant le plus vite possible dans les bois.

Le terrain était très accidenté et j'avais l'impression de ne pas avancer ; je tombai plusieurs fois, me relevant aussitôt.

La peur guidait mes pas. L'adrénaline m'empêchait de ressentir un quelconque essoufflement. Et la promesse que j'avais pu faire me retenait de faire marche arrière.

— Arrête-toi, June !

Pourquoi n'étais-je pas surprise que ce soit Alberto qui me suive ?

Cet ordre me laissait penser que j'avais réussi à le distancer et je redoublai d'efforts en priant pour que la distance entre nous s'agrandisse encore.

Evan s'était trompé sur un seul point. Il pensait que les hommes de mon père ne me feraient aucun mal, mais il ignorait que ma fuite et ma trahison avaient signé mon arrêt de mort. J'avais renié ma famille.

J'étais désormais une ennemie.

Peut-être qu'Alberto avait pensé que je l'écouterais et que c'était pour cette raison qu'il n'avait pas jugé utile de me surveiller davantage. Il était certain qu'il ne commettrait pas deux fois la même erreur. Dès qu'il aurait l'occasion de se débarrasser de moi, il le ferait.

Je connaissais les lois de ma famille. Je savais qu'il avait l'aval de mon père.

Je trébuchai une nouvelle fois, ce qui me ralentit mais ne m'arrêta pas pour autant. Je tentai d'accélérer encore et bifurquai à gauche dans l'espoir qu'il perde ma trace, quand j'entendis un premier coup de feu et me figeai.

Ce coup de feu ne m'était pas destiné. Il venait de plus loin. Quelque part au-delà des arbres.

Quelque part vers Evan.

Un second coup de feu retentit, suivi rapidement d'un troisième et d'un quatrième, qui me glacèrent le sang. Une mise à mort venait d'être faite.

Soudain, une masse énorme me percuta et me plaqua sur le sol. Je sentis le goût de la terre dans ma bouche, l'odeur de l'herbe remplir mes narines, et ma tête me lança violemment.

Alberto se releva et me prit par le bras pour me remettre debout sans douceur.

— Ils ont eu ton ami, ce n'était qu'une question de temps. Qu'est-ce que tu avais dans la tête, tu savais que ça finirait forcément par se terminer ainsi. On ne défie pas les Callini, tu devrais le savoir !

Je lui lançai un regard assassin, la rage au ventre, et me débattis, mais il me tenait bien trop fermement. Alors, avec le couteau que j'avais récupéré au sol, je tentai de le blesser.

Le couteau n'atteignit pas la cible. Alberto me bloqua le bras, jura et me tordit le poignet si violemment que je lâchai mon arme avec un cri de douleur.

Je savais que je ne faisais pas le poids. Cet homme était trop bien entraîné, entraîné à tuer.

Alberto récupéra le couteau et essaya de me calmer, mais il était hors de question que je me calme. Pas quand je ne savais pas si Evan était en vie.

Je griffai le garde au visage et lui assenai un coup de genou qui lui fit perdre son souffle ; il me relâcha. Alors je continuai de le frapper, puis m'élançai à nouveau en direction d'Evan. S'il lui était arrivé quoi que ce soit, je voulais être là, être près de lui.

Je courus sur quelques mètres avant qu'Alberto ne me fasse un croche-pied, me faisant tomber lourdement à terre. Si mon corps trembla à cause de l'impact quand il rencontra le sol, je ne perdis pas de temps et me relevai, prête à courir à nouveau. Je ne pensais pas à moi, mais seulement à Evan.

Alberto m'attrapa par le bras et me tourna brusquement vers lui avant de me plaquer contre un tronc d'arbre. Une vive douleur se diffusa subitement dans mon corps.

Si intense…

Si paralysante…

Respirer me faisait souffrir, alors je verrouillai mes poumons avant de baisser les yeux vers l'endroit qui me faisait tant souffrir.

Alberto retira le couteau qu'il avait planté dans mon corps sans douceur et, même si je mis ma main sur la plaie, le sang s'écoula.

Je croisai le regard d'Alberto, de l'homme qui m'avait vue grandir depuis plus de vingt ans.

C'était donc ainsi que tout se finissait ?

Ne pourrais-je donc pas revoir Evan une dernière fois ?

— Je suis désolé, June. Tu ne m'as pas laissé le choix.

Je trouvai le regard d'Alberto et crus y déceler une pointe de tristesse teintée de regret.

Je tombai sur lui, puis m'écartai pour m'appuyer contre l'arbre, mon visage se froissant de douleur.

Toute ma vie, j'avais craint la mort. Je la redoutais, peut-être parce que, au fond de moi, je savais que j'allais devoir payer pour les crimes de ma famille. Pour le sang qui recouvrait mon nom. Nul paradis pour une Callini.

Mais à présent je n'avais plus peur. Car j'étais persuadée que quelqu'un m'attendait de l'autre côté. Si ce n'était pas Evan, ce serait Victoria et ma mère.

L'éternité était-elle si horrible, si Evan s'y trouvait ? L'idée me parut plutôt séduisante, comparée à la douleur qui inondait mon être.

Mon seul regret était de ne pas pouvoir me plonger une dernière fois dans le doux regard de l'homme que j'aimais.

Je ne lui ai d'ailleurs jamais dit que je l'aimais, songeai-je avec mélancolie.

Je souris en voyant Evan arriver entre les arbres.

La douleur me faisait-elle halluciner ?

J'entendis Alberto jurer ; apparemment, lui aussi le voyait.

En sachant qu'il était vivant, je ressentis un vif soulagement, mais l'engourdissement qui se propagea dans mon corps me força à me laisser glisser au sol.

Le visage d'Evan n'avait rien à voir avec celui de mes rêves ; il était couvert de sang et son regard était complètement noir. Noir de rage. Noir destructeur.

Laissant ma main posée sur la plaie, je ne le quittai pas des yeux alors que les siens transperçaient Alberto.

Respirer était difficile : j'avais la sensation qu'à chaque inspiration la plaie s'agrandissait, diffusant une douleur insupportable. La nuit tomba soudain. Non, c'étaient mes paupières qui s'étaient fermées. Je ne savais plus.

Au loin, un bruit sourd résonna. Un coup de feu sûrement…

Mais l'obscurité m'emporta.

31

Evan

Avec tout ce que j'avais pu vivre, je pouvais dire que j'avais beaucoup de sang sur les mains. Ma vie m'avait conduit à faire des choses monstrueuses… Mais jamais je n'aurais pensé qu'un jour c'est le sang de Lilas que j'aurais sur les mains.

Après m'être débarrassé du dernier garde des Callini, je me précipitai vers elle et, pour la première fois de ma vie, je me sentis perdre pied.

Elle était inconsciente.

Oubliant ma blessure, je pris Lilas dans mes bras, la soulevant de terre pour retourner à la voiture.

Je lui avais dit de courir aussi loin que possible, mais je n'avais pas prévu ce cas de figure. Nous nous étions beaucoup trop éloignés de la route.

Comment avaient-ils pu s'en prendre à elle ? Ils n'auraient jamais dû la toucher ! Elle était la fille unique du boss des Callini, je ne comprenais pas comment cela avait pu arriver.

Un liquide chaud recouvrit mon bras, me faisant comprendre que ma blessure s'était rouverte. Je n'en avais rien à foutre, tout ce que je voulais, c'était arriver à la voiture puis tout faire pour qu'elle vive. Je savais que le temps était compté.

Je lui avais promis la liberté...

— Princesse, regarde-moi. Réveille-toi, ouvre les yeux, s'il te plaît.

J'eus envie de hurler quand ses paupières restèrent closes.

Le retour à la route me parut durer une éternité. Elle avait perdu déjà beaucoup de sang, et sa pâleur m'inquiétait.

Le vif soulagement que je ressentis quand je pus enfin apercevoir la route fut bref, car il me fallait encore trouver un hôpital.

Je me fichais de tout, du moment que Lilas s'en sortait.

Je la fis monter dans le SUV des hommes de main des Callini, je récupérai nos affaires, et quand je m'installai enfin derrière le volant, je l'entendis grogner.

— Lilas, reste éveillée, dis-je en démarrant à toute vitesse. Princesse, regarde-moi, ne te rendors pas.

Elle murmura quelque chose que je ne compris pas, mais ses lèvres remuaient et ce détail me fit un bien fou.

— Continue de me parler. Qu'est-ce que tu as dit ?

— Je t'ai cru mort.

Elle avait une voix faible, presque inaudible, mais elle parlait.

— Je suis vivant, et il faut que tu le restes, toi aussi. D'accord ?

— Tu saignes.

— On s'en fiche de moi. On ne va penser qu'à toi pour le moment. J'ai besoin de toi, Lilas. J'ai besoin de toi en forme, j'ai besoin de tes soins aussi, alors, mon amour, garde les yeux ouverts. Pour moi, OK ?

— OK.

Même si je tentai tout pour la maintenir éveillée, le combat contre le sommeil était inégal et elle sombra à nouveau.

Je fonçai sans m'arrêter jusqu'à ce qu'on arrive dans une petite ville pourvue de plusieurs magasins, mais je ne trouvai aucune indication d'un quelconque hôpital.

Je n'étais pas loin de perdre patience, de ne plus répondre de moi, et la crainte de perdre Lilas rendait mon esprit confus.

Je finis par m'arrêter n'importe comment devant un cabinet vétérinaire. Ce n'était pas du tout ce que j'avais espéré trouver, mais un docteur est un docteur. Faute d'un véritable hôpital, j'allais tenter ma chance ici.

Je récupérai Lilas et marchai le plus rapidement possible vers le cabinet, relativement moderne, dont les portes coulissantes s'ouvrirent automatiquement à mon approche. Le soleil venait d'atteindre son zénith, et je fus surpris de trouver l'endroit vide.

En nous voyant arriver, la secrétaire assise derrière l'accueil prit peur. Je me savais amoché et couvert de sang, quant à Lilas… Je n'osais plus la regarder.

— Le cabinet est fermé, dis-je fermement. Fermez le cabinet !

La secrétaire sembla ne pas comprendre et me parla en italien. Je déposai avec précaution Lilas dans un fauteuil, où elle me dit doucement :

— Sois gentil.

Je me tournai vers la femme et la braquai de mon arme. Instantanément, elle se mit à pleurer en levant les mains.

— Fermez ce cabinet !

Alors seulement elle comprit, et obtempéra, allant bloquer les portes coulissantes de l'entrée.

— Où se trouve le médecin ? Le docteur ?

Encore une fois, avec l'arme, la barrière de la langue sembla ne plus exister. Elle me désigna une porte située derrière son poste de travail, en direction de laquelle je me rendis sans attendre.

Un homme d'une quarantaine d'années était accroupi près d'un chien endormi, dans une salle fraîche à l'air saturé d'odeurs animales. Quand il me vit, il leva les mains, puis se releva lentement. Son regard ne reflétait aucune peur.

— Que voulez-vous ? demanda-t-il dans un français sans aucun accent.

— Ma femme a besoin d'aide.

Le docteur baissa les mains ; il remonta ses lunettes sur son nez puis acquiesça en me faisant signe de le guider. Quand il vit Lilas, son pas accéléra, et même s'il soignait habituellement les animaux, il eut les gestes de n'importe quel médecin.

— Je suppose que vous rendre à l'hôpital n'est pas une option ?

Je secouai la tête, surveillant le moindre de ses mouvements.

— Très bien, alors emmenez-la en salle d'opération.

Je le fusillai du regard, le prévenant ainsi de ne pas me rouler, parce que pour porter Lilas il me faudrait ranger mon arme. Avec elle inconsciente dans mes bras, on se retrouvait donc vulnérables. Il lança un ordre à sa secrétaire en italien, me mettant de plus en plus sur mes gardes.

— Vous lui avez dit quoi ?

— De m'aider et de garder son calme. Alessia est mon assistante.

Je hochai la tête et le suivis jusqu'à une salle où l'odeur d'antiseptique était forte. Je déposai avec précaution Lilas sur la table que le docteur avait préparée en quelques secondes. Il l'examina rapidement ; je ne pouvais rien faire d'autre que le regarder.

— Si elle meurt, vous mourrez aussi, prévins-je.

Il n'eut aucune réaction ; cet homme avait visiblement déjà eu affaire à des hommes comme moi. Ce n'était pas rassurant et je compris que je ne pouvais pas lui faire confiance.

— Elle a perdu beaucoup de sang, marmonna-t-il. Son cœur bat trop vite.

Il donna ensuite des indications à l'attention de son assistante ; cette dernière, affairée, semblait avoir repris son sang-froid.

Tant mieux, me dis-je, un peu rassuré.

Le docteur me posa une tonne de questions sur les allergies de Lilas, son groupe sanguin et d'autres informations médicales. Je répondis quand je le pouvais ; j'avais l'impression d'être inutile.

Je rangeai finalement mon arme et vins me placer à côté du visage de Lilas. Je passai mes mains dans ses cheveux à plusieurs reprises, même si elle avait sombré à nouveau dans un profond sommeil.

L'assistante lui injecta quelque chose dans le bras, puis l'homme inspecta la plaie, avec de donner d'autres directives que je ne compris pas.

La pâleur de sa peau et l'extrémité glacée de ses mains m'effrayaient. Quant à sa respiration, elle était beaucoup trop saccadée pour que ce soit normal, sans parler des bips qui indiquaient combien son cœur battait trop vite.

— Votre femme a de la chance, dit le vétérinaire calmement, concentré sur son travail. Aucun organe ne semble être touché. L'arme blanche ne devait pas être longue et la plaie est nette. Elle a peut-être perdu beaucoup de sang mais ne fait aucune hémorragie, ce qui est bon signe.

— Elle va s'en sortir, alors ?

Il me lança un coup d'œil par-dessus ses lunettes, puis se focalisa à nouveau sur son travail, et me répondit prudemment :

— Je peux la recoudre, mais elle a perdu beaucoup de sang, monsieur. Il lui faudrait une transfusion et des médicaments que je n'ai pas ici.

Je tendis mon bras.

— Prenez le mien.

— On ne connaît pas son groupe sanguin et, si vous êtes incompatibles, ça la tuera.

Son calme spectaculaire forçait le respect quand de mon côté, même si en apparence je ne montrais rien, j'étais complètement démuni. L'assistante surveillait les constantes de Lilas, sans me prêter attention. Elle obéissait au docteur, agissant selon ses ordres, mais elle aussi était d'un calme olympien.

— Qu'est-ce qu'on peut faire pour le sang qu'elle a perdu ?

— À moins d'aller à l'hôpital pour une transfusion, rien. Il faut attendre ; elle va mettre du temps à s'en remettre. Elle sera faible et devra beaucoup se reposer, pour laisser le temps à son corps de se remettre de cette perte.

— Mais ça ira, n'est-ce pas ? demandai-je à nouveau en me souvenant qu'il avait esquivé ma question.

— Les prochaines heures seront déterminantes. Le premier signe positif qu'on pourra observer sera un battement de cœur qui ralentira pour revenir à la normale, régulier. Son corps se réchauffera aussi. Une fois que j'aurai terminé, seul le temps pourra nous le dire.

— Et les signes négatifs ? Quels seraient-ils ?

Le docteur me fixa un moment, incertain sur la manière de me dire les choses, puis se lança :

— Son cœur ne ralentira pas, au contraire. Ça l'amènerait à un arrêt cardiaque, ou un manque d'oxygénation pour ses organes. Il y a beaucoup de possibilités.

J'acquiesçai, toujours aussi inquiet, et remerciai Alessia quand elle me ramena un siège sur lequel je pus m'installer pour rester près de Lilas.

Quand le docteur eut terminé, il fit quelques dernières vérifications avant de se tourner dans ma direction.

— Vous n'êtes pas très bien non plus. Voulez-vous que je vous examine ?

— Non, répondis-je sans quitter Lilas des yeux. Ça va aller, merci.

— Jeune homme... Ce que vous traversez ne me concerne en rien mais, si vous êtes tous les deux en danger, il est préférable que vous soyez en forme, vous aussi. Une infection peut vite se déclencher en cas de blessure mal soignée.

Je pris une longue inspiration et me tournai dans sa direction.

— Vous avez raison.

Il me fit un sourire mécanique et alla chercher le nécessaire pour me désinfecter. Alessia resta à distance et m'indiqua à l'aide de ses mains de me déshabiller.

L'effort me parut surhumain. Ma blessure était à vif et, maintenant que la situation semblait stabilisée, l'épuisement me gagnait ; la seule chose qui me tenait encore éveillé, c'était Lilas. L'inquiétude que je ressentais pour elle était bien trop grande.

— Je suppose que vous vous passerez d'une anesthésie ? demanda le docteur en plaçant son tabouret à mes côtés.

— Oui, gardez loin de moi vos seringues.

— Alors restez tranquille et ne bougez pas. Ça risque d'être douloureux.

J'acquiesçai et tournai mon attention vers celle que j'aimais. Le docteur débuta son travail et, si les soins de Lilas me faisaient parfois souffrir, ce n'était rien comparé à la douleur de l'aiguille entrant dans une plaie à vif ; je serrai les dents sans rien dire, encaissant la souffrance parce que, au fond, elle ne m'importait pas.

Je voulais uniquement que Lilas se réveille.

En fond, le téléphone de la réception sonna. Alessia disparut, probablement pour répondre, ce qui m'alerta.

— Ne vous inquiétez pas, me dit le docteur en me plantant à nouveau l'aiguille dans le bras. Elle ne dira rien à qui que ce soit.

— Comment vous pouvez le savoir ? La peur change les gens.

— Je le sais, parce que je lui en ai donné l'ordre.

Je plissai les yeux, essayant de cerner cet homme mystérieux. Il nous soignait, mais n'était-ce pas uniquement parce que je les avais menacés ? Je ne croyais pas en la bonté des gens.

— Vous avez déjà eu affaire à des personnes comme moi, dis-je finalement. Vous savez d'où nous venons ?

— Je ne connais rien de vous, mais j'en sais assez sur le monde qui nous entoure pour deviner quels démons vous affrontez.

J'avais donc vu juste, mais le fait qu'il en sache beaucoup n'était pas vraiment rassurant.

— Est-ce que je peux vous demander pourquoi vous avez fui ? reprit-il, toujours aussi calmement.

Je lui lançai un coup d'œil avant de reporter mon attention sur Lilas.

— Je lui ai promis la liberté.

Je n'en dis pas plus. Nos vies ne regardaient que nous.

Il termina son travail et j'en ressentis un vif soulagement. La torture prenait fin. Il me donna quelques indications à suivre afin de bien nettoyer la plaie et insista sur les premiers signes d'infection. Il s'occupa ensuite de mon visage et la douleur revint quand il sutura mon arcade.

— Je suppose qu'il n'est pas question pour nous de sortir ? demanda-t-il, l'air de rien.

— Non.

— Est-ce qu'au moins Alessia peut s'en aller ? Elle a un enfant en bas âge.

J'observai l'assistante d'un œil incertain. Elle pourrait parfaitement aller à la police, déclarer une séquestration ou n'importe quoi d'autre. C'était beaucoup trop dangereux.

— Plus tard, répondis-je.

Je voulais d'abord que Lilas se réveille et que ses constantes redeviennent normales. Ainsi, on pourrait s'enfuir si besoin.

Quand ce fut définitivement terminé, le docteur s'installa près des machines en silence, baissa la lumière et s'occupa comme il le pouvait. L'attente commença. Les minutes me parurent être des heures. Les heures, des semaines.

Ce ne fut qu'en toute fin de journée que Lilas ouvrit les yeux. Le docteur alla dans une autre pièce avant de revenir, un sourire mécanique de retour sur les lèvres. Il vérifia ses pupilles, ainsi que ses constantes, puis il acquiesça et me dit :

— Elle se remettra.

Il nous laissa ensuite seuls quelques minutes, alors je me rapprochai de Lilas et dis doucement :

— Salut.

Elle ne répondit rien, encore bien trop sonnée pour pouvoir parler, mais voir ses yeux papillonner me rendait heureux. Je pris sa main, un peu tiède, et lui embrassai les doigts, attendant qu'elle revienne complètement à elle. Le docteur finit par revenir, avec cette fois une mine inquiète.

— La voiture garée en travers, devant le cabinet, elle est à vous ?

— Oui, répondis-je en relevant le visage dans sa direction.

— Plusieurs voitures identiques se sont garées aux alentours. Devons-nous nous inquiéter ?

Je fronçai les sourcils en me tendant et répondis simplement :

— Oui.

Le docteur acquiesça sans rien dire de plus, mais je sentis

son inquiétude. L'idée de se retrouver au milieu d'un règlement de comptes ne semblait pas l'enchanter.

Je me levai pour me rendre dans la salle d'attente, puis jetai un coup d'œil par la fenêtre, discrètement. Je reconnus instantanément le Russe. Yuri. Celui que j'avais frappé. Je comptai un minimum de cinq voitures. Cette fois-ci, la confrontation était inenvisageable.

Je jurai tout bas, puis retournai près de Lilas.

En entrant dans la pièce, je vis le docteur raccrocher son téléphone, et Lilas trouva mon regard.

— Il a prévenu… clan…

Elle ne finit pas sa phrase, bien trop fatiguée, mais je compris. Finalement, mon instinct avait vu juste : je n'aurais pas dû lui faire confiance. Peut-être faisait-il partie lui aussi du clan des Callini ? Ou d'une famille proche ? Quoi qu'il en soit, il avait appelé d'autres renforts.

Nous allions devoir affronter une armée.

32

Lilas

Mon corps était lourd, d'une lourdeur que je n'avais jamais ressentie auparavant. C'était comme si on avait ajouté des sacs de sable sur moi ; effectuer le moindre mouvement était épuisant. Sans parler de la douleur, déchirante et féroce à la fois. Une voix me soufflait de replonger dans le sommeil pour fuir toutes ces souffrances, mais je sentais qu'Evan avait besoin de moi. Je sentais sa colère et sa tension. Au travers de mes paupières closes, je le sentais aussi sûrement que si je le voyais.

Ma main qui tentait de le retenir de faire une bêtise retomba mollement sur le lit en métal froid sur lequel je me trouvais.

J'essayai d'ouvrir les yeux et esquissai un sourire en découvrant qu'Evan, son bras armé braquant un homme en blouse blanche, avait tourné son regard vers moi, incertain de la démarche à suivre.

— Ne fais pas ça, dis-je faiblement avant de refermer les paupières.

Articuler relevait de l'exploit.

Trouvant une fois de plus la force d'ouvrir un œil, je vis qu'il baissait finalement son bras et j'en fus soulagée.

À travers le brouillard qui enveloppait mes sens, j'avais compris que ma famille n'était plus très loin ; j'aurais voulu me rendre utile mais mon état faisait de moi un poids mort.

Je sentis la main d'Evan sur mon front, puis dans mes cheveux. Ce contact me fit un bien fou, et je me concentrai sur cette sensation, luttant contre le sommeil.

— Partez, ordonna Evan. Vous avez sauvé sa vie et, pour cela, je vous épargne. Mais je ne veux plus vous voir.

Je compris qu'il avait mal interprété mes paroles, mais j'étais beaucoup trop faible pour parler à nouveau. Le vétérinaire tenta de s'exprimer à plusieurs reprises, mais Evan ne le laissa pas faire et, quand le médecin le vit perdre patience, il finit par s'en aller. Je sombrai alors dans le sommeil ; c'était plus fort que moi…

J'émergeai, réveillée par des bruits forts autour de nous, sûrement causés par Evan, puis je resombrai de nouveau.

Je finis par réussir à échapper au sommeil après ce qui me parut être des années. J'avais perdu la notion du temps.

Evan était à mes côtés, sur une chaise qui ne semblait pas confortable. Ses coudes posés sur les genoux, et son arme à la main, il était plongé dans ses pensées.

— Hey, grognai-je, mais cela ressembla plus à un gargouillement.

Il releva instantanément la tête et s'approcha de moi pour déposer un baiser sur mon front. Pour la première fois de ma vie, dans ses yeux bleus, je trouvai la peur. Je lui souris, pour tenter de le rassurer sur mon sort, en vain.

— Je suis désolé, princesse.

— De quoi ?

— J'aurais dû te protéger. T'emmener loin d'ici. Et t'offrir cette liberté que je t'ai promise. J'ai échoué, Lilas.

— Il n'est pas trop tard.

Je me savais en mauvais état, mais j'allais me battre pour vivre encore. Pour être avec lui.

— Ils nous ont retrouvés. Les Callini, les Russes, ils sont là. Ce n'est qu'une question de temps avant qu'ils ne se rendent compte que nous sommes chez le vétérinaire.

Je fermai les yeux, épuisée. Ça ne pouvait pas finir comme ça. Pas ici, pas maintenant. Je puisai en moi pour trouver la force de lui répondre :

— On ne peut rien faire ? Aide-moi à me relever.

— Non, tu dois te reposer.

— Non, je veux être debout.

Il grogna quelque chose que je ne compris pas quand il me vit bouger pour me redresser. J'étais stupide, je savais que ce n'était pas une bonne idée. J'étais encore bien trop faible, et la douleur que les mouvements déclenchèrent fut atroce.

Je restai un moment assise sur la table en métal, la tête reposant contre l'épaule d'Evan, parce que je n'arrivais pas à la tenir par moi-même. Mes membres pendaient mollement.

Evan me laissa m'habituer à cette nouvelle position douloureuse. Ses mains dans mon dos montaient et descendaient en un geste réconfortant. Impossible de savoir combien de temps on resta ainsi, dans cette position. Puis, émergeant de plus en plus, je compris que quelque chose n'allait pas. Evan était étrange. Comme… résigné. Je relevai la tête pour croiser son regard azur que j'adorais, et compris.

— On ne peut pas s'en aller, soufflai-je. C'est ça ?

Il soupira, et je vis combien me dire les mots qui suivirent fut difficile pour lui :

— J'ai tout barricadé après le départ du véto et de son assistante. L'issue de secours donne seulement sur une cour fermée sans possibilité de sortie. Ce n'est qu'une question de temps, princesse.

Je fronçai les sourcils et ouvris la bouche, mais je ne sus quoi dire.

— Il doit bien y avoir une solution…

Depuis le début, Evan avait pensé à tout. Notre vie ne pouvait pas finir ainsi. Pas comme ça, et surtout pas maintenant, alors que nous n'avions même pas eu l'occasion de vraiment goûter à notre liberté. Evan était celui qui m'apportait l'espoir, le réconfort, et qui m'assurait toujours qu'on s'en sortirait. Si lui-même n'y croyait plus, alors nous étions condamnés.

— Lilas… On peut toujours trouver un arrangement, me dit-il. Si tu as le numéro de ton père, on peut l'appeler du téléphone de l'accueil et négocier pour que tu sois sauve et que…

— Ne dis pas de bêtises.

— On peut le faire. Tout ce qui m'importe, c'est de te savoir en sécurité.

Peut-être était-ce la fatigue, peut-être était-ce tout ce qu'il se passait depuis la mort de Victoria, mais les larmes affluèrent à mes yeux et ma gorge se contracta.

— Me savoir en sécurité ? soufflai-je, emportée par une vague de tristesse. C'est quoi, la sécurité ? Je préfère le danger avec toi, plutôt que la sécurité sans toi.

— Lilas…

— Non ! Tu ne comprends pas, Evan. Je ne veux plus jamais retourner là-bas. Pas sans toi. Je ne veux pas d'une vie où tu n'es pas.

Il m'observa, partagé. Je savais qu'il ferait n'importe quoi pour sauver ma vie, mais j'étais sa partenaire. C'était avec lui, un point c'est tout.

— Je ne changerai pas d'avis, affirmai-je. Ce sera avec toi, jusqu'au bout.

Il inspira profondément, puis colla son front contre le mien en séchant mes larmes d'une main. Il finit par acquiescer à contrecœur. Je savais que l'idée le rebutait, mais nous étions deux. Et si nous devions mourir ce soir, alors on le ferait à deux.

Enfin, nous aurions notre liberté.

Définitive et éternelle.

J'étais terrifiée par ce destin, mais en même temps… nous serions ensemble. Je ne voulais pas d'une vie où il ne se trouve pas.

Un sanglot m'échappa quand j'entendis qu'on tentait de pénétrer dans le cabinet. La fin était probablement proche…

Il était temps. Je plongeai mon regard dans le sien et déclarai :

— Quand j'ai cru mourir, après avoir été poignardée, j'ai regretté de ne jamais t'avoir dit une chose.

Evan m'écoutait, les sourcils froncés, et sembla comprendre où je voulais en venir. Alors, je repris :

— En onze années, je n'ai jamais réussi à te le dire…

Il bloqua mes mots de son doigt juste avant que je ne puisse lui dire que je l'aimais.

— Moi aussi, princesse.

Il m'embrassa avec douceur et férocité à la fois.

Ce baiser contenait tout notre amour, notre rage d'être heureux, notre passion. Il contenait toute la colère contre ce destin cruel qui nous interdisait de vieillir ensemble.

C'était pire qu'un au revoir.

C'était un adieu.

Quand les bruits provenant de l'extérieur s'intensifièrent, Evan m'embrassa une nouvelle fois puis me tendit une arme, avant de charger la sienne.

Il me fit un sourire hanté de tristesse, et me murmura :

— Alors, finalement, ce sera comme Bonnie and Clyde.

— Hein ?

Il secoua la tête pour toute réponse, le regard perdu dans ses souvenirs.

— On se battra jusqu'au bout, finit-il par m'expliquer.

— On l'aura, notre liberté.

Il acquiesça et déposa un dernier baiser sur mes lèvres, avant de compter le nombre de balles dans son chargeur. Je restai immobile, bien trop faible pour faire le moindre mouvement.

Le bruit d'une explosion me fit sursauter et je compris que la porte en verre coulissante de l'entrée avait été forcée.

Mon cœur battait frénétiquement, et les bips de la machine s'emballèrent ; j'arrachai les fils qui me reliaient à elle, puis le silence revint.

Seulement pour quelques secondes. Un nouveau vacarme nous signala que la barricade était tombée.

Evan regarda rapidement par la porte, mais une rafale de tirs le força à se plaquer contre un mur. Quand il croisa mon regard, je compris ce qu'il comptait faire : foncer dans le tas.

Je ne le laisserais pas faire sans moi.

— Evan ! Ensemble, tu te souviens ? Tu m'as promis…

Il voulait y aller seul. L'idée de me voir mourir ou que je puisse me mettre en danger le révoltait toujours, quand bien même la finalité serait la même.

Il revint alors vers moi et me serra contre lui. Il m'embrassa à nouveau, le bras tenant son arme tourné en direction de la porte ; nous pouvions entendre les pas de nos ennemis qui s'approchaient.

Cette fois-ci, ce serait ensemble.

Pour de vrai.

Et à tout jamais.

D'autres tirs se firent entendre. Aucun de nous deux ne bougea, nous attendions, serrés l'un contre l'autre, qu'ils arrivent.

Les tirs redoublèrent à l'extérieur, mais aussi à l'intérieur. Les impacts de balles se rapprochaient, faisant battre mon cœur de plus en plus vite. Ils étaient tout proches.

— Ne bouge pas, me dit Evan, un doute dans la voix.

Dans ma faiblesse, bouger m'était impossible. La fatigue revint prendre le dessus, et j'en lâchai l'arme que je tenais. J'étais restée trop longtemps éveillée et mon corps semblait me rappeler à l'ordre. Il était si lourd…

L'adrénaline aidant, je parvins tout de même à garder les yeux ouverts.

— Ils n'avancent pas, m'informa Evan. C'est comme s'ils se faisaient attaquer. Je vais voir ce qui se passe, ne bouge pas.

Je ne comprenais pas vraiment ce qu'il me disait, mais je lui obéis et fus soulagée de me laisser retomber sur cette maudite table en métal.

Un trou noir.

Puis plusieurs.

Je sombrais puis me réveillais, plusieurs fois. Tout ce que je comprenais, c'était que j'étais encore vivante.

Je vis Evan tirer par le biais de la porte à plusieurs reprises. Puis je le vis à mes côtés. Quand je sombrai à nouveau et rouvris ensuite les yeux, Evan avait disparu.

Mon cœur accéléra sa course quand je découvris un visage familier au-dessus de moi. Un visage qui me fit comprendre une chose.

J'allais vivre.

Mais je ne voyais pas Evan. Plus je reprenais conscience et plus ma peur s'intensifiait.

Qu'avait-il fait d'Evan ?

— Evan, marmonnai-je.

— Tout va bien, ma fille. Tout va bien.

Les larmes sortirent sans que je puisse les retenir.

Parce qu'il était certain que j'allais vivre.

Ça, oui.

Mais à quel prix ?

33

Evan

Quelques minutes plus tôt…

Je ne savais pas si les choses s'arrangeaient ou, au contraire, si elles empiraient.

Tout était flou. Tout était confus.

Lilas sombrait dans le sommeil alors que je tentais de comprendre ce qu'il se passait ; clairement, nous n'étions plus les cibles principales.

Je retournai au chevet de Lilas, et posai ma main sur son front, puis sur sa joue. Elle était toujours aussi pâle et je m'inquiétais de la voir si épuisée. Jusqu'au bout je veillerais à ce qu'elle soit sauve.

Elle papillonna des yeux un bref instant, luttant contre le sommeil.

— Repose-toi, princesse, je m'occupe de tout.

Elle sombra à nouveau, ce qui m'inquiéta autant que ça me soulagea : si nous devions mourir ce soir, alors dans son sommeil elle n'aurait pas à affronter la peur.

Je repartis vers l'entrée de la salle d'opération et repérai Yuri. Entouré de ses hommes, il s'était barricadé dans le bureau du vétérinaire. Et si j'étais quasiment sûr qu'ils savaient que nous étions cachés dans la salle d'opération, ils avaient visiblement plus important à penser. Peut-être la police était-elle arrivée ?

Je les observai et vis combien Yuri paraissait déstabilisé. Il tirait sans vraiment viser, comme si la situation le dépassait. Il ne cessait de recharger son arme et je me rendis compte que, à ce rythme, je n'avais qu'à patienter : il serait bientôt à court de munitions. Je n'avais plus que deux balles dans mon arme, et le chargeur plein de celle de Lilas.

Yuri n'avait plus que deux hommes en état de se battre. J'ignorais qui était le nouvel ennemi, mais il savait viser avec précision.

L'accueil ressemblait à une zone de guerre ; des morceaux de verre, de métal et de bois étaient disséminés partout.

L'un des deux derniers hommes de Yuri s'effondra ; je comptai le nombre de balles que Yuri tira en représailles et décidai de m'élancer. Il fallait saisir ma chance.

Ce dernier me repéra rapidement et lança un ordre à son garde, avant de courir vers moi. Je perdis une précieuse seconde à vérifier que celui-ci ne me braquait pas – il était trop occupé à tirer sur les agresseurs qui le canardaient – qui permit à Yuri de me percuter. Mon arme m'échappa ; instinctivement, je ripostai avec mes poings sans plus m'arrêter. Les points de suture de mon bras sautèrent, et si la douleur fut intense, je l'oubliai rapidement pour me concentrer sur Yuri. Il se battait de façon très académique, ayant sûrement suivi des cours particuliers. Cela le rendait prévisible et me donnait l'avantage : j'avais appris à me battre dans la rue, là où tous les coups étaient permis.

Les tirs cessèrent brusquement, ne laissant place qu'à nos bruits de lutte. Yuri se fatiguait et je savais que ce n'était plus qu'une question de secondes avant que je puisse l'achever mais, soudain, l'obscurité tomba.

Un sac en toile fut placé sur ma tête et on m'immobilisa en me mettant les mains dans le dos. Bientôt, je m'effondrai sous une pluie de coups. Combien étaient-ils ? Trois, dix, vingt ? Je n'aurais su le dire. Allongé au sol, je tentai de protéger mes organes vitaux en me repliant sur moi ; sans la vue, il m'était impossible d'anticiper le coup suivant.

Un ordre claqua dans le brouhaha, et tout devint silencieux. Les coups s'arrêtèrent. Alors, je me souvins de l'appel du docteur et compris que, si les Callini et les Russes étaient nos ennemis, un nouveau clan était entré dans le jeu.

Derrière le sac en toile, je pouvais distinguer des ombres, mais rien qui puisse me renseigner sur l'identité de ce nouveau joueur. Je restai au sol, sans faire le moindre mouvement, mais on ne m'oublia pas pour autant puisqu'on me força à me relever sans ménagement. On me fit avancer, puis m'arrêter.

— Evan…, entendis-je faiblement.

Nous étions dans la salle d'opération, Lilas était toute proche. Seule. Sans défense.

— Tout va bien, ma fille. Tout va bien.

À ces mots, je compris qu'elle était en danger. Je lançai un coup de tête en arrière, atteignant un garde, puis une fois les mains libres, j'assenai un coup de poing à l'aveugle avant de me retirer le sac que j'avais sur la tête.

— Ne l'approchez pas ! grondai-je.

Au même moment, je reçus un coup si puissant à la tête que je tombai à la renverse.

Je me réveillai en sursaut et, aussitôt, mes sens se mirent en alerte.

Où suis-je ? me demandai-je. *Qu'est-ce qu'il s'est passé, où se trouve Lilas ?*

Cette dernière question me fit ouvrir les yeux bien trop rapidement. Ma tête sembla exploser tant la douleur qui se diffusa dans mon crâne fut vive.

Je tentai de bouger, mais mes mains étaient attachées derrière mon dos. Le froid que je ressentais sur une partie de mon visage m'indiqua que j'étais allongé sur le sol.

— Bien. Tu es réveillé.

Je rouvris les yeux et tournai mon visage dans la direction d'où venait la voix. Je vis un homme dont la barbe était aussi blanche que la neige, assis simplement sur une chaise, les coudes sur les genoux, me fixant sans aucune expression. Son accent était prononcé, et même si je savais que je ne devais pas me fier aux apparences, il ne semblait pas menaçant. Pourtant, je pouvais sentir le danger planer, et mon instinct me hurla de rester sur mes gardes. Je n'étais pas en position de force, je le savais, mais automatiquement je tentai de trouver des solutions pour me sortir de là et retrouver Lilas.

— Evan ?

Ce type connaissait mon prénom, sûrement parce qu'il l'avait entendu de la bouche de Lilas. Je ne répondis pas, mais cherchai à me mettre assis en oubliant la douleur, ce que je réussis à faire au bout de plusieurs longues secondes. Il n'y avait rien dans cette pièce. Aucun meuble, les murs étaient blancs. J'étais dans une prison… ou une salle de torture.

— Tu as dormi assez longtemps. Je crois que mon second n'a pas vraiment apprécié le coup de tête.

Je restai silencieux. Mon esprit était tourné uniquement vers ce qui m'inquiétait : Lilas. Il me parla de son second encore un peu, et m'observa sans relâche, comme pour voir ce qui me faisait réagir.

— Je n'aurais jamais pensé que vous en arriveriez là, tous les deux. Si Giorgio ne m'avait pas contacté…

J'eus un léger froncement de sourcils, ce qui le fit sourire.

— Le vétérinaire, précisa-t-il.

Je me trouvais donc bien dans le clan que le véto avait appelé. Celui qui était intervenu et avait tiré sur les Russes. Je supposai que ce n'était pas une bonne nouvelle, mais je restai à nouveau impassible.

— Je crois bien que rien n'aurait pu arrêter les Callini ou leurs alliés… Les Pavelevitch, je crois ?

Je ne répondis pas, ce qui le fit sourire d'autant plus. Il se redressa et s'adossa à sa chaise.

— Je vois. Tu n'es pas ouvert à la discussion…

— Où est Lilas ? dis-je alors, lui faisant comprendre que rien d'autre ne m'intéressait.

— En sécurité.

— Ce qui veut dire ?

— Qu'elle n'était pas au mieux de sa forme quand on l'a récupérée. Elle se remet doucement. À présent que je t'ai répondu, à ton tour : comment as-tu pu imaginer que tu pourrais échapper aux Callini en t'enfuyant avec l'unique fille du chef de clan ?

Il se leva et se mit à marcher, tout en continuant sans me laisser le temps de répondre :

— C'était idiot de penser que vous pourriez y arriver, tous les deux. Sans aucune aide. Je la reconnais bien là : elle est si têtue, comme…

Il ne termina pas sa phrase, car on frappa à la porte. L'homme grogna quelque chose dans une langue aux accents latins et entrouvrit la porte.

— Laisse-moi le voir.

Je me redressai aussitôt en reconnaissant cette voix.

— Tu ne devrais pas être debout.

— Je me fiche de ce que je devrais faire, je veux le voir.

Lilas poussa alors la porte et entra dans la pièce, tandis que je me perdais en hypothèses. Étions-nous de retour dans sa famille ? Cet homme n'était pas Dimitri, j'en étais certain. Être resté quelque temps dans les vapes ne m'aidait pas à comprendre la situation. Je devais saisir, et vite, si je voulais nous sortir de là.

Quand elle me vit, elle se tourna vers l'homme et dit :

— C'était obligé de l'attacher ? Dis à tes gardes de le libérer… s'il te plaît.

— Lilas…, soupira-t-il. Connais-tu vraiment cet homme ?

— Oui.

— Sais-tu toutes les choses qu'il a faites ?

Je me tendis à l'évocation de mon passé.

— Nous en avons discuté.

— Donc tu sais combien il peut être dangereux.

Je vis distinctement Lilas se tendre.

— Tu as enquêté sur lui ? Bien sûr que tu l'as fait, répondit-elle pour elle-même. Détache-le.

L'homme me jeta un coup d'œil et me surprit en souriant à Lilas.

— Je reconnais bien là la fougue des femmes de la famille.

Il disparut ensuite, laissant place à deux autres hommes dont un s'approcha pour me détacher. L'autre me fixait, guettant le moindre de mes mouvements, comme si j'allais lui sauter dessus à tout moment. Ce n'était pas l'envie qui m'en manquait, mais j'étais loin d'être en position de force, c'était donc inutile.

Quand les hommes s'en allèrent, Lilas vint à mes côtés, m'aida à me relever, puis me serra dans ses bras. Je fis la même chose, avant de prendre son visage dans mes mains, remarquant qu'elle semblait moins pâle mais toujours pas au mieux de sa forme.

Je l'embrassai, puis la serrai à nouveau contre moi en soupirant de soulagement. C'était loin d'être fini, mais qu'elle soit à mes côtés me faisait du bien.

— Comment tu vas ? lui demandai-je.

— Encore faible, mais ça va mieux, maintenant.

Elle me serra plus fortement dans ses bras et resta un moment ainsi, sans bouger. Je finis par demander :

— Qui est cet homme ?

— Diego Bonassoli. Mon grand-père maternel.

Je haussai un sourcil, méfiant, mais aussi soulagé de savoir qu'on ne se trouvait ni chez son père, ni chez les Russes. Je ne savais néanmoins toujours pas si nous étions en sécurité.

— C'est lui que le vétérinaire a contacté, continua-t-elle. C'était pour nous venir en aide. Mais il y a un problème.

— Lequel ?

— L'aide des Bonassoli a un prix. Je ne doute pas de l'affection de Diego pour moi, même si nous n'avons jamais vraiment partagé quoi que ce soit, mais famille ou pas, une dette reste une dette.

Je compris mieux la frustration qui tendait son beau visage ; elle qui avait souhaité fuir la mafia craignait à présent d'avoir replongé.

— Attendons de voir ce qu'il nous demande. On n'a pas fait tout ça pour rien, princesse. Je ne sais pas encore de quoi il retourne, mais je ferais n'importe quoi pour payer cette dette et nous libérer au plus vite de ton grand-père.

Elle força un sourire et se nicha dans mes bras, mais j'eus le temps de voir que son inquiétude était toujours vive.

34

Lilas

Après une longue discussion avec Diego, je réussis à obtenir d'emmener Evan dans la chambre qu'on m'avait attribuée. Le manoir de mon grand-père ressemblait à un immense château traversé de kilomètres de coursives. Dans les couloirs, des gardes nous suivirent comme les Ombres que j'avais toujours eues.

Une fois dans la chambre, Evan me força à m'allonger près de lui pour que je me repose. Je devais l'avouer, j'étais toujours à bout de forces. Il veilla sur moi jusqu'à ce que je m'endorme, et je me réveillai le soir venu, toujours dans ses bras. Je n'étais pas sûre qu'il ait fermé l'œil un seul instant. Les cernes qui soulignaient ses yeux attestaient qu'il avait veillé sur moi durant tout ce temps.

L'un des domestiques vint nous déposer des vêtements et nous signala qu'on était attendus peu de temps après dans la salle à manger. On prit alors une douche dans la petite salle d'eau adjacente, puis on s'habilla simplement. Jean et T-shirt pour tous les deux, qui étaient à notre taille.

On se rendit ensuite dans la salle à manger, guidés par le domestique, et suivis par des gardes.

La pièce était d'un luxe antique et baroque. Des peintures

italiennes se trouvaient accrochées aux murs tandis qu'au fond de la salle trônait une impressionnante horloge aux mécanismes ciselés et mystérieux. Le parquet ancien et brillant craquait sous nos pieds, seul adversaire du silence qui régnait.

Assis autour d'une table ovale, Diego nous observait, puis nous indiqua d'un signe de prendre place.

Je lançai un coup d'œil à Evan qui, lui, ne quittait pas mon grand-père des yeux, ainsi que les gardes présents. C'était comme s'il enregistrait tous les paramètres de la situation pour établir un plan d'évasion en cas d'urgence. Quand il finit par croiser mon regard, le coin de ses lèvres s'étira presque imperceptiblement, signe qu'il était plus détendu et, donc, qu'il avait au moins deux solutions possibles si les choses tournaient mal.

— Ton ami russe m'a parlé de vous, commença Diego.

— Yuri ? ! Il est ici ? Ce n'est pas mon ami.

— Enfermé quelque part au sous-sol, oui.

En jetant un coup d'œil à Evan, je vis son micro-sourire revenir.

— Que t'a-t-il dit ?

— Qu'il est ton fiancé, selon mon interprète.

Cette fois-ci, Evan se tendit, mais resta silencieux, bien que sa colère fût perceptible.

— C'est faux. Mais tu le sais déjà puisqu'il est en bas et non autour de cette table.

— Tu as raison. Et je suis bien content que tu n'aies pas écouté ton père. Ce Russe est indigne de ma petite-fille.

Je ne répondis rien, laissant le silence revenir. Quand Diego tourna son attention en direction d'Evan, ce fut à mon tour de me tendre. Faisant tournoyer le vin dans son verre, il lâcha :

— Je ne sais pas quoi penser de toi.

— On est deux.

La voix d'Evan était sombre, comme chaque fois qu'il ne

laissait aucune émotion filtrer. Je sentis ma nervosité grimper, craignant la tournure que prendrait la conversation.

— Lilas fait partie de ma famille. Elle est la fille de ma fille et, oui, j'ai enquêté sur toi depuis le jour où j'ai su que Lilas était amoureuse. Je n'aime pas beaucoup ce que j'ai découvert, jeune homme, mais j'ai une question : qui es-tu ? Evanilson Enrique Rodrigues, ou le bourreau de Logan ?

Je gardai le silence, même si j'étais surprise que Diego en sache autant, alors que de mon côté j'ignorais même le deuxième prénom de l'homme que j'aimais.

— Je suis Evan, tout simplement.

Diego se redressa, son visage ne laissant filtrer aucune de ses pensées. Contrairement à moi, Evan semblait s'être détendu.

— Tu t'es laissé embarquer par un voyou des bas quartiers qui pense peser lourd dans son milieu. Qui me dit que tu ne te laisserais pas à nouveau enrôler par un autre homme qui te proposerait de grosses sommes d'argent ?

— Les circonstances étaient particulières.

— Oui, acquiesça Diego. Teddy. Tu n'as pas réussi à prendre soin de lui non plus.

Cette fois, Evan se referma, mettant visiblement un mur en béton armé autour de lui, comme pour ne rien ressentir, ou pour ne rien laisser sortir.

Je compris ce que Diego voulait : le déstabiliser. Il le testait.

— Arrête, intervins-je. Tu sais que la famille est importante…

— Pas pour toi, apparemment, riposta-t-il en me fixant. Je te rappelle que tu lui as tourné le dos.

Il n'avait pas tort mais, une fois encore, les circonstances étaient particulières. Je ripostai à mon tour :

— Alors ça veut dire que maman aussi t'a tourné le dos ?

Diego se figea et je fus persuadée que, si j'avais été quelqu'un d'autre, il m'aurait exécutée sur-le-champ.

À mon grand étonnement, il finit par sourire.

— Tu n'as pas tort.

— Contrairement à ce que vous pensez, reprit Evan, la famille est très importante pour moi. Que ce soit mon petit frère ou Lilas, ils sont ma famille.

Un pli soucieux apparut sur le front de mon grand-père, comme s'il réfléchissait à une chose, sans savoir comment la formuler. Puis il secoua la tête et reprit sur un autre sujet :

— Tu as tué un de mes informateurs.

Evan ne répondit rien tandis que je réfléchissais tout comme lui à quand cela était arrivé. Diego le comprit et nous éclaira :

— À quelques heures de la frontière, vous vous êtes arrêtés dans un petit village, dans un hôtel à bas prix.

Je compris alors de quoi il parlait et fus de plus en plus mal à l'aise de la tournure que prenait la conversation.

— Comment j'aurais pu savoir qu'il s'agissait d'un de vos informateurs ?

Diego ignora sa réponse et poursuivit :

— Que je sois venu vous sortir des griffes des Russes est une chose. Je l'ai fait de mon propre gré après le coup de fil du vétérinaire, mais une dette reste tout de même en suspens. S'ajoute à cela une dette de sang pour l'excellent informateur que j'ai perdu.

Je me levai, le cœur palpitant.

— Hors de question. Tu ne prendras pas sa vie. Je te jure que tu devras me passer sur le corps avant ça !

Evan entoura mes hanches de son bras pour me ramener près de lui, m'enjoignant de rester calme. Je ne savais pas comment il faisait, mais je comprenais soudainement pourquoi il semblait si impulsif quand il s'agissait de moi.

Diego allait répondre, mais un de ses gardes entra. Il resta simplement sur le pas de la porte et fixa son boss, sans jamais parler. Ce dernier finit par acquiescer, comme si une conversation télépathique avait eu lieu.

— Combien pour nous ? s'enquit Diego en italien.

— Vingt-quatre.

La réponse du garde sembla contrarier fortement mon grand-père, mais il finit par acquiescer à nouveau.

— Fais-le rejoindre le Russe.

Le garde disparut alors et Diego se tourna vers moi avant de reprendre :

— Ton père vient d'arriver. Il a éliminé vingt-quatre de mes hommes. Tu sais ce que ça veut dire ?

— Qu'il va mourir.

Il ne dit rien, mais je savais que j'avais vu juste. Evan resserra son bras autour de mes hanches. Un soutien dont j'avais terriblement besoin en cet instant.

Étais-je triste ?

Je n'y arrivais pas.

Et c'était ce qui me chagrinait le plus. Ce détail n'échappa pas à Diego.

— Je sais que tu es fâchée contre ton père, mais cette absence d'émotion ne te ressemble pas.

Je restai un instant silencieuse, me demandant s'il avait le droit de connaître la vérité. Est-ce que ça empirerait les choses ? Probablement pas, en convins-je. Je décidai de me lancer.

— Il a tué Victoria, dis-je. Depuis ce jour, il n'est plus rien pour moi.

C'était un mensonge. Au-delà de ma haine envers lui, Dimitri restait mon père, un homme qui n'avait de père que le nom mais j'avais toujours entretenu l'espoir de pouvoir un jour ressentir son amour.

Finalement, je n'allai pas plus loin et ne parlai pas de ma mère. Je ne voulais pas remuer le couteau dans la plaie, et je n'en eus pas besoin :

— Tu sais qu'il a aussi tué ta mère, pourquoi ne pas me le dire ?

— Je ne voulais pas l'enfoncer davantage. Et puis, apparemment, tu étais déjà au courant. Pourquoi ne pas avoir réagi avant ?

— Parce que tu étais là, Lilas. Maintenant que tu lui as tourné le dos… (Il se leva.) Suivez-moi.

On obtempéra tous les deux et je compris très vite qu'un face-à-face nous attendait. Mon cœur se serra d'appréhension mais aussi de peur. Quant à Evan, il me jetait sans cesse des coups d'œil, comme s'il craignait que je craque.

On descendit dans le sous-sol, près de l'endroit où Evan était retenu. Plusieurs gardes armés se trouvaient devant une porte blindée fermée, attendant les ordres de Diego. Ce dernier tendit simplement la main et un de ses hommes y déposa une arme à feu.

Alors je sus et tout mon corps se contracta.

Allais-je assister à la mort de mon père ?

Diego se tourna vers Evan.

— La dette de sang. Une vie pour une vie. Tu as deux cibles, je te laisse choisir.

Sans jamais croiser mon regard, Evan accepta l'arme. Il m'avait dit qu'il ferait tout pour nous sortir de là… Je savais qu'il tiendrait parole.

— Reste là, me chuchota-t-il.

— Non, répondis-je en secouant la tête. Je viens. Ensemble, peu importe ce que tu ne veux pas que je voie. Je viens.

Il semblait contre cette idée, mais je refusais de céder. Je ne le laisserais pas seul. Nous étions deux.

Je savais qu'il ne servait à rien de supplier Diego pour que tout ça n'arrive pas. Les lois de son clan, qui reflétaient celles de mon père, étaient incontournables.

Evan entra et je le suivis, la boule au ventre. La seule personne que je regardai fut mon père ; Yuri, à ses côtés, ne comptait pas.

Les mains attachées dans le dos, Dimitri nous fixa à tour de rôle. Sans peur. Sans états d'âme. Quand ses yeux sans fond tombèrent sur moi, il finit même par sourire.

— Tu l'as, ta revanche.

Ce n'était pas une revanche. Je n'avais aucun plaisir à être là, mais je ne dis rien. Prononcer le moindre mot était au-dessus de mes forces. J'avais bien trop peur que la haine que je ressentais pour lui ne me submerge. Et malgré tout…

Malgré tout, il restait mon père.

Yuri proférait menaces et insultes. Du moins, c'était ce qu'il me semblait, car au vu de son visage haineux j'étais sûre que les mots qu'il employait pour chacun d'entre nous étaient loin d'être amicaux.

À ma gauche, Evan était impassible. Comme s'il se détachait complètement de la situation, de l'environnement et des personnes qui se trouvaient présentes ; il avait le regard lointain. Il enleva la sécurité de l'arme et se tourna vers Yuri, quand mon père lança à mon attention :

— Tu sais, Evan et moi, on est un peu pareils. Regarde-le. Finalement, le dicton dit vrai : une femme choisit toujours un homme à l'image de son père.

— Je n'ai rien à voir avec vous, répondit Evan.

Je serrai les dents, comprenant que Dimitri cherchait à semer le doute. Peut-être même qu'il voulait être la cible d'Evan pour créer un fossé entre lui et moi…

Mon père était capable de tout.

— Bien au contraire, dit Dimitri. J'étais comme toi à ton âge. Et voilà où je me retrouve aujourd'hui.

Alors j'intervins.

— Non, il n'a rien à voir avec toi. Et si on en est là aujourd'hui, c'est uniquement par ta faute.

Mon père rit. Il n'y avait que lui pour rire dans des situations comme celle-ci.

Evan tendit le bras en direction de Yuri, comme s'il voulait en finir au plus vite, mais mon père reprit :

— Evan, je te promets que, en enfer, je passerai le bonjour à ton petit frère, Teddy.

Tout sembla ralentir. Je vis alors la main d'Evan trembler un bref instant et j'entendis sa respiration se couper.

Puis la direction de son bras changea.

De l'autre, il vint entourer mes épaules, avant de placer une main sur mes yeux.

Et il tira.

35

Lilas

Il nous fallut cinq jours. Cinq jours pour découvrir la vérité au sujet du petit frère d'Evan. Cinq longues journées durant lesquelles Evan n'était plus tout à fait avec nous. Il ne montra à aucun moment sa peine, sauf la nuit venue, quand il pensait que je dormais. Je respectais son besoin d'intimité, mais c'était dur de ne pas pouvoir être présente pour lui.

Jusqu'à la fin, mon père avait essayé de nous séparer, mais j'avais refusé qu'il ne gagne encore une fois. Evan avait tué mon père. Lui en voulais-je ? Non. Je connaissais bien trop la perfidie de Dimitri. Étais-je triste ? Infiniment.

J'avais perdu Victoria, mais aussi l'homme qui m'avait donné la vie. L'homme que je haïssais, sans pouvoir empêcher une part de moi de l'aimer. Je n'avais plus de famille, si ce n'était mon grand-père.

Diego mit à notre disposition son réseau et ses moyens pour retrouver Teddy. Et au bout de ces cinq jours… La vérité éclata.

Mon père avait menti. Teddy se portait bien.

J'avais longuement pleuré de soulagement, mais aussi d'incompréhension.

Mon père n'avait jamais souhaité mon bonheur ; jusqu'au bout, il avait manipulé et menti pour détruire ma vie.

Il me fallut alors du temps. Beaucoup. Pour digérer et accepter que malgré mes espoirs mon père était bien le monstre que je pensais. Il avait tué ma mère. Victoria. Il avait tenté d'assassiner Evan. Enfin, il avait donné l'ordre de m'abattre, moi, sa propre fille.

Evan fut présent tout du long ; je sentais qu'il culpabilisait d'avoir été celui qui avait pris la vie de Dimitri. Il resta à mes côtés, sans trop savoir comment m'aider, mais sa présence et ses bras qui m'entouraient m'étaient d'un réconfort certain.

Les Callini ayant perdu leur chef, mon oncle Mano prit la tête du réseau. Le clan Callini était fragilisé cependant, il devait venger la mort de son chef et celle de Yuri. La guerre était inévitable.

Diego décida que notre dette pouvait être réglée si Evan acceptait de rejoindre ses rangs le temps de l'affrontement. Bien sûr, ce dernier accepta. Il m'avait dit qu'il ferait tout ce qu'il faudrait pour nous offrir la liberté… Et il le fit.

Cela dura huit mois. Huit interminables mois où, chaque jour, je craignais qu'Evan ne se fasse tuer. Diego était intransigeant : je ne devais quitter le manoir sous aucun prétexte ; je vivais donc recluse, pour ma propre protection. Je reçus des tonnes de menaces par différents intermédiaires, mais la seule chose qui m'inquiétait véritablement, c'était les risques que prenait Evan pour nous. Au fil des jours, ma blessure cicatrisa et je récupérai des forces, même si le simple souvenir de ces derniers mois ravivait de profondes douleurs.

Je retrouvai goût à la vie quand Evan revint enfin au manoir ; la guerre s'approchant de sa fin, Diego m'autorisa même à sortir – sous bonne escorte, bien sûr – et j'entrevis un peu d'espoir dans le ciel de mon avenir. Un soir, le majordome nous interpella tandis que nous rentrions d'une course : Diego voulait nous voir. Derrière un énorme bureau en bois massif sombre, mon grand-père nous invita à nous asseoir. On obtempéra et, si Evan était détendu, je me sentais comme prise au piège. Je craignais qu'il nous annonce que la guerre reprenait et qu'Evan devait retourner se battre.

— J'ai une bonne nouvelle, les enfants, commença-t-il sans pour autant sourire.

Son expression contredisait ses mots ; j'étais perdue, incapable de deviner ce que le destin nous réservait, une fois de plus.

— Vous êtes officiellement libres.

Je fronçai les sourcils tandis qu'Evan passait une main dans mon dos.

— Qu'est-ce que ça veut dire exactement ? demanda Evan en restant sur ses gardes.

— Lilas n'est plus considérée comme faisant partie des Callini. En contrepartie, elle ne devra plus jamais poser un pied sur son ancien territoire. Cela vaut également pour toi, Evan. En résumé, vos têtes ne sont plus mises à prix et vous n'êtes également plus recherchés par les autorités.

Je vis le regard d'Evan se poser sur moi, mais je n'arrivais pas à vraiment intégrer ce qui venait d'être dit. Diego se leva et déposa devant nous une petite boîte noire, entourée d'un cordon rouge.

— Ouvrez-la, ordonna-t-il.

Evan m'interrogea du regard et j'acquiesçai, curieuse. Il dénoua le nœud, puis ouvrit la boîte, d'où il sortit deux passeports. Je lui en pris un et l'ouvris.

Lilas Bonassoli.

— Qu'est-ce que ça veut dire ?

Evan répondit à ma question :

— Qu'on est libres, mais qu'on appartient au clan Bonassoli.

— Absolument pas, intervint Diego. Vous êtes libres d'accepter ou non ces passeports. Je vous conseille néanmoins fortement de les garder car ils vous permettront de circuler sans jamais être inquiétés. Vous avez respecté votre parole et remboursé votre dette. À présent, vous pouvez vous en aller.

Je n'y croyais pas. Après tout ce qu'il s'était passé, je m'attendais à ce qu'un nouvel obstacle nous empêche de partir. Mon grand-père allait poser de nouvelles conditions, une attaque allait survenir…

Mais rien ne vint.

La tête posée contre le torse d'Evan, je scrutais les alentours, mes yeux balayant tous les voyageurs allant et venant par la porte d'embarquement. L'aéroport de Milan était une véritable ruche et toute cette activité me rendait nerveuse. Nous avions tous les deux fait modifier nos nouveaux passeports ; nous ne voulions être liés de près ou de loin à aucun clan.

Nos bagages étaient enregistrés, et nous attendions pour monter dans l'avion qui nous emmènerait loin d'ici. J'étais incapable d'avoir confiance en l'avenir et de croire que tout se passerait bien : nous avions déjà dû surmonter bien trop d'obstacles.

— Toi aussi, tu surveilles, n'est-ce pas ? s'enquit Evan, ses bras entourant mon corps.

Je relevai le visage dans sa direction et trouvai son sourire attendrissant.

— J'ai la sensation que quelque chose va mal tourner.

— Je n'arrive pas à me détendre, moi non plus. Mais, princesse… Je crois que, cette fois, il ne nous arrivera rien. Je suis même sûr que tout ira bien.

— Tant qu'on n'aura pas décollé, je sais que je ne me détendrai pas.

Il me sourit à nouveau, puis je vis ses yeux balayer les environs rapidement avant de revenir sur moi. Je haussai les sourcils.

— Je n'y peux rien ! dit-il en riant doucement. J'ai un furieux besoin de m'assurer que tu es en sécurité. Besoin de veiller sur toi.

— Comme tu l'as toujours fait.

— Comme j'ai *essayé* de le faire. Depuis toujours et à jamais.

Une voix claire résonna dans le grand hall : l'embarquement pour notre vol débutait.

Evan avait raison.

On s'installa dans l'avion sans encombre et l'avion quitta le sol italien.

Cette fois, il ne nous arriverait rien.

Parce que, comme il me l'avait promis, nous étions enfin libres. Libérés de nos chaînes et de nos serments.

Mais surtout, nous étions libres de nous aimer.

Épilogue

Lilas

Un an plus tard…

Assise sur un haut tabouret et accoudée au bar, j'observais les vagues s'échouer sur le sable fin, savourant la beauté du paysage. Le soleil tombait bas sur l'horizon, et ses rayons se reflétaient sur l'eau, lui donnant par endroits des éclats d'or hypnotisants.

Nous avions voyagé dans quatre pays différents, souhaitant brouiller nos traces, par précaution. Puis Evan m'avait fait la surprise de nous emmener à Tahiti. Séduits par la beauté de l'île, nous avions très vite décidé de poser nos valises pour de bon et d'acheter un charmant petit bar de plage, le Mopiti.

Nous avions longuement lutté pour réussir à obtenir la licence qui nous permettrait de reprendre cet établissement, mais après une longue bataille administrative, nous y étions finalement parvenus.

Situé à l'ouest de l'île, le bar avait une structure traditionnelle en bois et un toit recouvert de feuilles de palmier ; l'endroit ressemblait à un coin de paradis. Nous y avions effectué quelques travaux de rénovation et de décoration, renouvelant surtout le mobilier, et à présent l'établissement était prêt pour l'ouverture qui aurait lieu officiellement dans deux jours.

Petit à petit, notre avenir se dessinait et j'arrivais à prendre le temps de vivre chaque instant. Désormais, quand j'observais l'océan, ce n'était plus pour fuir ma vie ou tenter de noyer mes pensées sombres. Désormais, je vivais.

Il y avait tant de choses que je découvrais. Après vingt-cinq années d'enfermement familial, j'avais l'impression de renaître. Je découvrais le monde, et ce qui m'entourait me plaisait. Une existence normale, c'était tout ce que j'avais toujours souhaité. Je continuais de regarder par-dessus mon épaule, parce que les mauvaises habitudes avaient la peau dure, mais je travaillais chaque jour sur ce problème.

Un baiser posé sur mon épaule nue me sortit de ma contemplation. Evan enroula ses bras autour de mon ventre et colla son torse contre mon dos, avant de mettre sa joue contre la mienne. Il resta un instant à fixer l'horizon, puis m'embrassa sur la joue, agrandissant un peu plus mon sourire.

Je tournai mon visage dans sa direction et me perdis dans le bleu saisissant de ses yeux, éclairés par un rayon de soleil.

— Comment va Théo ? demandai-je en sachant qu'il venait de le contacter.

— Il va bien. Il part pour le Vietnam d'ici quelques heures.

— Il n'a eu aucun problème ?

Evan comprit que je voulais parler de son départ du clan Callini.

— Pas pour l'instant. Apparemment, la réorganisation chaotique lui a permis de partir sans difficulté, mais je t'avoue que je ne serai vraiment soulagé que quand il me recontactera.

Il attrapa le bord de mon débardeur et passa ses mains sur la peau de mon ventre, déclenchant d'agréables frissons. Il me donna également des nouvelles de son petit frère ; Théo lui avait permis pendant plusieurs mois de suivre à distance l'évolution de la santé de Teddy, même si c'était une chose qu'il ne pourrait à présent plus faire.

— Tout est donc prêt pour le Mopiti ?

— Oui, répondis-je en ressentant une pointe d'impatience. J'ai hâte de faire l'ouverture.

Une vie normale nous attendait. C'était encore l'inconnu, mais c'était excitant.

— En attendant, nous avons deux jours de répit, me souffla-t-il en m'embrassant sur l'épaule. Que dirais-tu d'aller nous balader ?

Je souris, m'abandonnant à ses baisers.

— Je suis incapable de te dire non quand tu fais ça…

— Je sais, dit-il en un grognement amusé. C'est pour mieux t'amadouer.

Je lui lançai un coup d'œil méfiant et m'écartai de ses baisers.

— Qu'est-ce que tu veux que j'accepte ?

— Je veux juste que tu me suives sans poser de question.

Surprise, je me tournai face à lui.

— Bien sûr que je vais te poser un millier de questions maintenant !

Il rit et vint se positionner entre mes jambes avant de m'embrasser.

— Ce serait moins drôle si ce n'était pas le cas.

Je le repoussai en riant.

— Je te déteste ! Attiser ma curiosité sans l'assouvir… Tu es un monstre.

— C'est faux, tu ne me détestes pas. Allez, suis-moi.

Evan ferma la réserve qui se trouvait derrière le bar, puis on traversa la plage pour rejoindre la jeep, dans laquelle je pris place. Posant la tête sur le dossier du siège, je regardai le ciel infini qui s'assombrissait doucement et laissai la chaleur du soir m'envelopper comme une caresse. Evan conduisit en silence, et quitta les routes habituelles pour nous diriger vers des zones touristiques. Il s'engagea en direction des vallées montagneuses, et longea ensuite la côte océanique. Les habitations se firent de moins en moins nombreuses, laissant place à des hôtels luxueux, qui eux-mêmes finirent par disparaître.

— Où tu m'emmènes ?

Il sourit sans me répondre. Je savais qu'il ne me dirait rien, mais c'était plus fort que moi.

Quand on arriva près des côtes, qui offraient une vue imprenable sur le lagon, je ne me posai plus de questions, je profitai seulement de l'instant présent. La vue ne durerait pas longtemps, car la nuit tombait plutôt rapidement.

Evan finit par s'arrêter devant la réception d'un hôtel composé de bungalows.

— Donc on découche ce soir ? demandai-je en souriant.

— Oui, et ce pour les deux jours à venir.

Il coupa le moteur et m'embrassa, avant de descendre de voiture. Il tendit les clés à un portier et, glissant un bras autour de ma taille, il nous emmena vers la réception joliment illuminée.

— Bonjour, nous avons une réservation pour monsieur et madame Delgado.

Entendre le nom de famille qu'on s'était choisi pour nos nouveaux papiers d'identité me faisait toujours un drôle d'effet.

— Bien sûr, veuillez me suivre, répondit la réceptionniste d'une voix douce.

La femme aux longs cheveux noir de jais récupéra une clé, puis nous invita à la suivre. On ressortit dehors, de l'autre côté de l'accueil, puis elle nous guida sur un chemin en bois, assez large, qui serpentait dans la végétation luxuriante. Des torches illuminaient chacune des entrées des petits bungalows. Elle finit par s'arrêter devant une porte, l'ouvrit et nous invita à entrer. Elle nous présenta rapidement la petite maison – on ne pouvait pas appeler ça un bungalow – avant de s'éclipser.

Je repérai quelques-unes de nos affaires, posées dans le petit salon, ce qui me rendit confuse.

— À quel moment nos affaires sont arrivées là ?

— Je les ai fait envoyer ce matin, quand je t'ai dit que j'allais faire des courses sur le marché.

— Depuis combien de temps tu prépares cette soirée ?

— J'ai réservé il y a deux mois.

Je me tournai dans sa direction sans pouvoir m'empêcher de sourire. Encore aujourd'hui, chacune de ses attentions m'émerveillait. Lui qui disait ne pas être romantique, il ne se rendait même pas compte que, en réalité, il l'était. Ou bien, il apprenait à l'être.

Il me guida jusqu'à la chambre de notre cocon paradisiaque et je réussis à le pousser sur le lit, avant de l'emprisonner sous mon corps.

— Merci, dis-je en l'embrassant.

Ses mains remontèrent dans mon dos, emportant mon haut au passage. Il se redressa puis me souleva dans ses bras pour me plaquer contre le mur. Sa bouche partit à la découverte de mon corps, mais ce ne fut que pour quelques secondes, car il finit par secouer la tête et dit :

— Ça va être froid.

— Non, non, je t'assure que c'est très chaud.

Il éclata de rire puis me déposa sur le sol avec un air moqueur :

— Je ne parlais pas de nous…

Il me conduisit jusqu'au petit salon, où la grande baie vitrée attira mon attention. Nous n'avions qu'à faire glisser les portes pour avoir les pieds dans le sable ; la vue sur l'océan était magnifique.

Sur la plage, à quelques dizaines de mètres, une haute tente ouverte en toile blanche avait été installée, illuminée par des torches. En dessous, une grande table était dressée, face à l'océan.

Les larmes me montèrent aux yeux quand je compris qu'Evan avait tout organisé pour moi. Pour nous.

Il me vola un baiser rapidement et me dit tout bas :

— Joyeux anniversaire, princesse.

Me prenant la main, Evan ouvrit les portes, se déchaussa et m'invita à faire de même, puis il nous conduisit jusqu'à la tente, qui me rappelait cette soirée inoubliable où nous nous étions retrouvés, dans le labyrinthe de voiles blancs.

Evan releva les manches de sa chemise, dévoilant ses tatouages. Les anneaux qui auparavant montraient son appartenance au clan de Logan avaient disparu sous un somptueux tatouage traditionnel polynésien.

Je posai mes mains sur ses poignets, caressant sa peau dorée par le soleil. Mon besoin de le toucher était toujours aussi puissant : dès qu'il se trouvait à proximité, j'avais besoin de sentir sa peau sous mes doigts.

Il guida une de mes mains contre ses lèvres, puis me tendit un cocktail coloré, que je bus doucement.

— Lilas, est-ce que tu es heureuse ?

Je fronçai les sourcils un bref instant, puis sourit.

— Tu me poses vraiment la question ?

— Oui, je veux te l'entendre dire.

— Bien sûr que je suis heureuse. Comme jamais je ne l'ai été. Et toi ?

— Je le suis. C'est exactement la vie que j'imaginais à dix-sept ans quand on parlait de s'en aller. Enfin presque : dans mon plan initial, je t'emmenais dans un restaurant chic ; je ne savais pas que ce genre de mise en scène était possible. Et je pensais aussi qu'on ne pourrait pas être plus que des amis : c'est donc bien mieux que ce que j'imaginais.

— Tu oublies que j'étais déjà amoureuse de toi à ce moment-là.

— Je n'en étais pas sûr, mais dans tous les cas j'aurais fait n'importe quoi pour que tu craques pour moi.

Je ris et secouai la tête, avant qu'il ne poursuive plus sérieusement :

— Le matin du jour où on s'est rencontrés, j'avais prié le ciel pour que ma vie change radicalement. À cet instant, j'espérais que ma mère redevienne une véritable mère, mais… Finalement, je suis tombé sur toi.

— Et les catastrophes ont débuté.

— Notre histoire n'a rien de catastrophique. Je la vois comme une bénédiction.

— Une bénédiction ?

— J'étais un gosse complètement largué, avec une seule envie : avoir une famille. C'est ce que tu m'as offert au fil du temps. C'est ce que j'ai, aujourd'hui.

Je souris, comprenant ce qu'il voulait dire. J'avais trouvé une famille auprès de lui également. Une famille infaillible et unie par un amour pur. Sans condition. Sans contrainte.

Il était mon premier amour et je ferais tout pour qu'il soit également le dernier. Cette dernière pensée me fit réfléchir :

— Maintenant qu'on est libres, tu ne crains pas de te lasser de moi ?

— S'il y a bien une chose dont je suis certain, c'est que ça n'arrivera pas. On est partenaires, toi et moi. Ce qu'il y a entre nous depuis le jour où mes yeux se sont posés sur toi est bien trop fort pour que je m'en lasse. Je suis fou de toi, Lilas. Rien n'a pu m'enlever ça, et rien ne me l'enlèvera.

Grisée par ses paroles, je le fixai, remarquant le reflet des flammes des torches dans ses yeux, sans savoir quoi dire. Il le vit et sourit un peu plus avant de reprendre, légèrement déstabilisé.

— Je vais aussi te demander de m'épouser. Mais pas ce soir, je n'ai pas encore trouvé la meilleure manière de le faire.

J'éclatai de rire, le cœur palpitant. La vie avec lui était merveilleuse.

Il était le seul qui avait réussi à me faire sentir vivante. Moi qui, la majeure partie de mon existence, avais eu la sensation d'être une âme morte, errant dans le monde sans objectif réel.

Aujourd'hui, j'étais pleinement en vie.

On termina de dîner, puis on passa au dessert, composé principalement de fruits exotiques.

— Il y a un jeu auquel nous n'avons encore jamais joué, lui indiquai-je en terminant ma coupe.

— Lequel ?

J'attrapai la coupelle de crème chantilly sur la table, me levai et en déposai sur son cou avant de le lécher.

— Ce jeu-là, chuchotai-je à son oreille en me dirigeant lentement vers notre nid douillet, mes pieds s'enfonçant dans le sable tiède.

Le regard brûlant d'Evan était posé sur mon dos, puis je l'entendis jurer à voix basse. Je sentis deux mains se poser sur mes hanches et il me souleva dans ses bras puis m'embrassa.

Libérés de nos chaînes, nous n'avions plus qu'à profiter l'un de l'autre.

J'étais simplement Lilas.

Il était simplement Evan.

Evan ne m'avait pas simplement offert son cœur : il m'avait

guidée jusqu'au bonheur et à la liberté. Les épreuves que nous avions traversées m'avaient fait comprendre que j'étais prête à n'importe quoi pour lui… Et il m'avait prouvé qu'il était également prêt à tout pour moi.

Sur le seuil de la baie vitrée, il murmura à mon oreille :

— La vie est un jeu, n'est-ce pas ?

— Exactement.

— Alors jouons…

Remerciements

Finir un livre laisse toujours une sensation étrange. Une certaine nostalgie teintée d'un peu de tristesse. Je dis donc au revoir à Evan et Lilas pour leur permettre de vivre leur vie auprès de vous.

Ce livre n'existerait pas sans ma famille : merci de votre soutien sans faille et, surtout, de votre compréhension quand je ne peux me libérer pour passer du temps avec vous. Ma sœur, mon double, je t'en ai fait un peu voir de toutes les couleurs, alors merci de me supporter.

Françoise, encore une fois, je ne peux pas écrire un livre sans parler de toi et sans te remercier. Ton amitié m'est précieuse et ton aide dans ma vie d'auteur m'est chère. Merci pour tout ce que tu peux faire pour moi. Tu n'imagines pas combien ça compte.

Juliette, je ne sais pas si tu as conscience du soutien que tu as représenté pendant toute l'écriture de *Love is a Dirty Game*, je te l'ai dit, mais je le redis encore une fois ici : merci ma Krakenette, sans toi, ça n'aurait pas été pareil (et je serais probablement morte de trouille au fin fond d'une grotte perdue au milieu de nulle part).

Ma belle Isa, toi qui m'as donné de ton temps pour me conseiller, mais aussi pour me relire quand le doute s'installait, je ne peux que te dire un grand merci ! Tout comme à mes amis, mes proches qui alimentent ma vie de bonheur chaque jour.

Merci aussi à ma magnifique maison d'édition, HarperCollins France, à toute l'équipe et particulièrement à Sophie. Pour me laisser encore une fois poursuivre l'aventure, pour le travail en coulisse qui est fait et pour toute votre bienveillance : merci sincèrement, vous êtes géniaux.

Bien sûr, je ne peux pas écrire des remerciements sans parler de vous, chers lecteurs, chères lectrices. Cette magnifique aventure ne serait pas la même sans votre soutien. Je vous dois le plus grand des mercis et j'espère que cette histoire aura su vous faire voyager. Merci d'être ce que vous êtes : d'une bienveillance sans faille. Chaque échange se grave dans mon cœur et j'espère que notre aventure ensemble n'en est encore qu'à ses débuts. À très bientôt j'espère, pour une nouvelle histoire (un peu plus calme cette fois… ou pas).

Pour finir, je ne terminerai jamais un livre sans remercier ma mère. Elle qui m'a donné la passion des mots, et sans qui mes romans n'existeraient pas. Merci à toi, maman.

Vous avez aimé *Love is a Dirty Game* ?

Découvrez les autres romans
de N. C. Bastian

Tournez vite la page pour découvrir
un extrait de *Drive Me to Love* !

Prologue

Noah

C'est le pire jour de ma vie.

Lorsqu'on naît, nos seuls repères sont nos parents. Nous grandissons dans l'insouciance de la vie, complètement ignorants de tout ce qui pourrait nous briser, protégés par le regard bienveillant de ceux qui constituent notre équilibre. Du moins, c'était ainsi que je l'avais toujours vécu.

Mais lorsque ces derniers disparaissent, que nous reste-t-il ?

Cet équilibre s'effondre. Ces repères n'existent plus. Peu importe l'âge qu'on a, désormais on est seul. Et le vide et l'intensité de cette perte sont inqualifiables.

Assis sur le banc en bois inconfortable de l'église, je ne lâchais pas du regard les deux cercueils qui se trouvaient devant moi.

Je n'arrivais pas à réaliser que jamais plus je ne les reverrais.

Cet instant était le dernier que je partageais avec mes parents. Ensuite, ils disparaîtraient.

Définitivement.

Les gens quittaient petit à petit l'église dans laquelle s'était déroulée la cérémonie, passant près de moi, embrassant mes joues sèches, me serrant l'épaule dans un geste de soutien…

Mais où seraient tous ces gens ensuite ?

Extrait

Ils reprendraient le cours de leur vie tranquillement, tandis que de mon côté, je serais seul.

Orphelin.

En perdant mes parents, j'avais perdu mon identité et tout ce qui faisait que ma vie était d'une stabilité infaillible. Désormais, je n'avais rien pour me conforter dans l'idée que tout irait bien.

Parce que plus rien ne pourrait aller bien.

Je vis les hommes des pompes funèbres venir pour soulever les cercueils et j'eus envie d'exploser.

De hurler. De pleurer aussi.

Je voulus leur dire d'arrêter, de ne pas les toucher, de les laisser là, d'attendre encore un peu, juste quelques minutes.

Je n'étais pas prêt.

Je n'étais pas du tout prêt à les enterrer, ni à leur dire au revoir. À jamais. Adieu. Je n'arrivais pas à accepter qu'il puisse être possible qu'ils s'en aillent pour de bon.

J'aimais mes parents, ils ne pouvaient pas me laisser…

Pourtant je ne dis rien, prenant simplement de profondes inspirations pour calmer mon cœur qui n'était que douleur.

À mes côtés, ma grand-mère semblait plus petite et fragile que jamais. Comme si elle n'avait plus de force. Elle se leva et me pressa l'épaule, un mouchoir sur son nez. Elle n'attendit pas que je me lève pour l'accompagner. Non, elle avait compris qu'il me fallait encore quelques minutes.

Je n'avais cependant que peu de temps. C'était l'heure.

Les hommes soulevèrent les cercueils et remontèrent l'étroite allée difficilement. Je restai immobile, figé sur le banc, incapable de les suivre.

Une silhouette imposante, habillée d'un costume sombre, s'installa à mes côtés, à l'endroit où ma grand-mère s'était trouvée quelques minutes plus tôt. Il ne me toucha pas. Il ne me regarda pas, restant seulement près de moi.

Christopher.

Il patienta simplement, avant de soupirer.

— Il faut que tu les accompagnes jusqu'au bout, Noah.

— Je ne veux pas.

— Je suis désolé de te dire que je ne crois pas que tu aies le choix. Il le faut, tu finiras par le regretter autrement. Tu n'es pas seul, mon pote. Il faut aussi que tu soutiennes ta grand-mère.

N'avait-on pas toujours le choix, au contraire ? Dans les profondeurs de mon esprit, je refusais catégoriquement de faire le moindre pas pour aller mettre sous terre mes parents. Pourtant, Christopher avait raison : je finirais par le regretter un jour, si je ne le faisais pas.

Alors seulement, je me levai du banc, et me dirigeai vers la sortie, où les cercueils finissaient d'être placés dans le corbillard. Les gens se dispersaient, tandis qu'à l'ombre d'un arbre, car le soleil se faisait toujours aussi brûlant, la famille de mon père discutait tranquillement. Comme s'ils n'étaient pas à un enterrement. Ni ma tante ni mon oncle ne s'occupa de ma grand-mère, leur propre mère. Ces gens étaient des pourritures.

Me pressant l'épaule, Christopher désigna ma voiture d'un signe de tête.

Ma voiture.

Blanche, neuve, belle, rapide. Celle que mon père m'avait offerte quelques mois plus tôt, pour mes vingt-trois ans…

J'eus soudain envie de la détruire. C'était une voiture qui avait brisé la vie de mes parents. Et la mienne aussi, par la même occasion.

Prenant une longue inspiration, je me rendis auprès de ma grand-mère qui continuait de fixer le corbillard du regard sans bouger. Je pris sa frêle main dans la mienne, ce qui sembla la sortir de sa léthargie. Elle s'agrippa à moi comme si sa vie en dépendait et, dans ses yeux fatigués, je vis de la douleur à l'état pur. Perdre son enfant, la chair de sa chair, ne devrait pas exister.

Alors, pour elle, je contins en moi toute la douleur, la peine, la rage qui bouillonnaient et je la guidai jusqu'à ma voiture où je l'aidai à prendre place.

Secouant la tête, je me résolus à aller jusqu'au bout.

Il le fallait.

Pour ma grand-mère, mais aussi pour mes parents.

Je quittai le cimetière en dernier. Beaucoup d'invités étaient partis directement après l'église, ce qui me convenait parfaitement.

Les parents de Christopher avaient gentiment proposé de raccompagner ma grand-mère qui n'avait pas protesté, me laissant le temps d'encaisser cette nouvelle vision de la réalité.

Le sol était éventré en un large trou, les cercueils reposaient dedans, calmes et silencieux à jamais. Ils me paraissaient si petits, que j'étais incapable d'assimiler le fait que mes parents étaient dedans. Je n'arrivais pas à décrocher mon regard de cette image sinistre. C'était comme si tous les souvenirs que j'avais pu avoir de mes parents, bons comme mauvais, tout ce que j'avais pu construire avec eux se réduisait à ce trou. Tout semblait oublié, effacé pour être remplacé par cette vision que j'avais à présent sous les yeux. Comme s'il n'y avait jamais eu de passé. Il n'y avait plus que ce trou béant qui était loin de refléter celui qui se trouvait dans ma poitrine.

Je retournai à ma voiture, totalement perdu, dans un état second, sans savoir ce que je pourrais bien faire à présent. Mes parents m'avaient laissé une bonne fortune que la famille de mon père jalousait, une maison où j'avais grandi et cette voiture…

Puissante, rapide.

Avant que je monte dedans, mon ami d'enfance me rattrapa.

— Tu comptes rentrer ?

— Je ne sais pas.

— Je te le répète : on est là. Si tu veux même rester à la maison, tu le peux.

Je le savais, mais je ne pouvais plus supporter la pitié dans le regard des autres.

Je voulais seulement être seul.

— Je sais, répondis-je finalement.

— OK… Donc ?

— Je ne sais pas.

— Ne fais pas de conneries, Noah.

Je secouai la tête et montai dans ma voiture. J'avais besoin d'air. De respirer. De partir. Loin.

Le ronronnement du moteur lorsque je le mis en route réussit à faire tressauter mon cœur. Finalement, peut-être qu'il n'était pas tout à fait mort lui aussi… Voilà ce dont j'avais besoin : ressentir.

Vivre.

Pour eux.

Je démarrai, puis attendis de sortir du parking pour prendre de la vitesse. Je passai les rapports rapidement tout en ayant conscience du danger que je représentais ; je n'en avais plus rien à foutre.

J'avais besoin de me sentir vivant, de sentir battre mon cœur. Alors, je roulai sans m'arrêter, sans savoir où je me rendais.

Ce ne fut que lorsque le soleil descendit sur l'horizon que

je me décidai à faire demi-tour. Je ne savais pas vraiment où je me trouvais, mais qu'importait, tant que je roulais, ça irait.

Je terminai ma route sur un terrain que je connaissais par cœur. Une des propriétés que mon père avait achetées. Un lac s'y trouvait, entouré d'arbres et d'herbe, le lieu parfait pour des pique-niques. L'endroit où je venais chaque fois que mes parents avaient prévu une petite sortie en famille.

En famille…

Je posai ma tête sur le volant, puis relâchai alors toute la colère qui me submergeait et que j'avais retenue depuis trop longtemps. Je me détestais de flancher. Je me détestais tout court.

Parce que j'étais vivant alors qu'eux étaient morts.

Cela mit un moment, mais lorsque je fus calmé, je laissai simplement mon regard errer sur le lac. Le soleil était bas dans le ciel, ses rayons se reflétaient sur la surface de l'eau, ce qui donna une vision presque irréelle : comme une pluie de diamants.

Je sortis de ma voiture et m'assis sur le capot, respirant profondément. Tentant de faire le vide.

Aujourd'hui était le pire jour de ma vie.

Soudain, je remarquai une silhouette sur l'unique ponton du lac. Elle était à une vingtaine de mètres et je ne l'avais pas vue jusqu'à ce qu'elle se mette en mouvement.

Cette fille savait-elle qu'elle n'avait aucun droit de se trouver ici ?

La colère grimpa en moi ; c'était comme si sa présence en ce lieu souillait tous les souvenirs que j'y associais. Car sa présence emplissait tout l'espace, chassant les images de mes parents. J'eus envie de la noyer pour ce crime.

Pourtant, je ne fis rien et la regardai sans savoir pourquoi son air paisible me faisait envie. C'était une drôle de sensation. Comme si je prenais conscience que la vie continuait et que pendant que j'étais malheureux, d'autres au contraire respiraient le bien-être.

Je l'observai, et petit à petit, mon sentiment de jalousie s'adoucit. Observer cette fille qui contemplait le lac et apercevoir le sourire sur ses lèvres lorsqu'elle se tourna dans ma direction atténua pour quelques instants ma douleur.

Lorsque je pris conscience que ma rage s'était dissipée, je fronçai les sourcils et retournai dans ma voiture.

Je n'avais pas le droit d'aller mieux.

Je n'avais pas le droit de ressentir l'apaisement, ni d'être heureux.

Pas aujourd'hui.

Jamais.

Alors, je démarrai le moteur et repris la route. La seule consolation que je m'autoriserais serait désormais l'ivresse de la vitesse.

1

Méli

Quelques mois plus tard…

Je refermai mon livre, profitant des derniers rayons de soleil en cette fin d'après-midi. Allongée sur le ponton en bois au bord du lac, je plongeai mon regard sur l'eau, l'esprit encore embrumé par les lignes que je venais de lire.

J'avais découvert cet endroit le tout premier jour de mon arrivée ici. Vasteville était une ville du Sud toujours ensoleillée, ou presque, pas si grande que ça. Elle n'avait pas grand intérêt au-delà de l'université dans laquelle j'allais entamer une nouvelle année très prochainement. C'était mon amie, Zohra, qui m'avait convaincue de la suivre dans cette aventure, et je me demandais encore pourquoi j'avais fait cette folie.

Bien sûr, la ville était sympa, petite, principalement étudiante, et offrait tous les services nécessaires mais j'étais attachée à mes habitudes et venir ici représentait un bouleversement de mon quotidien. Les gros changements comme celui que je venais de faire déclenchaient en moi un stress intense ; parfois même des crises d'angoisse. Alors, quand j'avais découvert cet endroit paisible et magnifique, je m'étais dit que j'allais y élire domicile. Ou du moins, y passer du temps.

Le silence régnait ici, créant un sentiment de paix totale. Je pouvais faire le vide dans mon esprit et, enfin, je me sentais bien. L'endroit semblait abandonné et les hautes herbes qui entouraient l'immense terrain me confirmaient que les propriétaires ne faisaient aucun effort d'entretien. J'étais tout de même étonnée que dans une ville comme celle-ci, aucun étudiant n'ait jamais eu l'idée de venir s'échouer ici.

Je savais aussi que je n'avais aucun droit d'être là, vu les panneaux de mise en garde indiquant que cette propriété était privée, mais tant qu'on ne me disait rien, je supposais que ça ne posait pas problème. Enfin... à la réflexion, on m'avait bien demandé de partir à plusieurs reprises, mais disons que je n'avais pas vraiment écouté.

La deuxième fois où j'avais mis les pieds sur ce terrain, j'avais trouvé un jeune homme assis sur le ponton en bois. Il me tournait le dos mais j'avais entendu sa voix à la perfection :

— Tu n'as aucun droit de te trouver ici. Va-t'en et ne reviens pas.

Je n'avais pas protesté, parce que la voix de ce type semblait remplie d'une grande émotion. De plus, il était sûrement le propriétaire et il avait raison.

Sauf que j'y étais retournée le lendemain – j'étais têtue – et l'avais retrouvé au même endroit. Cette fois-ci, j'avais pu entrevoir son visage aux traits bien dessinés, son regard sombre et empli d'une tristesse immense. À cet instant-là, je n'avais eu qu'une envie : celle de connaître sa vie, savoir ce qui le tourmentait et pouvoir le réconforter. Mais je n'avais pas osé l'approcher. Pourtant, j'étais encore revenue le lendemain, puis le surlendemain, l'observant simplement de loin.

C'était idiot, parce que je ne le connaissais pas, mais il était lentement mais sûrement devenu mon fantasme. Au fil des jours, j'avais développé une sorte de fascination à l'égard de cet homme qui dégageait tant de tristesse et de mystère. Et la fascination s'était transformée en sentiment. Clairement, je devais être dans une phase de manque affectif profond pour ainsi délirer sur un inconnu, mais peu importe ce que me soufflait ma raison : la peine de cet homme semblait m'atteindre, sans que je comprenne seulement pourquoi.

Lorsque la semaine suivante j'étais revenue au bord de ce lac et que je ne l'avais pas trouvé à sa place habituelle, j'avais décidé de profiter de l'endroit comme il se devait. Plus tard, mon inconnu était arrivé et étrangement cela m'avait rassurée. Depuis, c'était devenu un rituel. Je venais tous les jours jusqu'à ce que le soleil se couche, où que j'entende le propriétaire arriver.

Les yeux fermés, je laissais le soleil réchauffer ma peau déjà brûlante quand j'entendis le bruit d'un moteur de voiture. C'était mon top départ. Réunissant mes affaires, je restai assise encore quelques secondes, faisant durer un peu le moment de calme, jusqu'à ce que j'entende le bruit du moteur s'arrêter.

Ne connaissant pas le prénom du propriétaire, je le surnommais l'Ours. Ce surnom lui allait bien. C'était impressionnant, un peu sauvage mais touchant, à l'égal de ce type. Au bout d'une semaine, à force de me voir partir lorsqu'il arrivait, il avait fini par abandonner l'idée de me chasser loin de sa propriété : j'avais réussi à apprivoiser l'Ours, du moins, à l'habituer à ma présence sur son territoire.

Je récupérai mes affaires, me levai, puis pris le petit chemin de terre qui me conduirait jusqu'à la route principale.

Marchant le long du ponton, je jetai un coup d'œil dans la direction de l'Ours. Appuyé, les mains dans les poches, contre le capot de sa voiture, il regardait dans ma direction. Il était assez proche pour que je puisse distinguer les contours de son visage, ses bras nus aux muscles dessinés et chaque détail de son corps, sans pour autant réussir à déterminer s'il y avait toujours autant de tristesse dans son regard.

Nos rencontres étaient toujours trop courtes, mais elles stimulaient énormément mon imagination et nourrissaient la fascination que j'éprouvais à son égard…

Malheureusement, je ne pourrais bientôt plus venir aussi souvent que je le souhaitais : les cours allaient reprendre et il était temps de m'y préparer véritablement.

Composé et édité par HarperCollins France.

Achevé d'imprimer en janvier 2020.

FIRMIN-DIDOT

à Mesnil-sur-l'Estrée (Eure)

Dépôt légal : février 2020.

Pour limiter l'empreinte environnementale de ses livres, HarperCollins France s'engage à n'utiliser que du papier fabriqué à partir de bois provenant de forêts gérées durablement et de manière responsable.

Imprimé en France